よみがえる天才8

森鷗外

海堂 尊 Kaido Takeru

★――ちくまプリマー新書

399

目次 ＊ Contents

序章　あなたは「森鷗外」を知っていますか？

森鷗外《もりおうがい》という名を聞くと、みなさん、どんな印象が浮かぶでしょう。真っ先に思いつくのは「舞姫」の作者、明治の大文豪というあたりでしょうか。あるいは第八代軍医総監として8年半、陸軍軍医部のトップを務めた優秀な陸軍省の官僚という顔もあります。日清・日露戦争では米食の兵食に固執し、多数の兵のいのちを失うことになった元凶だ、とも言われています。

その素顔はどのようなものだったのでしょう。

鷗外は筆名で本名は林太郎、文久2年1月19日生まれ、西暦で1862年2月17日です。石見《いわみ》の国、津和野藩《つわのはん》の鹿足郡《かのあしぐん》津和野町田村横町に父静男《しずお》、母峰子《みねこ》の間の長男として生まれました。石見国津和野藩は4万3千石の小藩で藩主は亀井茲監《かめいこれみ》、森家は代々、亀井家の侍医《じい》で、生まれた時から医師になることが宿命づけられていました。

鷗外は、森家を大切にしました。それは母・峰子の強い意志でした。

峰子の父、鷗外の祖父で白仙《はくせん》を号した綱浄《つなきよ》は養子でした。本来の跡継ぎの秀菴《しゅうあん》が家業を嫌い出奔《しゅっぽん》し森家は一旦《いったん》断絶します。その後養子に入った綱浄が森家を再興したのです。森家は70石から50石に減俸《げんぽう》されます。この「森家の屈辱」を晴らすことが祖母清子、母峰子の宿願となり、嫡男の鷗外の肩に重くのしかかってくるのです。

明治維新で廃藩置県が行なわれると津和野を出て父と二人、上京し、親戚《しんせき》で明治政府に出仕した西周《にしあまね》（1829〜97）を頼ります。

西周の父・時義《ときよし》は森家の次男で、出奔した秀菴の兄に当たります。つまり西周は鷗外よりも森家の正統な血筋なのです。この人物が鷗外の人生に多大な影響を与えました。

鷗外が憧れたのは、西周の人生だったのかもしれません。

津和野の藩校から東京大学医学部時代まで神童として名を馳《は》せた鷗外は学生時代、自発的にドイツ人外科医の教科書を翻訳しています。鷗外は最初に翻訳業を行なったとも言えます。文部省の官費留学生を目指しますが卒業直前に下宿が火災に遭《あ》い授業のノートを焼失した上、肋膜炎《ろくまくえん》に罹《かか》り勉強が十分できず不本意な成績に終わりました。

鷗外の初めての挫折《ざせつ》です。けれども東大医学部を卒業後、若干の浪人時代を経て陸軍軍医部に入省すると、ドイツの衛生書の大著を翻訳して頭角を現し、陸軍省の官費留学生としてドイツ留学を果たします。ドイツでは衛生学の論文を数本仕上げ、国際学会で日本の国威を発揚する発言をためらいませんでした。

けれどもドイツでの最大の収穫は文学との遭遇でした。

帰国すると軍陣衛生学の牽引者《けんいんしゃ》として本業に励む一方で、次々に翻訳小説を発表し、「鷗外漁史《ぎよし》」のペンネームで鮮烈なデビューを果たします。翻訳詩集「於母影《おもかげ》」が大ベストセラーになり、翌年には「舞姫」を発表し、一躍文壇の寵児《ちようじ》になりました。

軍医としても日清・日露の二つの戦争に従軍しています。ただしこの時、陸軍の兵食を、脚気《かつけ》の原因のビタミンB1不足につながる米食に拘《こだわ》り続け、多くの兵を損ないました。このことは鷗外の消せない疵《きず》でしょう。

本書のひとつの焦点は、なぜ鷗外は脚気対策で、海軍で効果的だと判明していた麦食を採用しようとせず、米食に拘り続けたのかという疑問です。

鷗外の立場では麦食への転換は難しかったのだろう、というのが私の結論で、そのことが多少なりともわかってもらえるように書くことをめざしました。

それは鷗外の失敗を正当化するものではありません。しかし後知恵での批判は簡単ですが非生産的だ、と思います。それは医学領域ではしばしば起こることで、過去の失敗の本質を学ぶことが、よりよい未来につながるのです。

鷗外は、旺盛な生産能力を有した天才です。後世出版された「鷗外全集」は38巻にも上る大著です。研究者も大勢いて、正確な数はわからないけれども関連図書は1万点を超えているだろうと、鷗外記念館の副館長はおっしゃっていました。

鷗外は陸軍軍医部で軍医総監という最高位に就き、文筆業でも多作で、明治文壇の旗手的な地位にいます。批評家としても「後世に名を残す二傑《にけつ》」と評価されました。どの分野でも一家を成すような質の高い大量の業績を挙げたため、誠実な研究者は一分野で手一杯になってしまいます。なので鷗外の全体像を俯瞰《ふかん》できる評伝は少ないのです。

特に文学領域では彼が生み出した作品群に誘い込まれ、一層複雑怪奇な様相を呈して、所謂《いわゆる》「群盲《ぐんもう》象を撫《な》でる」の状態になってしまうのです。

けれども鷗外はひとりの人間で、軍医、作家、評論・啓蒙家《けいもうか》の顔をひとつの肉体に収めていたのです。すると三つの顔を統合しなければこの巨人の実像は理解できません。

私は北里柴三郎《きたさとしばさぶろう》と森鷗外の衛生学領域での確執を描いた「奏鳴曲　北里と鷗外」という小説（文藝春秋、2022年2月刊）を執筆した時、そのことを痛感しました。

なぜ鷗外には、そのような多面的な活動が可能だったのでしょう。

軍医、作家、啓蒙家はどの領域でも、名を成すには全力を傾注しなくては不可能です。しかし鷗外はどれも軽々と業績を達成したように見えます。それは凡人から見ると大変な努力に思われることが苦にならない、天才の集中力を持ち合わせていたからでしょう。

その結果、どの分野でも彼はハードルを楽々越えることができたため、鷗外は全ての分野に執着せずに済んだのかもしれません。

たとえば日清、日露の戦争中は文学活動や評論活動は下火になりますが、戦争中も現地の古書を渉猟《しょうりょう》し書写し、歌や詩を即興で作り、戦後に「うた日記」を刊行しています。「うた日記」はどんな戦記文学よりも戦争中の空気を表している作品となっています。

軍医として生きながら、同時に作家としても楽々と生きたのです。

そんな鷗外もその時に集中しているものには、尋常ならざる執着心を見せています。

そうした時は「筋」や「大義」を重視したため、多彩な分野での論争として発露します。そしてその時は徹底的に相手を攻撃し続けますが、一旦論争が終結してしまうともう見向きもせず、あっさりそこから離れてしまうのです。

鷗外がそのように生きていけたのは、生の実感が空疎《くうそ》だったせいかもしれません。幼い頃から医師になることを義務づけられ森家を担う宿命を背負わされ、本当は何になりたいのか、何をしたいのか明瞭に意識しないまま、与えられた課題や難題をこなしているうち、降りられない高みにたどり着き戸惑っている、そんな少年の姿が浮かびます。

博覧強記、卓越した語学力、学術と文学の膨大《ぼうだい》な業績と作品群を考えると、鷗外は常人の2倍の生を送っていたように思えます。文豪ゲーテの畢生《ひっせい》の大作「ファウスト」を、わずか半年で訳了するなど、常人の成せる業ではありません。卓越した言語能力を有していて、漢詩もたくさん作り皇漢医《こうかんい》（漢方医）の書も読みこなすなど漢文の素養も深い。医学校ではドイツ語で授業を受け、4年間のドイツ留学で原書を400冊以上読了し、ドイツ語はネイティヴに近く、驚異的な速度で訳すことができたのでしょう。

多くの業績を成し得たのは、鷗外が「ショート・スリーパー」（短眠者）だったことも大きな理由でしょう。鷗外は知人に「人間は2時間寝れば十分だ」と話しています。ならば昼は軍医の最高位・軍医総監の業務、夜は明治の大文豪という、二足の草鞋《わらじ》の生活も楽々こなせたのだろうと理解できます。

鷗外は死の直前の大正11年（1922）7月6日、親友の賀古鶴所《かこつるど》を呼び、遺言を口述しました。遺言は故郷の津和野に石碑として残されています（253頁参照）。

遺言で「石見人森林太郎として　死せんと欲す」とし、「宮内省陸軍皆　縁故あれども生死の別るる瞬間　あらゆる外形的取扱ひを辞す」とし、「墓は森林太郎墓の　外一字もほる可《べか》らす／宮内省陸軍の栄典は絶対に取りやめを請ふ」と記しています。

これを読むと、鷗外は世俗の名誉に興味のない、悟《さと》った人のように思えます。

実際、大正11年7月、鷗外が没すると翌8月、一斉に各文芸誌が鷗外追悼号《ついとうごう》を刊行しましたが、そこで「森鷗外は覚者《かくしゃ》として没したり」と評されていました。

しかし遺言をそのまま受け取るとまた、鷗外の思惑に引っ掛かるでしょう。

鷗外は、自分がどう見られているかを気にし、常に本音を隠蔽《いんぺい》することに気を遣《つか》っていました。

たとえば軍医総監になると多くの人と仕事で会っていますが、日記では相手の名に必ず男爵《だんしゃく》とか子爵と爵位を記載しています。

ところが鷗外本人は、8年半も軍医総監を務めながら貴族院議員になれず、男爵も授爵できませんでした。なので没後も爵位をもらえないだろうと予想していたため、先手を打って「そんなものはこっちから願い下げだ」と啖呵《たんか》を切った可能性もあるのです。

鷗外作品は文語体で書かれているため、現代の私たちにはとっつきにくい印象もあり、広く読まれているとは言えません。しかし美文体の「即興詩人」は当時のベストセラーで永井荷風《ながいかふう》や泉鏡花《いずみきょうか》、幸田露伴《こうだろはん》など、その作品に多大な影響を受けたと公言する作家は数多く、三島由紀夫《みしまゆきお》は「鷗外を読まずして作家とは言えない」と激賞しています。

鷗外は日本の文学の背骨を形成した人物であることは間違いないでしょう。

鷗外作品には、どの作品にも自伝的要素があります。鷗外がその時どんな状況におかれて何をしていたか、ということがわかると物語が別の色彩を帯び、一層深い含蓄《がんちく》を読み取ることが可能になります。鷗外は、浮き世の雑事に翻弄《ほんろう》されます。けれども彼は凡事にもみくちゃにされる天才の懊悩《おうのう》を小説に投影し、昇華していきます。

見方を変えれば鷗外の作品群は、彼の壮大な人生を描き出した、私小説の大河小説であるとも言うこともできるでしょう。自己の感情を隠匿《いんとく》し、二重の仮面を被《かぶ》り続けた鷗外の本音が、創作物の中にあっさり見つかることも多々あります。

小説家、文芸批評家、軍陣衛生学の樹立者、軍医にして最高位の軍医総監、百科事典派的な啓蒙家、社会主義的思想家、国体護持的思想家など、鷗外を形容する肩書きは多数あります。それは全て鷗外であり、全て鷗外ではないのかもしれません。

鷗外とは、複雑怪奇な精神的存在であり、大いなる謎《なぞ》なのです。

この評伝では「この時、鷗外はどのように生きたのか」という観点で執筆しました。

本書を手元に置いて鷗外作品を読み、複雑で豊穣な森鷗外の人生を感じていただけたら、著者としては本望です。

豊穣な天才、「森鷗外」の世界にようこそ。

2022年2月

海堂《かいどう》 尊《たける》

1章

津和野の侍医の嫡男、東京医学校へ

——文久2年（1862）1歳〜明治14年（1981）20歳

明治5年（1872）、津和野から上京直後の10歳の林太郎（左から4人目）と父・静男（同3人目）。左端は西周、右端は西周の養子の西（林）紳六郎。その左隣は山辺丈夫。

林太郎の曾祖父、森周菴には三男あり、次男の時義は西家に養子に入り、生まれたのが西周である。森家の嫡子、三男秀菴は天保13年に出奔し、佐々田綱浄が森家の養子になり玄仙（後に白仙）を名乗る。白仙は長州より木島キヨ（清子）を娶り、生まれた娘がミネ（峰子）、つまり林太郎の母である。林太郎の父は吉次静泰（後に静男）で峰子と結婚し森家の養子になった。したがって林太郎は森家本家の血脈とは無関係である。西周の父は森家の次男なので、むしろ森家の本家の血筋なのである。

この写真は「新潮日本文学アルバム　森鷗外」（1985年刊）に掲載されキャプションは「西周の誘いによる上京途上、父の出身地三田尻で吉次家の人々と。明治5年10歳。左より2人目山辺丈夫、父静男、その右鷗外」とある。写真は鷗外没後32年の1954年に父・静男の実家、吉次家で発見され、鷗外父子が防府（周防三田尻）の吉次家に立ち寄った際に撮影されたものと長男の於菟が判じた。近年の研究の結果、絨毯と背景から東京浅草伊崎礼二写真館で撮影されたと判明、写真中の人物を西家の写真と照合した結果、明治5年11月、林太郎が西家入家の記念撮影と断定された（「鷗外留学始末」中井義幸著より）。

津和野の御典医、森家の御曹司、誕生：文久2年（1862）

森鷗外《もりおうがい》、本名森林太郎《りんたろう》は、文久2年（1862）1月19日、父・森静泰《せいたい》、母・峰子《みねこ》の長男として、石見国津和野《いわみのくにつわの》城下町に生を受けた。この日は雪だった。

父は28歳、母は17歳だった。森家は侍医《じい》の家だが、父の静泰（後に静男《しずお》と改名）も祖父の白仙《はくせん》も養子である。林太郎は森家に久々に誕生した男の子だった。

天保13年（1842）、家を継ぐ秀菴《しゅうあん》が長州に出奔《しゅっぽん》し、森家は一旦《いったん》断絶した。数年後、浪人の漢方医、佐々田《ささだ》綱浄《つなきよ》が養子に入り、森家第十二代となった。林太郎の祖父である。

祖父の綱浄（白仙）は長州から清子を娶《めと》った。つまりこの夫婦に森家の血筋はない。

清子はしっかり者で、学者肌の綱浄を助け、借財を返した上に蓄財までした。だが侍医の森家は、嫡子出奔の件で70石から50石に減俸《げんぽう》された。これは森家の屈辱で、祖母清子、母峰子にとって森家の屈辱を晴らすことが何より優先された。

祖父・白仙は林太郎が生まれる前年の11月7日、参勤交代の帰途の東海道の宿場町で、脚気《かっけ》で死去した。当主を失った僅《わず》か2カ月後の翌年1月19日、林太郎が生まれた。

林太郎が、祖父白仙の生まれ変わりと言われ、家中で大切にされたのは当然だろう。

森家の男子は学業熱心で世渡り下手だった。祖父・白仙は同僚《どうりょう》に煙たがられた。父の静男は漢方を捨て西洋医学を学ぶため佐倉順天堂に留学して幕末、医療界をリードした松本良順《りょうじゅん》や相良知安《さがらともやす》、岩佐純、長谷川泰《はせがわたい》等の同窓となった。

林太郎が周囲に唯々諾々《いいだくだく》と従わなかったのは、森家の血筋だろう。

森家の女性、祖母の清子と母の峰子は、森家の興隆を願った。そのことが後年、鷗外森林太郎を森家の軛《くびき》に縛り付け、悲劇の一因になった。

林太郎は神童と呼ばれた。目にした文字を簡単に覚えてしまう早熟ぶりだった。

難しい漢字を難なく覚えた4歳の林太郎は、言葉という言葉をあっさり吞《の》み込んで、「名を知って実体を識《し》らず」という頭でっかちの子どもになった。

彼は周囲の少年たちと交わらず、独楽《こま》や凧《たこ》といった子どもらしい遊びから距離を置き、書庫にある文書や漢方薬の棚《たな》に書かれた薬の名を眺めて過ごすような、周囲から浮いた内向的な幼年時代を過ごした。

当時の教育は儒教の経書の四書「論語」「大学」「中庸《ちゅうよう》」「孟子《もうし》」、五経「易経」「書経」

「詩経」「礼記《らいき》」「春秋」という九つの「四書五経」を学ぶことが基本だった。

それを「素読」「輪読」「聴講」「輪講」と段階を踏んでいくのが、標準的な初期教育で、慶応《けいおう》3年、6歳で藩校「養老館」で「論語」を学び、慶応4年、7歳で「孟子」の素読を学んだ。明治2年に「四書」を復読し、「四書正文」を首席の褒賞《ほうしょう》に頂戴《ちょうだい》した。

明治3年、9歳で「五経」を復読し、首席で「四書集註《ししょしゅうちゅう》」を得た。

その頃林太郎は父に「和蘭文典」の手ほどきを受け、蘭学に足を踏み入れた。

林太郎は明治4年10歳の春も首席だった。だがその年、褒賞はなかった。「廃藩置県」令が7月に公布され、藩校「養老館」が廃校になったからだ。

同年7月に薩長土3藩の藩兵親兵組織が創設され、文部省が設置され、学制が発布された。太陽暦の採用も決まり、国体の大改革が行われた年だった。

林太郎、上京し西周宅に寄宿す：明治5年（1872）

明治5年6月、鷗外は父と共に上京した。知事を辞めた元藩主の亀井《かめい》茲監《これみ》から、東京に出てこないかと誘われたのだ。

そこで父・静男と林太郎が上京し、暮らしが立ち行くなら他の家族を呼ぶことにした。

8月、二人は向島小梅村《むこうじまこうめむら》の亀井家の下屋敷内に住み、林太郎は東京医学校への入学を目指した。当時の医学校「東校《ひがしこう》」には全国から優秀な生徒が集まっていた。

実は7歳の時、林太郎は亀井藩主から留学を下問された。留学を勧めたのは母・峰子の従兄の西周《にしあまね》だ。このときは林太郎が幼少だったので、母の意向で父が断った。西周は父・静男より年上だった。西家は森家の川向かいにある侍医の家で、両家は親密だった。子のない西周は、順天堂の開祖・佐藤泰然《たいぜん》の娘を娶った林洞海《どうかい》の六男、紳六郎《しんろくろう》を養子にした。紳六郎の兄が後の二代軍医総監・林研海《けんかい》（紀《つな》）だ。所謂《いわゆる》、「順天堂閥《じゅんてんどうばつ》」である。

西周の家は、神田小川町広小路の元大名屋敷で塾生、使用人、親類、友人を邸内《ていない》に住まわせる大官だった。林太郎は本郷本町のドイツ語塾「進文学舎」に通うことになり、神田小川町の西周の家に寄宿した。

進歩人の西周は、陸軍大丞《だいじょう》と宮内庁侍読という新政府の高官を兼任した。彼には実子がなく、林太郎と同じ年頃の子どもを3人、書生として寄宿させていた。林太郎は西周の妻・升子《ますこ》夫人の甥《おい》、相澤英次郎《あいざわえいじろう》少年と同室に住んだ。他には松岡寿《まつおかひさし》（後の洋画家）、平沼淑郎《ひらぬまよしろう》（後の早大総長）がいた。西周は林太郎には西洋語を学ばせ、他は漢学塾に通わせた。西家の嫡男・紳六郎も漢学に転じて、築地の海軍兵学校に入り赤松則良《あかまつのりよし》の下で海軍中将になる。外国語を学ぶのは特別の素質が必要で、幼い頃からの教育が大切だということを、オランダ留学した西周は骨身に染《し》みていた。

西周は林太郎を「リン」と呼んで可愛がった。

西周は「三宝論」という啓蒙書《けいもうしょ》で「人生に三宝あり。一に健、二に知、三に富」と説いた。そんなふうに林太郎は最先端の啓蒙家の薫陶《くんとう》を受けて育ったのだった。

林太郎が通学した進文学舎は「少年生徒」と「青年生徒」があり、彼は「少年生徒」で入学した。10人の少人数クラスで月曜から土曜まで毎日3時間ずつ、ドイツ語、数学、地理を教え、日本人教師が毎日2時間ずつ補うという、行き届いたものだった。

語学の才に恵まれた林太郎は当然、めきめき頭角を現した。

明治6年6月、父・静男39歳で林太郎12歳の夏、祖母・清子55歳、母・峰子28歳、弟・篤次郎《とくじろう》7歳に妹・喜美子4歳の一家が上京してきて、向島の家は賑《にぎ》やかになった。

「哲学」の巨人・西周伝（1829～97）

津和野の侍医の家に生まれた西周は森家の親戚《しんせき》だ。森家を出奔した秀菴の兄、時義《ときよし》が西家に養子に入り、その息子が西周だ。漢籍に優れ20歳の時、儒者として出仕したが、嘉永《かえい》6年（1853）、浦賀《うらが》の黒船来航を知り江戸に向かい、その後脱藩した。

だが亀井藩主の温情で「江戸、京都、大坂に住むこと、公家、武家奉公を許さず」という「永《なが》の御暇《おいとま》」という寛大《かんだい》な処分で済んだ。

西周は安政4年（1857）、29歳の時に幕府が洋学、外交文書翻訳のために創設した「蕃書調所《ばんしょしらべしょ》」の教授になり、砲術書の翻訳などに励んだ。

文久2年（1862）6月、34歳の西周はオランダ留学した。元幕臣で後の海軍卿《きょう》・榎本武揚《えのもとたけあき》、幕臣の造船研究家で後の海軍中将の赤松則良、軍医の林紀が同行した。

榎本武揚と赤松則良は長崎海軍伝習所で学び、林紀は松本良順が海軍伝習所に併設した長崎医学所で学んだ。彼らはオランダ留学前の長崎時代から結びついていた。

西周、榎本武揚、赤松則良、林紀の4人は後に姻戚《いんせき》関係になった。榎本と赤松は、林紀の姉にあたる林洞海の娘を娶り、西周は林紀の弟の紳六郎を養子にしたことで、所謂

「順天堂閥」を形成したのである。

この時のオランダ留学は、軍艦建造を発注した幕府が海軍伝習と軍艦建造、その回航目的で海軍留学生を派遣したもので、南北戦争中の米国に断られオランダになった。

林研海（紀）も同船し、オランダのハーグでポンペに5年間師事した。ポンペは松本良順に西洋医学を伝授した、日本医学の樹立者である。

西周はオランダのライデン大学に修学し慶応元年（1865）に帰国し「蕃書調所」の後身の「開成学校」の教授に任じられた。「オランダ政治学」を訳述し、当時の国際法の「万国公法」を翻訳した。榎本の帰国は翌慶応2年（1866）10月、「開陽丸」が完成した後で、欧州の新造船術を習得した赤松は林紀と共に明治元年に帰国した。

その年、徳川慶喜《よしのぶ》に従い京都にいた西周に学ぶ者が続出し、門弟500名を数えた。

王政復古後、徳川家は静岡に封ぜられ西周と赤松則良、林紀は70万石の静岡藩知事・徳川家達《いえさと》の駿府《すんぷ》に入り、西周と赤松は沼津兵学校を創設し、西周は沼津兵学校の初代校長に任じられた。林紀は静岡病院の院長になった。

明治2年、西周は津和野に戻り、藩を西洋文明主体に転換した。

「優秀な人材育成」の一環として藩費留学の貢進生を送るという献策もした。この時、西周が推挙したのが神童の誉《ほま》れ高い親戚の森林太郎である。

西周は明治2年、9歳の紳六郎を養子にし沼津兵学校で学ばせていたが、林太郎も沼津に呼ぼうとした。沼津兵学校は当時の最高水準の洋学校だった。

幼い頃から外国語を教え、軍事エリートを育成しようという意図で西周は、西家の嫡男紳六郎と森家の嫡男林太郎を一緒に育てようとしたのだ。

西紳六郎は赤松則良の保護の下、海軍士官学校に通い、海軍中将になった。

明治3年9月、西周は陸軍の山県有朋《やまがたありとも》に請われて、明治新政府に出仕する。山県は、兵部省顧問の西に欧州式の軍制を整備させた。西、榎本、赤松、林の四人は明治政府に招請され、徳川家が設けた陸軍士官養成学校を新政府が丸呑みした形になる。

西周を取り巻く人々が、明治政府の土台を築いたといっても過言ではない。

文部省、宮内省の要職も歴任し、天皇の侍講も務めた西周はスケールが大きい文化人で、役所に出仕する傍ら、浅草に「育英舎」という私塾を開いて漢学、英語、数学の諸学を統一した学問を教えた。そこでは18世紀のフランス啓蒙家の「百科全書派」を模倣《もほう》した講義を行ない、講義録を書籍として刊行した。

「佐賀の乱」が勃発《ぼっぱつ》した明治7年2月、西周は福沢諭吉《ふくざわゆきち》、加藤弘之《かとうひろゆき》、中村正直《なかむらまさなお》、箕作秋坪《みつくりしゅうへい》などの文化人が結成した「明六社」に参加、翌月「明六雑誌」を刊行した。

彼らは幕末から欧米に遊学し、西洋の近代文明を目の当たりにしていた。

創刊号の巻頭で西周は、「洋学を以て国語を書するの論」というローマ字論を発表した。

同月、「百一新論」という上下本を出版、日本の儒教精神と西洋の実証的近代思想を紹介した。西周は「性理学」または「理学」と称していた「フィロソフィア」に「哲学」という訳語を、この書籍で当てた。国作りには政府や陸軍も大切だが、人々のこころを耕すこともまた重要だ、と考えたのだ。

明治5年、林洞海は宮内省侍医、林紀は28歳で陸軍一等軍医正を務め、妹の貞《さだ》は赤松則良に嫁ぎ、二人の間に娘の登志子《としこ》が生まれた。

西周は赤松の娘の登志子を、わが娘のように可愛がり、後に林太郎と結婚させた。

林太郎は一時、順天堂閥の一員だったのだ。

西周は明治30年1月、69歳で死去する直前、男爵位《だんしゃくい》を賜《たまわ》った。

華族《かぞく》制度は明治2年に制定され、公卿《くぎょう》と大名が華族に叙せられた。明治17年に華族令で爵位が定められ、国家に勲功《くんこう》ある政治家、軍人、実業家が列した。華族は皇族に次ぐ身分で、士族、平民と続く。公爵、侯爵、伯爵、子爵、男爵の序列で公爵、侯爵は全員、子爵以下は互選で貴族院議員となった。

授爵は家にとって最高の栄典だったが、鷗外森林太郎はなぜか授爵できなかった。

明治初期の陸海軍と軍医寮

明治5年2月に兵部省が陸軍省、海軍省に分かれ、西周は陸軍大輔の山県有朋に陸軍大丞、宮内庁侍読に抜擢《ばってき》され、近代軍制の整備に参画した。

海軍では幕臣榎本武揚がロシア派遣公使として海軍中将になり、1年後海軍卿に就任する。海軍中将は川村純義《かわむらすみよし》、伊東祐麿《いとうすけまろ》、中牟田倉之助《なかむたくらのすけ》、真木長義《まきながよし》、仁礼景範《にれかげのり》、赤松則良で、加えて陸軍から転任した大将西郷従道《さいごうつぐみち》、樺山資紀《かばやますけのり》がいた。

陸軍は西郷隆盛《さいごうたかもり》、山県有朋、黒田清隆《くろだきよたか》、鳥尾小弥太《とりおこやた》、野津鎮雄《のづしずお》、谷干城《たにたてき》、山田顕義《やまだあきよし》、三浦梧楼《みうらごろう》、大山巌《おおやまいわお》、高島鞆之助《たかしまとものすけ》と多士済々《たしさいさい》だった。

明治5年に創設された陸軍軍医寮は、幕府の「長崎医学所」や江戸の「西洋医学所」を取り仕切った江戸幕府の奥付医、松本順が統括した。かつて彼が創設した「長崎医学所」は、松本に続き戸塚文海《とつかぶんかい》、池田《いけだ》謙斎《けんさい》が監督《かんとく》を務め、緒方惟準《おがたこれよし》、佐々木東洋《ささきとうよう》、司馬凌《しばりょう》海《かい》、長与《ながよ》専斎《せんさい》、佐藤尚中《さとうたかなか》、林研海などの西洋医の錚々《そうそう》たる俊才《しゅんさい》が集結していた。

松本順は陸軍軍医部の、華麗《かれい》なる「順天堂閥」の統領格である。

蘭方医塾の順天堂の開祖・佐藤泰然は、林洞海、松本良甫《まつもとりょうほ》と共に高野長英《たかのちょうえい》に学んだ。泰然は実子の良順を幕府直参の松本良甫の養子に出し、山口舜海《しゅんかい》を養子にした。山口舜海は佐藤尚中と改名し、順天堂を継いだ。松本良順は松本順と改名する。

佐藤泰然の娘つるは林洞海に嫁《とつ》ぎ、研海（紀）、多津、貞、紳六郎を産む。多津と貞は榎本武揚、赤松則良に嫁ぎ、紳六郎は西周の養子になる。また佐藤泰然の息子の董《ただす》は林家の養子となり、林董となった。後の日英同盟の立役者の外交官である。

松本順は、戊辰《ぼしん》戦争で軍医の必要性を知った新政府に要請され兵部省に出仕し、軍医頭になり軍医寮を創設し、その後、初代軍医総監に就任したのである。

松本順は甥《おい》の林紀を次官に任命し、緒方洪庵《おがたこうあん》の次男の緒方惟準を一等軍医正、局長候補に石黒忠悳《いしぐろただのり》、田代基徳《たしろもとのり》、足立寛《あだちかん》といった人材を登用した。

西周は陸軍、榎本武揚と赤松則良は海軍、林紀は軍医寮と皆、軍の中枢《ちゅうすう》にいた。

彼らは、後に林太郎の強力な後ろ盾《だて》になった。林太郎が陸軍軍医部に出仕した時に、軍医部トップが二代目軍医総監の林紀だったのは因縁が深かった。

東大入学、破格の優等生：明治7年（1874）〜明治14年（1881）

明治7年1月、鷗外は「第一大学区医学校予科」に入学し、下谷和泉橋《いずみばし》の藤堂邸跡の寄宿舎に入った。この時、年齢が満たず万延元年生まれの15歳として入学している。

森家が貧しく、医学校に入れば書物類や寄宿料は無料になるので入学を急いだのだ。

一方、医学校の方も、医学生不足に悩んでいた。当時、医者になりたがる学生は少なく、ドイツ語が堪能《たんのう》な志望者はさらに少なかった。

明治4年7月、ドイツ人軍医のミュルレルとホフマンが来日し予科2年、本科5年という、基本的なカリキュラムを樹立した。

藩邸の長屋にいた200人を学力査定で適格者だけ残して、本科、予科2組の3組に編成し、10月に授業を開始した。翌明治5年9月開始の新学年に向けて、初めて学生が公募された。募集定員100名だが1年後の予科1年生は42名と定員の半分以下だ。

西周が、上京した林太郎にドイツ語を学ばせたのはこの頃だ。

翌明治6年に定員120名となったが定員に満たず、願書締め切りは10月中旬に再延期された。他の官立大学でドイツ語を学ぶ学生の編入も推奨《すいしょう》された。

これで27名が転入したが医学生45名、製薬学生15名の計60名、つまり定員の半分だ。

この時、林太郎は年齢を2歳上と詐称《さしょう》し願書を提出した。明治6年11月の93名の入学者は3組で、「予科2年（一等予科）」は他の官立大学からの編入者と高度の学力の2名の20名で、「予科1年1組（二等予科）」は官立学校からの転入9名、私立学校でドイツ語を履修《りしゅう》済みの者17名と前年の落第組30名の56名で、林太郎もここに入った。

残り17名はドイツ語の学習が必要な「予科1年2組」だ。「予科1年1組（二等予科）」の授業はドイツ語、ラテン語、代数、幾何《きか》、博物、物理、化学、植物学、動物学、鉱物学の10科目で年2回、期末試験があった。

1年の時の成績優等者は官立大学から編入してきた菊池常三郎《きくちじょうざぶろう》、伊部彝《いべつね》、江口襄《えぐちのぼる》で、一般入学の谷口謙《たにぐちゆずる》が首席だった。林太郎は三十四席でかろうじて及第した。

翌明治8年、予科2年で14歳の森林太郎は医学校生活にすっかり慣れて、貸本を読み馬琴《ばきん》や京伝を読破し、人情本にまで手を伸ばした。予科2年生は全員、月6円の給費が与えられた。この頃、林太郎は弟の篤次郎と芝居《しばい》を見て、洒落本《しゃれぼん》を読み込んだ。

明治8年11月の期末試験の及第者31名、22位だった林太郎は、満13歳10カ月という記録的若年で本科進級を果たし、医学生の身分を得た。

同級生には小池正直《こいけまさなお》、三浦守治《みうらもりはる》、中浜東一郎《なかはまとういちろう》、緒方収二郎《おがたしゅうじろう》、賀古鶴所《かこつるど》がいた。本科進級を果たした28名、留年組3名と東京開成学校から編入した高橋順太郎を加えた32名でスタートした。全員が寄宿舎に入ったが、谷口謙が林太郎と同室になった。林太郎より6歳上の谷口は林太郎をからかい、萎縮《いしゅく》させた。小池正直は学年のリーダーを自任していた。ドイツ語は得意ではないが、漢文をよくし、書も立派だった。

三浦守治は平民出身の生真面目《きまじめ》な努力家だ。中浜と緒方はドイツ語ができず、当初は予科1年2組だったが、中浜は徐々に席次を上げていった。

緒方はのんびり屋で落第寸前をうろうろしていた。賀古鶴所は留年生だった。

この年、北里柴三郎《きたさとしばさぶろう》が予科1年に入学してきた。

「進文学舎」でドイツ語を徹底的《てっていてき》に学んでいた林太郎は、入学直後からドイツ人教師の質問にすらすら答え優等生ぶりを発揮した。一方で寄宿舎に出入りした貸本屋の常連となった。当時の寄宿舎は2階建3棟で70室、1室4名、総勢280名の学生が寄宿舎に入った。下宿代は割高の月4円50銭だが、外国人教師ホフマンが、日本人に脚気《かっけ》が多い理由は食生活にありと考え朝は卵、昼は肉、夜は魚、と副食を豊かにしたせいだった。

明治9年10月、15歳の林太郎が本科2年生になった。本郷の加賀屋敷跡に2階建尖塔《せんとう》つきの瀟洒《しょうしゃ》な新校舎が完成し、近くに寄宿舎も新築され、学生はそちらに引っ越した。

本科2年の初夏、寄宿舎で終生の友・賀古鶴所と同室になる。学問や読書の意義を、「では君は物を知るために学問をする、つまり学問をするために学問をするのだな」と指摘され「まあ、そうだ」と林太郎が答えた、「ヰタ・セクスアリス」の一場面は、7歳年上の賀古との会話を彷彿《ほうふつ》とさせ、また、鷗外の生涯を象徴する会話だった。

この頃、陸軍委託生の賀古鶴所、緒方洪庵の子、緒方収二郎の三人で「三角同盟」と称し、寄席《よせ》だ歌舞伎《かぶき》だ宴会だと毎夜遊び呆《ほう》けた。

林太郎は授業中に学科毎《ごと》に2冊のノートを作り1冊は重要なこと、1冊は参考になることと分けてメモした。寄宿舎では術語の語源を調べ、ノートの縁《ふち》に赤インクで書いた。日記も1冊の他に学科と無関係の備忘録と、何でも2冊揃《そろ》えるのがクセだった。

この年、内務省奨学生制度が創設された。本科の1期、2期生に卒後、全国各府県の地方病院に赴任することを条件に、月8円給付と、就職時の月給120円という、東京で就職する3～4倍の高給を約する「内務省官費生」を募集し、1期生の希望者全員の18名と2期生の上位12名の計30名を選抜している。

明治10年、陸軍は将来の幹部候補生軍医として「陸軍官費生」を募《つの》り、林太郎の学年が対象となった。このプログラムの推進者は一等軍医正・石黒忠悳だ。募集定員10名。2期生3名（1名は落第生）、林太郎と同期の3期生6名で、明治9年の本科1年の学年末試験の成績上位者だ。江口襄、菊池常三郎、谷口謙、伊部彝、小池正直、賀古鶴所の6名のうち5名は、林太郎の人生に深く関わってくる。この年は首席江口襄、次席三浦

守治、三席菊池常三郎、四席谷口謙、五席伊部彝、六席小池正直、七席中浜東一郎、八席佐藤佐《さとうたすく》（井上虎）、九席賀古鶴所、十席高橋順太郎で林太郎は十六席だった。

陸軍官費生は卒後の身分が保障され潤沢《じゅんたく》な給費を受け学生生活を楽しみ、成績は落ちていき、三浦、中浜、井上、高橋に林太郎を加えた5名が頭角を現してくる。

明治12年10月、第1回卒業生が出て、上位3名がドイツに官費留学することになった。明治12年から15年まで2、3名を留学させ10専攻を修学させる計画だ。

初年度の選抜者は成績は上位十席以内、年齢はできるだけ若い者だった。

この年、本科2年の北里柴三郎が弁論部「同盟社」を結成した。外人教師ホフマンが日本を去り食事が変わり、寄宿舎の賄《まかな》い料が4円50銭から2円に値下げされた。

この頃、林太郎はドイツ人医師が執筆した外科の教科書を翻訳し、校長の池田謙斎に見せたが「学生は学業に専念せよ」とたしなめられている。陸軍でもドイツ語の教科書翻訳で頭角を現すことになる林太郎の面目《めんもく》躍如のエピソードだ。

明治12年、18歳の林太郎は本科5年となった。

弟篤次郎の男爵家への養子話を、林太郎の判断で破談にした。

林太郎が森家の家長としての自覚を持ち始めたことの表れだろう。実家が曳舟《ひきふね》の近くだったので林太郎は「牽舟《けんしゅう》」という雅号を用い始めた。三男・潤三郎《じゅんざぶろう》が生まれたことで、森家という「船」を率いる家長役を引き受けるという、意思表明でもあったようだ。

この年の7月、向島から千住に移り住んだ時、近隣に住んでいた旧幕府の漢方医学校の「躋寿館《せいじゅかん》」講師だった佐藤元萇《さとうげんちょう》と出会い、林太郎は漢詩に親しむようになった。「躋寿館」は江戸幕府の奥医師の多紀家が起こし、寛政3年、幕府管轄《かんかつ》になった。「感詠一貫《かんえいいっかん》」という勤皇家の詞華集を編纂《へんさん》した佐藤は、前任の澁江抽斎《しぶえちゅうさい》が安政5年コレラで死亡後に就任し、澁江抽斎が未完で残した古医書「医心方」の校正を完成させた。後年、史伝小説を書いた鷗外の傑作「澁江抽斎」とはこの時に接点を持ったのだ。

林太郎は詠史詩を教わり、後に留学へ向かう船内で詠史詩を頻繁《ひんぱん》に作った。儒者の依《よ》田学海《だがっかい》にも漢文の手ほどきを受けた。その子息が雅号で「鷗外」を名乗った影響もあったかもしれない。牽舟居士を名乗った明治12年頃から林太郎の読書量は増えていった。

林太郎は「不朽《ふきゅう》」を目指し、この世にある全ての書を読破しようとした。漢方医の書籍に興味を持ったのもこの頃である。実家から漢方の書籍を持ち出し読み、大学の図書館で「傷寒論」を借りて書き込みをした。荘子の「熊経鳥申《ゆうけいちょうしん》」や三国時代の名医・華佗《かだ》が唱える「五禽戯《ごきんぎ》」等、運動を取り入れることで未病を目指す論に傾倒し、西洋医学万能の大学教育に叛旗《はんき》を翻《ひるがえ》した。このため卒業試験で外科のシュルツェと諍《いさか》いになり、成績が低く付けられてしまった。

卒業試験に失敗し、浪人生活を経て軍医部に就職：明治14年（1981）

最高学年になった林太郎は寄宿舎を出て下宿に移った。そして明治14年2月から3月末まで卒業試験に臨むが、3月20日に下宿が出火し授業ノートを焼失してしまう。また、肋膜炎《ろくまくえん》を患《わずら》い、祖母の清子が下宿に泊まり込み面倒を見た。清子は林太郎の健康を第一に考え、勉強に根を詰めようとすると止めたため、十全な勉強ができなかった。

卒業試験後、同級生の小池正直が林太郎を陸軍軍医部に推挙する格調高い文の書簡を、陸軍軍医本部次長の石黒忠悳に送っている。

曰く「万卒を得るは容易だが一将を得るは困難也。森は千里の才也」

6月、陸軍官費生は一斉に陸軍軍医副に任命され、辞令を受けた。

谷口、賀古は東京陸軍病院、菊池、江口、小池は東京憲兵本部の配属だ。小池は天皇の東北巡幸に同行した部隊の代務医官を務めた。天皇が巡幸から戻った直後には、所謂「明治14年の政変」が起こり、大隈重信《おおくましげのぶ》参議が放逐《ほうちく》され世情はばたついた。

卒業生は7月9日に医学士号を授与された。林太郎の席次は28人中八席だった。

卒業時の成績優秀者は官費留学生になれた。上位3名が基本だ。同級の官費留学生は首席の三浦守治と次席の高橋順太郎に決まった。3人目は上の学年の榊叔《さかきはじめ》だった。

三浦守治は周囲から林太郎と「二乳」（乳臭い二人）と呼ばれ馬鹿にされていたが、互いに切磋《せっさ》琢磨《たくま》し、その後も長く付き合いを重ねた。後年、帝大医学部の病理学初代教授となる三浦守治は佐佐木《ささき》信綱《のぶつな》の門人でもあり、「移岳」の雅号を名乗っている。

林太郎の許《もと》には山口や熊本、長崎から病院長への招聘《しょうへい》が届き、陸軍からも意向を訊《たず》ねる書状が来て8月27日、林太郎は陸軍に履歴書を提出している。けれども林太郎は留学を目指し、父・静男の「橘井堂医院《きっせいどう》」を手伝いつつ、チャンスを窺《うかが》っていた。

この浪人時代、弟の篤次郎は14歳で医学部予科生になり、二人で書籍を買いまくり、「参木之舎（みきのや）」という屋号で蔵書を蓄え、蔵書印を押しまくった。

11月20日、東京大学医学部長の三宅秀《みやけひいず》主任教授に直談判して、官費留学は無理だと諭《さと》され、ようやく留学を断念し、その足で陸軍省に行き陸軍入省の意向を伝えた。

林太郎が陸軍入りを決意したのは、能天気な賀古鶴所のおかげかもしれない。

「陸軍に入れば本もたくさん買ってくれるし洋行もさせてくれる。馬にも乗れるぞ」と聞いて、人生を気楽に楽しむ生き方も悪くない、と思ったのだろう。

11月20日に入省を伝えると10日後に大山巌・陸軍卿から任官上申書が提出された。上奏書に天皇の裁可を得て翌月16日には任官の宣旨《せんじ》が下るという異例のスピード処理だった。それは林太郎の入省を嘱望《しょくぼう》していた林紀・第二代軍医総監の意向だった。

林紀は林太郎を、自分の後継者と目していたのだ。

林紀は明治4年、28歳の一等軍医生としてキャリアを開始し、明治12年、松本順の跡を襲い36歳で軍医総監、軍医本部長に就任した。20歳の林太郎が軍医部に就職した明治14年、林紀は38歳の軍医本部長で、東京陸軍病院院長は佐藤進だった。

この時、陸軍軍医部における順天堂体制は盤石《ばんじゃく》に見えた。

2章

陸軍軍医部に出仕し、陸軍官費留学生に

——明治15年（1882）21歳～明治17年（1884）23歳

明治 14 年（1881）、東京大学医学部卒業試験の第 3 期第 2 組の修了記念写真。左から佐藤佐、林太郎、小池正直、片山芳林。
卒業試験は医学の教科全般に対し、臨床科目で「学説」、「実施」について、成績順に 4 人 1 組で口頭試問を受けた。当時は医学校の仕組みも暗中模索で、卒業試験の手順も明治 13 年 11 月、全授業が終了した後に決められた。4 人の組分けは成績順。ちなみに成績優秀の第 1 組は三浦守治、伊部彝、中浜東一郎、高橋順太郎の 4 人で、卒業試験の結果は首席：三浦、次席：高橋、三席：中浜、四席：伊部だった。2 組の順位は五席：佐藤、六席：片山、七席：甲野棐、八席：鷗外、九席：小池である。
佐藤佐は千葉県出身で旧名・井上虎、順天堂の佐藤尚中の養子になり佐藤佐に名を改めた。独・伊・墺に留学し帰国後は順天堂病院の副院長になる。鷗外がドイツ留学した時、最初に立ち寄ったパリで偶然遭遇している。片山芳林は長野県出身、東大教授を経て侍医となる。小池正直は山形県出身で漢籍に優れ、大学卒業後、陸軍省軍医部に入局した時、林太郎を陸軍に推薦する漢文の手紙を書いた。第七代軍医総監、貴族院議員、男爵で、林太郎と縁が深い。

軍医部1年目：下っ端仕事と軍医本部への大抜擢：明治15年（1882）

明治14年12月16日、森林太郎《もりりんたろう》は陸軍軍医副になり東京陸軍病院課僚《かりよう》を命ぜられ、治療課僚に任じられた。後の二等軍医正（中尉《ちゅうい》相当官）で月給は32円、軍服が支給され、以後34年に及ぶ、林太郎の軍医生活が始まった。

陸軍では席次が重要で、明治15年1月、林太郎が本格的な陸軍軍医として勤務を始めた時には小池正直《こいけまさなお》が同期の主席だった。次席は菊池常三郎《きくちじょうざぶろう》、三席は谷口謙《たにぐちゆずる》で林太郎は四席だ。半年遅れの任官での席次は、林太郎に対する優遇ぶりを示している。

林太郎がドイツ留学生になった時に谷口謙を抜いて三席になって以後、小池、菊池、森、谷口の順は不動で、明治31年、小池が軍医部のトップの軍医総監《ぐんいそうかん》に就任した時に、菊池が予備役に入るまで変わらなかった。林太郎は、陸軍病院に追加配属された。

下級軍医の業務は2種類あった。

ひとつは治療課員で、病院に通い、病兵の治療に当たるという、本来の軍医役である。

もうひとつは徴兵検査で、全国各地を巡《めぐ》るドサ回りだ。

林太郎は第一軍管区徴兵副医官に任じられ、2月から3月にかけて、上信越の栃木、群馬、長野、新潟の各県を巡視し徴兵業務に当たりつつ、各地の風物を見聞し漢文で、業務日誌も兼ねた「北游日乗《ほくゆうにちじょう》」をまとめた。こうしたスタイルは林太郎の生涯《しょうがい》続いた。

2月4日、三浦守治と高橋順太郎がドイツ留学へ旅立った。2月13日、林太郎は真冬の上信越へ向かう途上、上州安中の宿で対句を作った。

　羇官《きかん》ノ吾ハ寒山ノ馬ニ飲《みずか》ヒ　得意ノ人ハ絶海ノ船ニ攀《のぼ》ル

（私は、大学を卒業し軍隊に入り、今は出張で寒々とした山里で駅馬に水をやっている。貴方は得意満面、遠洋船に乗りこみはるばる海を渡りドイツ留学への旅についた）

彼にしては珍しく、悔しさと羨望《せんぼう》が前面に出た句だ。林太郎が泊まった宿の破れ窓から月明かりが差し、三浦の洋行を思うと目が冴《さ》えて眠れず悶々《もんもん》とした。

巡視の上司は大学時代の親友の緒《お》方収二郎《がたしゅうじろう》の兄の緒方惟準《これよし》・軍医部次長だった。彼の話は興味深かった。緒方惟準、林紀《はやしつな》、堀内利国《ほりうちとしくに》の三人が大阪で陸軍学校を運営し、東京に中心が移ると石黒忠悳《いしぐろただのり》が軍医学校を廃止したこと。「医学所」出身の「松本＝石黒」コンビと、適塾の「大阪軍医学校」グループの間には微妙な隙間風《すきまかぜ》があることなどだ。

林太郎は1カ月後、長野で数日の休暇をもらい、信州の山田温泉で疲れを癒《い》やしたようだ。公務外なので「北游日乗」には記されていないが、後に林太郎が生涯ただ一度、一人旅の行き先に選んだのが山田温泉の「藤井屋」だったことから推測される。

林太郎の下積み時代は、この巡視で終わりを告げた。

3月、地方巡視から戻ると5月、林太郎は軍医本部付で庶務課《しょむか》に異動し、軍医本部課僚に任じられた。そこでプロイセン国陸軍衛生制度取調を任務として与えられた。

そこは林紀軍医総監が、林太郎のために用意してくれた特等席だった。

庶務課で林太郎は、プラアゲルの「陸軍衛生制度書」を訳し、陸軍軍医組織や法規書も参考にしつつ「医政全書稿本」全12巻を陸軍向けに編述した。「プラアゲル」は上下巻で2300頁《ページ》余の大著で衛生制度の他、軍隊儀礼、法制、経理が詳述されている。

本部・庶務課への異動は林軍医総監の関与があったのだろうが、その業務をこなせるのは林太郎しかいなかったのだから、身びいきではなく適材適所だろう。

この時、林紀軍医本部長の下で事務の実権を握っていたのは石黒忠悳・軍医監だ。

松本順に忠誠を誓う石黒は当然、林紀にも忠実だった。

当時、陸軍省は麴町区永田町《こうじまちくながたちょう》のお堀端にあり、石段を登ると右手に医務局の建物が見えた。林太郎は自宅から陸軍病院まで人力車で通った。父の「橘井堂医院《きっせいどう》」が繁盛《はんじょう》していたので、人力車を買い車夫も雇えたのだ。林太郎は軍医本部に通勤する車中で書を読むようになり、その習慣は終生続いた。

同僚は林太郎を「坊っちゃん」と呼んだ。林軍医総監が林太郎を特別視していて、それに相応《ふさわ》しい実力を持った若手の一番手だと、周囲の者が認識した結果だ。この時、軍医総監は林紀、陸軍病院院長は順天堂の跡取りの佐藤進《すすむ》・軍医監が務め、「順天堂閥《じゅんてんどうばつ》」は盤石《ばんじゃく》の体制だった。林太郎は西周《にしあまね》の親族なので「順天堂閥」の一員と目された。

全ては順風満帆に思われたが、ここで思わぬ事態が起こった。

7月、順天堂の当主・佐藤尚中《さとうたかなか》が死去した。さらに8月には、有栖川宮《ありすがわ》の欧州視察に随行した林紀軍医総監が持病の腎臓病《じんぞうびょう》で、パリで客死してしまったのだ。そのため佐藤進は順天堂を継ぐことになり10月、軍医部を去った。

盤石に思われた順天堂の二枚看板体制は、あっという間に瓦解《がかい》してしまった。

林・佐藤という二本柱を同時に失った軍医部は指導者不足となり、引退していた松本順・初代軍医総監が復帰し、第三代軍医総監になった。当然、当座しのぎである。

次の軍医総監候補は三人の軍医監、緒方惟準、橋本綱常《はしもとつなつね》、石黒忠悳に絞《しぼ》られた。

だが松本のライバル・緒方洪庵《おがたこうあん》の次男の緒方惟準は松本門下で固めた軍医部では冷遇されていた。石黒は後ろ盾も閨閥《けいばつ》も留学経験もない。ここは橋本綱常の一択と思われた。

だが石黒忠悳もしぶとく、軍医総監レースに食い込もうとしていた。

橋本綱常 vs. 石黒忠悳：明治15年（1882）

橋本綱常と石黒忠悳は共に弘化《こうか》2年（1845）生まれの同い年で、この時37歳。明治4年、石黒が8等出仕で軍医寮に入ると直後、橋本が7等出仕で入った。橋本が5年の欧州遊学を楽しんでいる間、石黒は日本で雑務をこなした。西南戦争の時、松本軍医総監は長崎時代の弟子の林紀を二代目軍医総監に任じ、洪庵の次子の緒方惟準、留学帰りの佐藤進と橋本綱常の三羽烏《さんばがらす》を軍医監に登用した。そして林、緒方にドイツ式軍団病院及び繃帯所《ほうたいじょ》を統率させ、石黒、佐藤に大阪陸軍臨時病院を監理させた。

この時、大阪陸軍臨時病院に馳《は》せ参じたのが愛知県病院三等医の後藤新平《ごとうしんぺい》だ。

彼は佐藤進の下で外科の腕を磨《みが》き、石黒と縁を結んだのである。

その後、橋本綱常は東大医学部で、日本語で授業を受ける別課の教授を兼任する。そして軍医本部次長となった石黒が軍医部の経営に当たった。

ところが佐藤進が辞任すると、橋本綱常が東京陸軍病院長に抜擢《ばってき》された。松本順が復帰している間は順天堂閥は揺るがず、林太郎も安泰なので石黒は林太郎を持ち上げ、橋本に対抗しようとした。石黒は学術不足を林太郎で補い羽翼《うよく》と成そうとしたのだった。

橋本は厳粛小胆《げんしゆくしようたん》で学術に秀《ひい》で、石黒は敏捷愚人《びんしようぐじん》で事務に長じ、性格は正反対だ。

ここで橋本綱常と石黒忠悳のプロフィールをみてみよう。

橋本綱常（１８４５〜１９０９）は越前の侍医の家で俊英「橋本三兄弟」の末弟である。長男の左内《さない》は適塾で頭角を現し、安政の大獄《たいごく》に連座し獄死した志士だ。次男の綱維《つなこれ》は大阪鎮台《ちんだい》病院長を務めた陸軍一等軍医正だが、明治11年に早世した。

三男の綱常は松本良順の門下生でオランダ医学ボードウィンに師事し明治4年、松本が軍医寮を組織した時に入った。明治5年、山県《やまがた》陸軍卿の視察団と共に渡独し、軍医留学生となりヴュルツブルク、ウィーン、ベルリンに5年修学し「脚気《かっけ》研究」でドクトルの学位を取得した。次に「プロイセン国陸軍衛生制度取調」に取り掛かったが、西南戦争で急遽《きゅうきょ》呼び戻されて中断し、次の留学生の坂井直常《さかいなおつね》に引き継いだが頓挫《とんざ》していた。

帰国した橋本綱常は、軍医部の「松本＝林・佐藤」の順天堂閥と対抗する緒方洪庵の「適塾」系と目され、帰国後は主流から外され東京大学医学部教授となり、通学生に日本語で医学を教えた。「西洋医番付」という庶民企画で内科医の「西の横綱」に序されたほどの名医でもある。因《ちな》みに「東の横綱」は外科の泰斗《たいと》、順天堂院長の佐藤進だった。

橋本綱常がエリートの駿馬《しゅんめ》とすると、石黒忠悳は叩き上げの駑馬《どば》である。

石黒忠悳（1845〜1941）の父は幕府の小役人で没後、越後片貝村で石黒家の養子になった。元治元年（1864）、20歳で医学を志し上京、慶応《けいおう》元年、松本良順が頭取の「医学所」に入学して、卒後は教官になる。

明治元年、鳥羽伏見《とばふしみ》の戦いの時、幕府の「医学所」は解散した。石黒は越後に帰り、北越戦争の時は郷里に潜伏《せんぷく》した。その後「贋薬鑑法《がんやくかんぽう》」の出版を思い立ち明治2年に上京、大学東校に奉職した。そして翌明治3年、大学少助教兼少舎長に任じられた。

明治4年7月、廃藩置県と同時に軍医寮が新設された。

主導した松本良順は、賊軍《ぞくぐん》に参加し政府軍と戦った幕臣だが、新政府の陸軍の軍医頭という異例の抜擢をされた。この時、文部省を追われた石黒忠悳を採用している。

石黒は明治7年の佐賀の乱に従軍し、陣中病院を監督した。明治9年7月から10月、長与専斎《ながよせんさい》らと米国を視察している。西南の役《えき》では山県陸軍卿の命で3月、大阪臨時病院長に任命された。重傷者は後方の巨大病院で対応するのは米国から学んだ手法だ。

石黒はボードウィンが設計した大阪初の洋館に大阪軍医病院を置いた。大阪鎮台病院に搬送された傷病兵は3月末に1500名を超え、バラック病院を建設し大阪臨時病院という8500人を収容可能な特別制度を設置し、石黒忠悳が院長に就任した。

副長の堀内利国・二等軍医正は後に大阪鎮台病院院長となり、陸軍で脚気対策に米食を忌避《きひ》し成果を上げる。医官は27名に達し、佐々木東洋《ささきとうよう》、佐藤尚中の養子の佐藤進等の当代の名医も馳せ参じた。そこで佐藤進を病院長に据え、石黒は自身を副院長とした。

外人医師はプロシア陸軍軍医シュルツェや愛知県病院ローレッツが参加した。

その後石黒は、大阪の軍医学校を廃止し、医学校に官費生制度を作った。

このように対照的な橋本綱常と石黒忠悳だが、赤十字の活動については推進する方向では一致した。明治3年の普仏戦争で観戦武官で渡仏した大山巌《おおやまいわお》大将は、赤十字社の活動に感銘《かんめい》を受けた。そして宿願の条約改正に、赤十字条約加盟が助けになると考えた。

明治5年、松本順、林紀、橋本綱常、石黒忠悳という、初代から五代までの軍医総監が勢揃《せいぞろ》いした錚々《そうそう》たるメンバーが、軍医の肩章に赤十字をつけようと決めた。だがこれはキリスト教を連想させるという理由で却下されてしまう。

そこで「横一文字の赤字」という奇手をひねり出すが、兵隊からは「舌出し軍医」と揶揄《やゆ》され不評だった。この赤十字活動には以後も橋本綱常、石黒忠悳、そして森林太郎が深く関わるが、これについては3章（101頁）で詳述する。

この年の9月から11月、林太郎は再び地方巡視の出張業務に出て、東部検閲《けんえつかん》監軍部長属員として東北、北海道を巡視した。8週間、北海道、東北、上信越、関東を巡視し、「後北游日乗」を書いた。前回と違い、今回は軍医本部を代表し、東部監軍部長率いる監軍旅行に、緒方惟準次長と共に陸軍エリートの一員として参加したのだ。

監軍本部が担当地域の防備を検閲して回るもので、この時は沿岸砲台の点検が重点に置かれた。陸軍中枢の各部局から選ばれた将校と共に国家の重要機密に関わる任務は、林太郎のプライドを満足させた。団長は中将で東部監軍本部、参謀本部、海防局、砲兵局、軍医本部から佐官級と尉官《いかん》クラスがペアで参加した。軍医部の緒方惟準は軍医監(大佐)で森林太郎は軍医副(中尉)だ。9月27日に函館《はこだて》砲台を目指して船出し、11月17日に千葉富津、横浜本牧の砲台点検で終了した。五稜郭《ごりょうかく》の城壁に立ち、函館の街を一望した林太郎の目には西周の盟友・榎本武揚《えのもとたけあき》海軍中将の顔が浮かんでいたかもしれない。明治16年2月の打ち上げは華《はな》やかなエリート軍人の宴席だった。こうした巡視への参加は、故人となった林紀・前軍医総監の置き土産だったのだろう。

この時、林太郎の周囲には捻《ねじ》れが生じていた。

軍医2年目:「プラアゲル」を訳了し、軍医教育に携わる:明治16年(1883)

明治16年3月初旬、森林太郎はプラアゲルの「陸軍衛生制度書」を訳し終えた。

その頃、1級下の青山胤通《あおやまたねみち》と佐藤三吉《さとうさんきち》が官費留学した。青山胤通は安政6年生まれで明治6年、15歳で「大学区医学校」に入学し明治15年、4期の三席で卒業後は病理学教室補助とベルツの内科助手を務めた。青山は「自分は医師を医する医者になる」と言い放つ豪傑《ごうけつ》で、ハバナ産の葉巻をくゆらせる洒落者《しゃれもの》でもあった。

「4期の三席の俺は吃音《きつおん》があり授業に不向きと言われ候補から外されかけた。そこで三宅医学部長に直談判した。囲碁と同様に遠大な構想で布石を打っておくことが重要だ」という、送行会での青山の言葉は林太郎の胸に刺さったことだろう。

この年の4月、東大5期生の北里柴三郎《きたさとしばさぶろう》が、内務省衛生局に出仕している。

5月に陸軍2等軍医に昇進した林太郎は、私立医学校出の軍医に軍陣衛生学の講義を受け持つことになった。彼が編纂《へんさん》した「医政全書稿本」が教科書である。

そもそも明治15年5月、林太郎が命じられた「プロイセン国陸軍衛生制度取調」は、5年前に橋本綱常が端緒《たんしょ》を開いたものだ。だが西南戦争で橋本綱常は呼び戻されたため中断し、この年の4月には後任の坂井直常が病気で帰国していた。

そこで林紀・前軍医総監は林太郎をその後任に指名したのだ。

6月13日、軍医本部は「軍医官1名独逸《ドイツ》留学に付上申書」を陸軍省総務局に提出した。

これが林紀の置き土産である以上、対象者として林太郎を考えていたことは明白だ。

ところが肝心の林紀がパリで客死してしまい、運命の歯車が狂った。

「林＝佐藤」の順天堂閥に冷遇された橋本綱常が、これは本来自分の企画だと考え、自らの手に取り戻そうとしたのは、ある意味で当然だった。ドイツ留学生願い届けは差し戻され、出発は明治16年から翌明治17年にされた。林紀の青写真は、林太郎がプラアゲルの衛生書を1年で訳し終えた直後にドイツ留学に行かせる算段だったに違いない。

延期すれば、林太郎が選ばれる可能性は低くなる。橋本綱常は、プロイセンの衛生制度調査を自分の手で行ない、赤十字加入も自分の業績としようと考えたのだ。

ところがここで橋本綱常にも想定外だった事態が起こった。陸軍省は大山陸軍卿率いる調査団を欧米に派遣することになったのだ。日本の軍制をフランス主体からドイツ軍制に変更することが目的だった。徳川幕府の時代は親仏だったが、現在の陸軍中核の若手の桂太郎《かつらたろう》・川上操六《かわかみそうろく》の両大佐が、普仏戦争で勝利した君主制プロシアを範にすべしと主張し方針転換した。桂太郎と川上操六は、モルトケ元帥《げんすい》に依頼して、ドイツ軍参謀将校クレメンス・ヴィルヘルム・ヤコブ・メッケル少佐を招聘《しょうへい》した。

加えて赤十字加盟も考慮され、軍医部から橋本が随行者に選ばれたのだ。

橋本は1年間、ベルリンで制度調査をして帰国後、軍医本部の組織改編をし、新組織の長官になることが決まった。これで「プロイセン国陸軍衛生制度」の調査は橋本の手に戻り、橋本の軍医総監昇進、次期本部長就任も決定的になった。

8月、憲法制定調査のため洋行していた伊藤博文《いとうひろぶみ》が欧州から帰国し11月末、鹿鳴館《ろくめいかん》が開館した。日本は不平等条約改正のため、着々と手を打っていた。

軍医3年目：陸軍省の官費留学生になる：明治17年（1884）

明治17年、陸軍3年目の林太郎は、大山陸軍卿が欧州視察で数カ国を周遊する、という極秘情報を聞いた。視察団は2月16日に東京発、伊、仏、英、独、露、ポーランド、墺《オーストリア》の諸国を周遊し、翌年1月に帰国予定で、林太郎は随行を直談判した。こうした視察団は通常、佐官級と尉官クラスがペアになる。軍医本部は橋本軍医監（大佐）と森二等軍医（中尉）という組み合わせでも自然だったが、あっさり拒否されてしまう。

橋本綱常にしてみれば、至極当然の対応だった。

林紀が林太郎に割り当てた調査研究は、橋本自身が打ち立てたものだった。加えて橋本綱常は、長男の橋本春《はじめ》を同行させ、その後ドイツ留学させる予定だった。

また越後の同郷で、新政府の一等侍医を務める岩佐純《いわさじゅん》とその息子の岩佐新《あらた》も視察団に同行させることを斡旋《あっせん》していた。林太郎の入り込む余地など、なかったのである。

だがここで、失意の林太郎に石黒軍医正が手を差し伸べてきた。1年前に差し戻された留学願いを再提出すれば通ると考えた石黒は、長期休暇で帰国する帝大のベルツ教授に林太郎を同行させ、ライプチヒでの食品衛生学の修学を目論んだ。

石黒は、脚気の病原菌説、環境原因説を補強する研究をせよ、と課題を提示した。

ここで林太郎は終生、彼にまとわりつく「脚気」と遭遇《そうぐう》したのである。

石黒は明治11年に書籍「脚気論」を出版し、「体内有機体病因論」を主張していた。大気に病因の有機体が満ち、排出困難になり体内に蓄積し発症するという説で、東大内科のベルツ教授は脚気を「地方病性多発性神経炎」と命名した。特に軍隊で蔓延《まんえん》し、明治15年に大阪鎮台では千人中428人、海軍で400人と猛威《もうい》を振るっていた。

脚気を環境病と考えた石黒は、林太郎に糧食について解析させ、問題が発見されなければ二の矢で小池正直に、建築物に関して研究させようと考えていた。

林太郎にドイツ留学の辞令が交付されたのは3カ月後の6月6日。6月13日に留学上申書を提出し、6月29日に宮中参内し賢所《かしこどころ》に参拝した。この時、林太郎は明治天皇に初めて拝謁《はいえつ》している。林太郎の動向は「読売新聞」と「東京日日新聞」に掲載された。

「赴徳国習衛生学兼詢陸軍医事。石黒談：軍隊衛生学、特に兵食について専《もっぱ》ら調査」

この時、林太郎の目には長年夢見たドイツの街並みが浮かんでいたに違いない。

脚気問題① 脚気病院と皇漢医・遠田澄庵

陸軍の脚気問題の根は深い。それは鷗外の人生に絡《から》みついた悪縁でもあった。

「脚気」は元禄《げんろく》・享保《きょうほう》に江戸で大流行し「江戸患《わずら》い」と呼ばれ、短期間で死亡するので、京都では「三日坊」と呼んだ。脚がむくみ手足がしびれ動悸《どうき》がし食欲減退、歩行困難や視力障害が出て、最後は心臓麻痺《まひ》「脚気衝心《しょうしん》」で死亡する。死亡率の高い病気だった。

明治6年1月、徴兵令公布に合わせ陸軍で兵食を1人1日白米6合と決めた。白米は贅沢品《ぜいたくひん》で、1日6合の銀シャリの大盤振舞で兵隊の士気を上げようと考えたのだ。

その結果、陸軍に脚気が急増した。特に西南戦争の時は酷《ひど》く、石黒は調査に乗り出す。彼はドイツ人医師のベルツやショイベの伝染病説に追随した。西洋医は原因不明の風土病の一種と考えた。欧米には存在しないため、脚気に対して無知だったせいだ。

西南戦争時に脚気が蔓延したため、明治天皇が脚気病院の設立を命じられ、明治11年、神田一ツ橋に脚気施療病院が設立された。明治天皇が2万円を下賜《かし》され、1万円の補助金を5年間拠出することになった。この時の明治天皇のお言葉は興味深い。

「朕《ちん》聞く漢医遠田澄庵《とおだちょうあん》なる者あり、其《そ》の療法、米食を断ちて小豆、麦等を食せしむと、是必ず一理ある可《べ》し。漢医の固陋《ころう》として妄《みだ》り医に斥《しりぞ》く可きにあらず。洋医・漢医各々取る所あり。和法亦《また》すつるべからず。宜《よろ》しく諸医協力してその治術を研精すべし」

英明な明治天皇はこの時点で脚気の本質を見抜いておられたのである。これを受けて洋方医は佐々木東洋と小林恒、皇漢医は遠田澄庵と今村了庵《いまむらりょうあん》で治療成績を競うこととなり、西洋医と皇漢医の腕比べ、「洋漢の脚気角力《ずもう》」だ、と囃《はや》し立てられた。

勝負は脚気の名医の遠田澄庵の秘伝薬療法が勝利したが、遠田が「秘法」公開を拒否したため、脚気研究は大学医学部へ移された。以上は皇漢医に反感を持つ長与専斎の述懐である。だが実際は脚気病院では、西洋医と皇漢医が学術的に対応していた。

6月5日、政府は神田一ツ橋門外に脚気病院を設立した。病室を4区に分け、皇漢医2名は遠田澄庵、今村了庵、西洋医2名は佐々木東洋、小林恒で治療成績を比較した。「脚気施療病院」は世界初の官立脚気研究病院で、画期的な組織だった。

10年後の明治21年、蘭領印度のバタビアに「病理解剖学兼細菌学研究所」が設置され、世界初の脚気研究施設だとされたが、それよりも早かったわけだ。

「脚気病院第一報告」は明治11年7月～12月の成績で報告書の編集専任委員は石黒忠悳だ。「第二報告」は明治12年4月～12月で報告書の巻頭文は長与専斎が作成した。この年、ショイベの見学希望を断っている。「第三報告」は明治13年4月～12月の成績で、この年から文部省管轄《かんかつ》になり、巻頭文は石黒忠悳が執筆した。

以後の報告書は散逸《さんいつ》したが、残存する報告書からは皇漢医が非協力的とは思えない。

だが脚気病院は廃され医学部脚気病室に引き継がれ、医学部教授が脚気病審査委員を兼任する。後年、林太郎の弟・篤次郎は大学を卒後、脚気病室に就職した。

皇漢医・遠田澄庵は下総国佐倉《しもうさのくにさくら》生まれ、佐倉藩主・堀田備中守《ほったびっちゅうのかみ》の家臣の三男だ。

脚気治療の名医として名高く「遠田の脚気薬」で巨万《きよまん》の富を築いた。

慶応2年、徳川第十四代将軍・家茂《いえもち》が脚気になると、江戸から大坂城まで往診した。明治11年5月、明治天皇が脚気になった際に、遠田を召そうという動きがあった。基本的な治療法は米食を断ち、小豆、麦を食すもので「脚気米因説」を取っていた。

遠田の「脚気米因説」は、京都療養病院に在籍していたショイベが、ドイツ語論文で紹介し、10年後のエイクマンの脚気米毒説への示唆となる。明治13年、英国から帰国した高木兼寛《たかきかねひろ》が脚気に取り組んだ時、「脚気病院第一報告」を読んだ可能性も高い。

つまり「脚気病院」が源流となり、ビタミン発見の大河へ発展したわけだ。

陸軍が「米因説」に背を向けたのは「脚気病院」における非医学的評価に端を発しているが、西南戦争後、インフレで物価が高騰《こうとう》し日本が財政難に陥《おちい》ったことも関係した。経費節減が至上命令となり、兵食改善など贅沢の極みと考えられたのは不運だった。

脚気問題②　陸軍兵食と脚気の関係：大阪陸軍病院長・堀内利国の対策

林太郎が留学に派遣されたこの頃、陸軍は、脚気問題の解決の糸口を摑《つか》んでいた。

監獄の主食を麦食にしたら脚気が激減したという事実を知った大阪陸軍病院長の堀内利国・一等軍医正が、「軍食を麦食にすべし」という建議書を提出したのだ。

陸軍軍医部の中枢部は猛反対したが、大阪鎮台で実験的に麦食を導入してみると、明治17年に千人中355名だった脚気患者が、翌年は一気に13人に激減した。

この好成績に注目した東京近衛連隊の緒方惟準・一等軍医が麦食を採用しようとした。だが石黒が勝手に部下を罷免《ひめん》して妨害したため、嫌気がさした緒方は軍医を辞めた。

だが大阪鎮台に続き広島第五師団が麦食を採用、明治19年に東京第一師団も追随した。明治20年には「麦食にて予防効果を挙げ、軍の脚気病はなくなった」と高島鞆之助《たかしまとものすけ》・大阪鎮台司令官が天皇に奏上した。林太郎は国内の流れに逆行した。

彼はライプチヒ大のホフマン教授、一時帰国中のベルツ教授、シャイベ博士の助言で「日本兵食論大意」を仕上げた。過去の脚気論文の寄せ集めで目新しさはなかった。

「①海軍五千の食制を変えるのは容易だが陸軍五万は困難。②パン釜《がま》は軍艦には備えやすいが兵糧や物資を運搬する輜重車《しちょうしゃ》に導入は困難。③水兵駐屯地《ちゅうとんち》は陸兵の駐屯地より洋食の材料を揃《そろ》えやすい」として「米食1日6合支給で問題なし」と結論づけた。

ただしそれは衛生学、栄養学的に兵食を研究したもので、脚気の原因に直接は言及していないものの、暗に高木説に反対の立場を取っていることを強く示唆している。

脚気問題③　海軍軍医総監・高木兼寛の疫学実験と緒方正規の脚気菌発見

海軍では脚気に関する画期的な大規模疫学実験が実施されていた。

明治15年12月27日から明治16年9月15日まで、軍艦「龍驤《りゅうじょう》」が9カ月の航海に出た。そこで乗員378名中150名に脚気が発病し、25名が死亡して航海不能に陥った。その状況を解析した海軍軍医総監・高木兼寛は「食料改良之義上申」を天皇に上奏、前代未聞の大規模疫学実験を実施した。翌明治17年2月、乗員333名を乗せた「筑波《つくば》」に前年の軍艦「龍驤」と同じコースを取らせ、食事だけを米食から洋食に変えたのだ。11月16日、練習艦「筑波」が帰港した時、遠洋航海で発生した脚気患者は14名で死者はゼロだった。しかもその14名は、事情があって別の食事をしていた。

高木は明治18年3月末、「大日本私立衛生会」講演会で「筑波」の疫学研究の結果を発表したが、陸軍には黙殺された。

その頃、ドイツ留学から帰国した緒方正規《おがたまさのり》が脚気菌を発見したと大々的に発表した。4月14日、小雨の中、学士会館（東大理学部講堂）に集まった千人近い聴衆の前で、フロックコート姿の緒方は堂々と講演をした。この時北里柴三郎が助手を務めた。

海軍軍医総監・高木兼寛は「病原菌を発見しても脚気の予防治療上で効果がない」と批判した。だが陸軍軍医監・石黒忠悳は「大学は学理を以《もっ》て進む。学理に符合しない説は一切採らない」と黴菌説《ばいきんせつ》を説き、高木の栄養説を真っ向から否定した。

緒方も「世には学理に依《よ》らず、濫《みだ》りに説を立てるものがある」と発言した。

その反論は一理あり、米食を麦食に変えると脚気患者は激減したが、学理に関しては、窒素と炭水化物の比率が悪い「炭窒二素不均衡説《ふきんこうせつ》」を唱えた高木も間違えていた。

そのため高木説は東大の大沢謙二《おおさわけんじ》に論破されている。

この日の演説会は、陸軍と海軍の間で以後長く続く、脚気論争の始まりとなった。

その頃、留学先のライプチヒ大で細菌学の講義を受けていた林太郎の許《もと》に、日本の父・静男から、緒方の4月の脚気菌発見の官報の全文書写が送られてきたのだった。

3章 ドイツの青春

——明治17年（1884）23歳〜明治21年（1888）27歳

明治19年（1886）、林太郎、ドイツ留学3年目のミュンヘンにて。

左から岩佐新（1865〜1938）、原田直次郎（1863〜99）、林太郎。

明治17年（1884）から3年半、陸軍から官費留学した林太郎は、ドイツの4都市で修学した。中でもミュンヘンでは輝かしい日々を過ごした。この写真は鷗外の青春を象徴する1枚である。

岩佐新は福井県生まれ、日本の医学を英米系からドイツ系に転換し、明治天皇の侍医を務めた岩佐純の長男。幼時は東京医科大の外国人教師ミュルレルの学僕を務めた。東大医学部予科では林太郎の弟・篤次郎と同級。明治17年の大山巌欧州使節団に父と共に同行し、そのまま欧州留学する。1885年、ドイツのミュンヘン大学、1892年フライブルク大学で学位を取得し、帰国後は父の病院を継いだ。

原田直次郎は洋画家で、元老院議官・原田一道陸軍少将（男爵）を父に持つ。1884年、21歳で渡独し、画家ガブリエル・マックスに師事、ミュンヘン美術学校に在籍。同棲、妊娠した女給マリイと別れ、帰国後は、日本の洋画家の第一人者と目された。小説「うたかたの記」の主人公、巨勢のモデル。小説「文づかひ」や、翻訳詩集「於母影」の挿絵を描いた。明治32年（1899）12月、東大病院に入院した原田が亡くなった時、小倉赴任中の鷗外は、「東京日日新聞」に追悼文「原田直次郎」を寄稿した。

留学1年目：森林太郎、留学目的を変更させられる：明治17年（1884）

明治17年8月末、林太郎はドイツ留学に出発し、漢文体で「航西日記」を書き始めた。

1カ月半の船旅の後、10月7日の真夜中にフランスのマルセイユに到着した。

その日、10人の留学生は記念撮影をした。穂積八束《ほづみやつか》（行政学）、宮崎道三郎《みやざきみちさぶろう》（法律学）、田中正平《たなかしょうへい》（物理学）、片山国嘉《かたやまくによし》（裁判医学）、丹波敬三《たんばけいぞう》（裁判化学）、飯盛挺造《いいもりていぞう》（物理学）、隈川宗雄《くまがわむねお》（小児科）、萩原三圭《はぎわらさんけい》（普通医学）、最年少の長与称吉《ながよしょうきち》は長与専斎《せんさい》衛生局長の長男で、チューリヒの中学に入学することになっていた。

秋雨がそぼ降る中、万千のガス灯が煌《きら》めき、濡《ぬ》れた石畳の馬車道を照らし出した。その様子を林太郎は、「航西日記」に「光華不滅月明天」と記している。

他の8名はストラスブルグへ向かい、林太郎ひとりパリに向かった。

シャンゼリゼの中心に宿を取ると、オペラ座の裏手にある、観客5千人を収容する、4階建てのエデン（夜電）大劇場で「宮中愛」「騒擾夜《そうじょうや》」という2幕のバレエを観た。それは芝居好きの弟・篤次郎《とくじろう》に、欧州の劇を報《しら》せる目的もあったようだ。

パリを見た林太郎には、その後訪れたベルリンのウンター・デン・リンデンは野暮ったく見えたに違いない。「航西日記」は日本の篤次郎に送られ、明治22年4月から12月、林太郎が創刊した「衛生新誌」に掲載された。

10月11日、汽車でケルン経由で20時半ベルリンに到着し、「航西日記」を閉じた。

そして10月12日、新たな手帳に「在徳記」と書き付けた。

ドイツでの最初のエピソードは、同行を拒否された大山視察団との遭遇だった。

当時ベルリンには医学生と共に陸軍の俊英《しゅんえい》も顔を揃《そろ》えていた。

林太郎は1級下の佐藤三吉《さとうさんきち》に連れられ、橋本綱常《はしもとつなつね》軍医監のホテルを訪ねた。すると橋本綱常は、留学目的の「衛生学を修め、陸軍衛生制度を学ぶ」を、「衛生学の修得」に集中し、陸軍衛生部調査は不要とする変更を命じた。林太郎はプラアゲルの衛生学の大著を編著し、本で理解できない実地運用を学びたいと思っていたが、それだとできなくなってしまう。だが林太郎は指示に従った。

官費留学生にとって、上司の指示は即ち天皇の指示であり、絶対服従だったのだ。

林太郎は翌朝、大山巌《おおやまいわお》大将と青木周蔵《あおきしゅうぞう》特命全権公使と面談した。

青木公使は明治7年からベルリンに駐在し、明治10年4月にドイツ貴族の娘と結婚した、滞独10年の大ベテランで、欧州事情に通じていた。

「日本に衛生行政を根付かせようなんて無駄《むだ》無駄。落とし便所に混浴の湯、藁《わら》で編んだ草履《ぞうり》を履《は》く庶民《しょみん》に、石畳の道に革靴《かわぐつ》の文化は身につきません。とりあえず洋風の礼儀を身につければ帰国して役に立ちます。学問は気楽におやりなさい」という青木公使のいい加減な姿勢に、林太郎はすっかり水を差されてしまった。

ライプチヒ大のフランツ・ホフマン、ミュンヘンのマックス・ペッテンコーフェル、ベルリンのローベルト・コッホの順での修学が、橋本軍医監の新たな指示だった。

彼らは当代の衛生学の権威の三巨頭だ。すぐにライプチヒに向かおうとしたが、そこでまたしても橋本軍医監から待ったが掛かる。1週間後の大山使節団の出発を見送ってからにしろ、というのだ。雑事に時間を取られ苛立《いらだ》ちつつも、林太郎は命に従った。

10月15日の送別会は参加者17名、ベルリン滞在中の日本人が勢揃いした。同級生の首席・三浦守治《みうらもりはる》はベルリン大のウィルヒョウの下で病理学を3年半、1級下の青山胤通《あおやまたねみち》はウィルヒョウに病理学、ライデンに内科学を学んで、早2年になる。

送別される者は橋本軍医監と岩佐純《いわさじゅん》・一等侍医だ。岩佐純は相良知安《さがらともやす》と共に、医学の基本をドイツ医学に転換した人物で、天皇の侍医を務め隠然たる影響力を持っていた。岩佐新は息子の岩佐新《あらた》を大山視察団に同行させ、そのままドイツ留学させた。岩佐新は林太郎の3歳年下で、2年前まで篤次郎の同級生で大学予備門で学んでいた。この時、橋本綱常の長男・橋本春《はじめ》も父に同行し、ヴュルツブルクの中学校に入学している。

送別会に同席した加藤照麿《かとうてるまろ》は東大学長・加藤弘之《ひろゆき》の長男である。東大を中退してベルリン大に入学した変わり種で、ベルリンで医学士の学位を取るとミュンヘンで小児科学を研修し、悠々《ゆうゆう》自適の生活を送る。明治21年に帰国し大正天皇の養育係を務めた。

2年後、林太郎はミュンヘンで岩佐新、加藤照麿の両名と、輝かしく楽しき青春の日々を送ることになる。

留学1年目：ライプチヒ大学での基礎研究：明治17年（1884）

10月20日、大山視察団一行がベルリンを離れるのを駅舎で見送った林太郎は、2日後の22日午後2時30分の汽車でベルリンを発ち、5時30分にライプチヒに到着した。

駅舎では林太郎と同船で渡独した萩原三圭が出迎えてくれた。翌朝一番で訪れたホフマン教授はミュンヘン大のフォイト教授の下で生理学教室助手を務め、5年前に実験衛生学の教授となった。40歳なのに威厳があり、林太郎は「瘦軀長身《そうくちょうしん》。意態沈重」と日記に描写した。ライプチヒはベルツ教授の母校で東大生が多く留学していた。官費留学生として滞在した緒方正規《おがたまさのり》の評判がとてもよかった。到着4日後の10月27日に林太郎が早くも実験に着手したのは、緒方にプレッシャーを感じたからかもしれない。林太郎は到着翌日の10月24日、タアル街の未亡人の家に寄宿した。下宿代は朝食付きで40マルク、昼食と夕食に50マルク、薪炭料《しんたんりょう》が加わり月額100マルクと結構な出費になった。

ライプチヒは煤煙《ばいえん》が空を掩《おお》う工業都市で、労働者の街では鉄血宰相《さいしょう》ビスマルクは不人気だった。林太郎はライプチヒで、生まれて初めてマルクス主義者と知り合っている。ベルリン大のウィルヒョウ病理学教授は政治家でもあり、ビスマルクの政敵だった。

12月半ば、ホフマン教授がベルツ、ショイベを招いた食事の席に林太郎も呼ばれた。ベルツはライプチヒ大の卒業生で明治8年、26歳で来日して明治35年まで27年間日本に滞在したが、この時は長期休暇で、ライプチヒに一時帰国していた。

ベルツは著作「脚気病論《かっけ》」で脚気を退行変性が主の神経炎とし、定説になっていた。ベルツは大学時代から林太郎のことを高く買っていた。彼が就職先を決めかねて浪人していた頃、ベルツのツツガムシ病に関する「洪水熱論」という論文の和訳を依頼し、「東京医事新誌」で連載している。ただし執筆者名は小池正直《こいけまさなお》になったのだが。

同席したショイベはライプチヒ大、内科学教室でベルツの後輩だ。明治10年、24歳で京都療病院に招聘《しょうへい》され医療と医学教育に従事し明治14年に退任、帰国するまで脚気と寄生虫病を研究した。日本ファンで日本女性と結婚するところまでベルツと瓜《うり》二つだ。ショイベは脚気に関し250頁《ページ》に及ぶ「脚気病」という著作を出版していた。「独逸臨床医学雑誌」に「日本の脚気」として京都療病院の600例の脚気を141頁の論文で報告し、遠田澄庵《とおだちょうあん》の「脚気米因説」も紹介した。それが欧米の脚気学説の源流となり、ビタミン発見につながるのである。

その論文を読んだ林太郎は、これを骨格にすれば石黒が望む論文になる、と考えた。これで留学の目的を果たす目処《めど》がついたので、安堵《あんど》したに違いない。

林太郎は翌明治18年元旦、ライプチヒの水晶宮で舞踏会に参加して新年を祝賀した後、本格的に研究に取りかかった。指導教官のレエマン助手は教室の出世頭で、林太郎は1月に日本茶の成分分析を、2月に人体栄養学の調査研究を命じられたので、自分を実験台にして栄養解析をした。そこで化学分析の実験手技と測定技術を初歩から叩《たた》き込まれ、4月に開講した大学の講義では細菌学と解剖学《かいぼうがく》を学び、詳細にノオトを取った。

ライプチヒの生活は学生時代の再現のようで、連日朝9時から午後4時まで実験し、帰宅後は家庭教師に英語を学び、古本屋で購入した詩集を読み耽《ふけ》った。

林太郎は学生時代のように、「不朽《ふきゅう》」を目指し、天下の万書を読破しようとしたのだ。

通俗小説のフランスのバルザックから入りソフォクレスの「エディポス王」やダンテの「神曲」、「ゲーテ全集」を耽読《たんどく》した。ハイゼ・クルツ編「ドイツ小説選集」全24巻も通読しリルケに涙しハルトマンに溺《おぼ》れ、ショーペンハウエルに論戦を挑む。アンデルセンの「即興詩人」とゲーテの「ファウスト」には特に感銘《かんめい》を受け、何度も読み返した。

哲学者の井上哲次郎《いのうえてつじろう》と知り合い、「ファウスト」は漢語訳すべしと意気投合した。

10カ月後、ライプチヒを去りドレスデンに行く時、文学書は170冊に達した。

その頃、東京では篤次郎が「参木之舎《みきのや》」で馬琴《ばきん》コレクションを継続していた。

ライプチヒではホフマン教授やレエマン助手から衛生学の実験の基礎を学んだ。帰国後の「兵食検査」の測定技術はこの時に獲得したものだ。派手な収穫がなかったライプチヒ時代に培った技術や思考法が、帰国後の林太郎の飛躍の土台になったのだ。

留学2年目：森林太郎、独断でドレスデンへ留学変更：明治18年（1885）

文豪・鷗外はライプチヒで誕生している。明治18年3月15日の読了メモには牽舟居士《けんしゅうこじ》と記していたが、1カ月後の4月17日に初めて、鷗外生と署名している。

鷗外は他の学生と違い夏期休暇旅行に行かず、下宿で新品の顕微鏡と山のような古書に埋もれていた。彼はドレスデンのザクセン軍団の演習に参加する伝手《つて》を摑《つか》んだのだ。

4月29日、ホフマン教授を訪れたドレスデンのザクセン軍団医長軍医監ロオトは、老年だが大柄な豪傑《ごうけつ》だった。家族はなく、家では愛犬と二人暮らしだった。

小王国の集合体ドイツ連邦をまとめてドイツ帝国を創設した鉄血宰相ビスマルクは、文久元年（1861）に有名な「鉄血演説」をして以後、プロイセン宰相の座に君臨していた。その後デンマーク戦争、普墺《ふおう》戦争、普仏戦争という三つの大戦を勝ち抜いて、普仏戦争の講和会議中に、ベルサイユ宮殿の鏡の間でヴィルヘルム一世の皇帝即位式を執り行なうという派手な演出でドイツ帝国を樹立し、世界中を瞠目《どうもく》させた。

ザクセン王国は、普墺戦争でオーストリアに与《くみ》して敗れながら、オーストリアの強い意向で併合《へいごう》を免《まぬが》れたくらいなので、プロイセンには心服していなかった。

そのザクセン王国の国都ドレスデンと、バイエルン王国の国都ミュンヘンは、日本で言えば紀州や会津等の幕府親藩、プロイセンは薩長《さっちょう》に当たり、統一されたドイツ帝国は明治政府に相当、ヴィルヘルム一世は明治天皇、ビスマルクは西郷隆盛《さいごうたかもり》、大久保利通《としみち》、木戸孝允《たかよし》の維新三傑を合わせた人物のようだった。

ロオト軍医監は林太郎を、2日間のザクセン軍団の負傷者運搬演習に招いてくれた。

そして、さらに魅力的な提案をしてきた。

8月末から2週間、ザクセン国軍第十二軍団の秋期演習に招いてくれたのだ。

まさに待ち望んでいたような、絶好の機会を前にして、林太郎は震えた。

だがザクセン軍秋期演習へ参加するには、ザクセン王国の公式許可が必要になる。

だから林太郎は5月26日にベルリンに出張して、軍部の許可を得ようとした。

日本陸軍将校が外国軍の行事に参加するためには、陸軍卿《きょう》の許可を得る必要がある。だが林太郎は、緊急の旅行で任地を離れる場合は事後承認でよい、という例外規定を盾に、旅行扱いでライプチヒの行事に参加した。

一方、ザクセン軍側としては、外交ルートを通じ日本政府から正式な申し入れがなければ、外国籍の軍人を自軍の行事に参加させることはできない。在ベルリンの青木公使からザクセン王国陸軍卿フォン・ファブリス伯宛の要請書の提出が必要だったが、林太郎がベルリンを訪問した時、青木公使は不在で、1カ月経っても回答はなかった。

林太郎は順天堂閥《じゅんてんどうばつ》の頭目、松本順《まつもとじゅん》を当てにしていたが、ロオトに誘われた5月13日と、ベルリンに行った5月26日の間に軍医本部長は交代し、1月に帰国した橋本綱常が5月21日、陸軍軍医総監に就任し、松本は「御用掛《がかり》」に退いていたのだ。

それは林太郎の後ろ盾の石黒の失脚も意味した。だが同時に林太郎が陸軍一等軍医に昇進したという報せも届いた。権力争いに敗れた石黒忠悳《いしぐろただのり》の置き土産だった。

そして石黒は内務省の衛生局次長に任命された。体のいい左遷《させん》である。

ザクセン王国陸軍卿への要請書はロオトが下書きして与え、林太郎は8月の2週間、ザクセン国軍第十二軍団の秋期演習参加を強行した。演習を観戦した貴族の老人は七人の娘を連れていて、林太郎は帰国後、そのひとりのイイダ姫を主人公に「文づかひ」を書いた。夏の演習を終えた林太郎はロオトから、不可思議な話を聞いた。橋本綱常軍医監が書簡で、林太郎が「陸軍医事調査」から外されたことを伝えたというのだ。

「橋本が上官の松本と違う命令を発するとは軍隊では許されないことだ」とロオトは言うが、「橋本軍医監が軍医総監に昇進した今となっては越権行為も正当化されます」と、林太郎は諦《あきら》め顔で語った。橋本は、自分に冷や飯を食わせた順天堂閥に報復したのだ。

その背景を理解したロオトは、林太郎をドレスデンの冬期軍医学講習会に招待した。

林太郎はライプチヒに戻り「日本兵食論大意」を仕上げ10月10日、石黒に送った。日本国内論文、ショイベの日本食試験やエイクマンの陸軍士官学校生徒の食事分析等、脚気に関する論文等を切り貼りした総説で、脚気病原菌説を取りタンパク量とカロリーの観点から麦食の効果を否定したものだった。これで義務を果たしたと考えた林太郎は翌11日ライプチヒを去り、ドレスデンに向かった。

10月から翌年3月までの半年弱、ロオトは林太郎を王侯の賓客《ひんかく》の如《ごと》く扱った。

10月13日開講の「冬期軍医学講習会」で解剖学、細菌学、軍陣衛生学の講義を受け、兵器庫や監獄《かんごく》、病院を見学した。9月6日の「国王招宴」は全行事のハイライトだった。林太郎にとって白眉《はくび》のイベントは11月19日、軍医学講習の衛生将校会第159集会で行なった客員演説「日本陸軍衛生部の編成」である。

10月末、ドレスデンで早川《はやかわ》（田村《たむら》）怡与造大尉《いよぞうたいい》と再会し、後の陸相・木越安綱《きごしやすつな》大尉も同席し三人で語り明かした。早川大尉はドイツ陸軍学校に5年の留学の半ばでドイツ語も堪能《たんのう》で大元帥《だいげんすい》モルトケに可愛がられ、陸軍のサロンに出入りを許されていた。

林太郎が100冊以上の原書を読破したと言うと、「ドイツ語は新聞も読め会話も不自由ないのですが、この本だけはどうしても読めないのです」と1冊の本を差し出した。その書こそ、林太郎の人生に転機をもたらす、クラウゼヴィッツの「兵書」だった。

林太郎は軍事的な行事ばかりでなく、演奏会や美術館訪問など文化的活動にも勤《いそ》しんだ。切望していたラファエロのマドンナにお目に掛かれたのも特記すべきことだ。

だがなんといっても、王宮の祝賀会や舞踏会が印象的だった。

明治19年元旦、王宮の新年祝賀会で国王と謁見《えっけん》し、夜8時半に再び王宮に出向き懇話会に出席した。林太郎は、大日本帝国を代表する貴賓として扱われた。

だが年明け、日本の石黒忠悳から「軍事を学ばんとして多く日を費やすこと勿《なか》れ。普通衛生の一科を専修すべし」という、冷や水を浴びせるような私信が届いた。

厳しい文面で、林太郎が無許可でドレスデンの軍陣関連の行事に参加したことを咎《とが》めていた。するとロオトは1月29日、地学協会で「日本家屋論」という講演をさせてくれた。内容は石黒に送った「脚気」関連の最新論文で、陸軍に対する申し開きになった。

4カ月の講習会に2週間の補講を追加したロオトは2月19日、「プロイセン陸軍軍医大会」（ベルリン）に林太郎とフィンランド人軍医ワアルベルヒを伴い参加した。会にはドイツ帝国軍医総監やコッホもいた。酒間のスピーチで林太郎がスピーチすると、大学時代のミュルレル教官がいて「是《こ》れ吾《わ》が養ひし所の学生なり」と林太郎を絶賛した。

その晩、林太郎はベルリン滞留中の日本人留学生を「アテネ酒房」という店に招待し、そこで久々に疫病神《やくびょうがみ》と顔を合わせた。相性の悪い北里柴三郎《きたさとしばさぶろう》だ。

宴会に参加した八人は東大の同窓の官費留学生で同期の首席の三浦守治、1級下だが留学は1年先輩の青山胤通。加藤照麿と河本重次郎《こうもとじゅうじろう》はベルリンで短期間一緒だった。

生真面目《きまじめ》な隈川宗雄と物理学者の田中正平は同船で渡欧した。「東大の他の学部の連中は医学部の卒業生を低く見とる」と言って北里は田中に絡んだ。大学の「同盟社」での主張と同じだが、無礼な振る舞いだった。翌日、林太郎は田中に北里の非礼を詫《わ》びた。ベルリンに来て1カ月、医学界の新星ローベルト・コッホ教授に師事できた北里は興奮していたが、本格的な実験に取りかかれておらず、焦っていたのだろう。

この頃、文部省の官費留学生が続々帰国し留学生枠《わく》が空き始めたので、石黒は内務省留学生を考えた。長与は中浜東一郎をヘッドハンティングするため、留学を約した。だがここでコレラ菌を日本で初めて発見した北里柴三郎が力をつけてきていることを考え、石黒が北里も追加で官費留学生枠に押し込んだのだ。

緒方正規は帰国して東大の教授になっていた。石黒は緒方が学んだ3カ所に森、中浜、北里を派遣し、異なる分野を学ばせようとした。林太郎はライプチヒで食品衛生学だ。1月26日、中浜が林太郎のドレスデンの家に寄り2泊し、石黒の計画を伝えた。

林太郎は、自分のドレスデン滞在に対し日本は謝礼すべし、と申し入れた。医務局次長コーレルと索国軍医監ロオトに三等勲章《くんしょう》の贈呈を石黒と橋本が決定した。

ロオトが叙勲したので、林太郎のザクセン訪問は日本国公認の「事務取調」となった。林太郎は自分の言い分を通し、橋本と石黒は既成事実として認めた。だがそれは上司の二人には不快だったことは言うまでもないだろう。

林太郎はミュンヘン行きを決断し、ロオトも「それが一番いい選択だ」と同意した。ドレスデンを去る前日の3月6日、ドレスデン地学協会の年会に招待された。前回「日本家屋論」を講演した験《げん》のいい会だったが、そこで不愉《ふゆかい》快な目に遭った。

年会の式辞演説はミュンヘン大学の私講師ナウマンだった。ザクセン出身の地質学者は日本でナウマン象の化石を発見し名を上げ昨年帰国していた。フォッサマグナの発見が、彼の最大の功績だった。だがナウマンは「日本列島の地と民」と題した講演では、「日本人は文化度が低い」と断じて、日本を侮辱《ぶじょく》した。

林太郎の胸に怒りがふつふつと湧《わ》いた。ロオトが一肌脱ぎ、ナウマンと同じテーブルに就かせ、林太郎に直接反論させてくれたので、彼の気は少し晴れた。

翌3月7日夜9時、ロオト軍医監をはじめとする軍医部の主要メンバーに見送られて、林太郎はドレスデンの駅舎を発し、翌朝11時、ミュンヘンに到着した。

因《ちな》みに林太郎は、ドレスデンを去る直前の明治19年1月、ゲーテの「ファウスト」のレクレム版を通読して、本の扉に「於徳停府　鷗外漁史校閲」と書き込んでいる。

陸軍軍医部の権力構造の変化と谷口謙の台頭：明治18年（1885）

明治14年に林太郎が軍医部に就職して以来、石黒が部内政治を支配してきた。だが彼は人望がなかった。菊池、江口、谷口、伊部の優等生四人は陸軍入り後も石黒を軽視し、菊池、江口、伊部は本部での出世争いに無関心で、菊池は故郷の佐賀に近い熊本鎮台《ちんだい》に赴任、江口は警察医分野に進出、伊部は名古屋に転出した。

明治15年5月、林太郎が本部付になり優遇された時、それに続く地位を争ったのは小池正直と賀古鶴所《かこつるど》、優等生グループの谷口謙《たにぐちゆずる》の三人だ。小池と賀古は石黒に忠実だった。明治16年1月、林太郎に次いで小池が本部付になったが、任地は朝鮮の釜山《プサン》の日本領事館で以後2年半、小池は紛争地での危険な任務に従事した。

谷口と賀古は東京陸軍病院の勤務を続けたが、本部の人事に参与した林太郎が、本部で勤務する同僚を推挙することになり、谷口を推した。林太郎は谷口に畏怖《いふ》と憎悪の混じった気持ちを抱いていた。後年、「学友月旦《げったん》」という小文で「性向気鋭、知略敏慧《びんけい》、薔薇《ばら》の如《ごと》く刺《とげ》有りて触れるべからず」と谷口を記している。林太郎は席次三席の谷口をさし措《お》いて四席の自分が登用された上、席次も逆転したことに引け目を感じていた。

こうして谷口は2番手として軍医本部入りした。次いで林太郎がドイツに行ったため、賀古が3番手として本部入りした。

1月に帰国した橋本綱常は、滞欧中に収集した陸軍衛生制度の資料を谷口に預けた。橋本は明治17年9月、「第3回赤十字国際会議」(ジュネーブ)にオブザーバー出席して、3年後の明治20年9月にカルルスルーエで開催される第4回大会で日本が正式加盟国になる手続きを整えてきたが、その準備作業として、関係資料を谷口に訳させた。

5月、橋本綱常が第四代軍医総監に就任すると谷口は8月3日、「石氏は一旦辞職の模様だったが、本部次長として執務を続けることになった」と手紙で伝えてきた。

石黒は翌月、内務省衛生局次長に出向したが、新旧両ポストを兼任し二人分の仕事をこなした。朝鮮から帰国した小池は軍医本部付でなく、近衛砲兵連隊付にされた。

それは小池が石黒一派だと思われたための左遷人事だった。

小池は「谷口は橋本に追従して世辞を言いつつ陰で悪口を言い、それに調子を合わせると裏で告げ口をし、同級生はまるで自分の支配下にあるかの如《ごと》く吹聴する。そのような下劣な人物を推挙したのはどういうつもりか」という、谷口を本部入りさせたことを詰《なじ》る長い手紙を、林太郎に送りつけてきた。

賀古鶴所は東京衛生研究所の緒方正規の下に出向していたが11月、淋病《りんびょう》が悪化し閉尿となり、スクリバ教授が切開手術した。1年間病臥《びょうが》しその後4カ月間、熱海で温泉治療をして明治20年3月、ようやく復帰した。だが杖《つえ》が必要な跛行《はこう》となり、子を作る能力も失い、出世競争から脱落してしまう。このため賀古はこの後、陸軍軍医部では、林太郎の出世の後押しをすることを生き甲斐にするようになる。

橋本綱常は翌年の明治19年3月、軍医部の抜本的な機構改革に着手する。軍医本部を解体し陸軍省医務局を発足させ、橋本が初代局長に就任した。石黒は次長に残った。小池は手紙で林太郎に、「石黒は衛生局へのみ出勤し、軍医本部へは週1回のみ」と報せた。だが石黒は局内3課の課長を直接指揮して部内の実権と影響力を維持した。なので軍医本部の実権は相変わらず石黒が掌握し続けていたのである。

医務局の発足と共に、谷口と賀古が勝ち取った軍医本部付のポストは消滅し、代わりに軍医教育と軍陣衛生研究のための「軍医学舎」が設置され、教官が任命された。林太郎の他に谷口、賀古、伊部が選抜される予定が、賀古が病に倒れ小池が入った。

明治19年7月、陸軍は留学枠をひとつ獲得し、谷口が選ばれた。谷口は橋本の弟子として、内科専門で修学すべく渡欧した。林太郎の学資は年額1000円だったが、谷口は1200円に増額されていた。

この11月には、篤次郎が医科本科に入学し、小金井良精《こがねいよしきよ》教授の授業を受けている。

留学3年目：鷗外、青春の街ミュンヘンへ：明治19年（1886）

ミュンヘン行きには素晴らしい同行者がいた。50代のフィンランド人軍医のワルベルヒは前日の講演会で林太郎の反論に感銘し、急遽《きゆうきよ》ミュンヘン行きを決めた。彼は軍医であると同時に数冊の詩集を刊行している詩人だった。二人は夜通し語り合った。

「詩人とは言葉で武装する兵士なのです」とワルベルヒは伝えた。

軍人が詩を書いてもいいんだ、と林太郎は目から鱗《うろこ》が落ちる思いがした。

3月8日、ミュンヘンは謝肉祭の最終日で、中央会堂では仮面舞踏会が開かれていた。林太郎は大鼻の仮面を買い、葡萄酒《ぶどうしゅ》を口にしていると黒仮面の少女がダンスの相手を頼んできた。その後、林太郎は少女を自宅まで送った。

翌3月9日、林太郎は朝一番で教授の自宅研究室を訪問した。衛生学の聖人と言われたフォン・マックス・ペッテンコーフェル教授はぼろ衣を着て本の山に埋もれていた。大顔で福耳、白髪のペッテンコーフェル翁は1818年、ドナウ河畔《かはん》の小村の農家に生まれ大学で薬学を学んだ。保護者の叔父に反発して家出し、青年俳優座に加わり舞台に立ったりもした。その後心機一転、本格的に医学を志し、ウユルツブルク大学で生命自然発生説のリービッヒに生化学を学び、1843年に医学ドクトルの学位を取得した。クレアチニン発見と尿中胆汁酸の証明は、ペッテンコーフェルの業績だ。

1847年にミュンヘン大教授に就任すると実験衛生学を創始し、1865年に世界初の衛生学教室を創設し、経験的だった衛生学を実証的な科学に変えた。

「衛生学は世界の森羅万象《しんらばんしょう》を包みこむひとつの哲学だ」と考え、清浄な水と空気を供給するだけでなく、花や木も人間の美的憧《あこが》れを満足させることで人類の福祉に貢献するので衛生学の対象だという、スケールの大きい哲学を語るロマンチストだった。

この頃のミュンヘンは普仏戦争後の復興に沸《わ》き、ペッテンは泥濘《ぬかるみ》で古臭い街を、近代的で清潔な都市に作り替えた。上下水道整備に尽力した「ミュンヘンの父」の誕生日にはミュンヘンの街を挙げ祝賀会が開かれた。1854年頃、コレラとチフスの伝染の研究に専念して、コレラは瘴気《しょうき》(ミアスマ)説と接触感染(コンタギオン)説の折衷論《せっちゅうろん》の「コレラ土壌学説」なる独自の理論を作り上げた。コッホがコンマ菌を発見すると、コンマ菌がコレラの原因と認めつつも、細菌だけでは病気にならず飲用水より地下水が重要だと主張した。するとコレラは「人=人感染」せず隔離や消毒は無用で、土壌因子を除去すればよいことになってしまう。それは非現実的だった。

「南派」ペッテンは、「北派」コッホと、真っ向から対立した。

ペッテン説だと脚気菌は一因だが発症には家屋や環境の影響も必要となる。それは石黒の「脚気論」と似て、「日本家屋論」で鷗外が展開した論とも親和性が高かった。

だがコッホの病原菌説を前に、ペッテンの旗色は悪かった。6年後の1892年11月には巻き返すため、コレラ生菌を自ら飲むという、無茶な人体実験もしている。

林太郎は職場近くに下宿を借りて勉学に集中しようとした。ミュンヘンの象徴であるババリア女神像が下宿の窓から見えることに気がついたのは、引っ越しの1週間後だ。高さ18メートルの巨像が目に入らなかったくらい、学業に専念しようとしていたわけだ。だがその意欲はすぐに萎《しぼ》んでしまう。春が来ると街は華《はな》やぎ、開放的なバイエルンの人たちと接して気持ちが軽やかになる。1歳下の日本人画家、原田直次郎《はらだなおじろう》との出会いも転機になった。元老院議官の少将を父に持つ原田は、画学校に通いながら、その門前にある「カフェ・ミネルバ」の2階で、女給のマリイと同棲《どうせい》していた。ほんの一筋、小路を違えただけなのに、こんなにも世界が違うのかと、林太郎は愕然《がくぜん》とした。

陸軍上層部の許可を得ずにドレスデンで修学したため、留学期間は残り1年半。林太郎は、ミュンヘンであらゆるものを味わい尽くしてやろう、と腹をくくった。

6月13日、ミュンヘンを揺るがす一大スキャンダルが起こった。四代バイエルン国王ルートヴィヒ二世が家臣団に廃位された翌日、侍医グッテンとウルム湖で溺死《できし》したのだ。夢見るように生きた狂王はワグナーを保護し、ノイシュバンシュタイン城を建設した。

その日、林太郎は岩佐新、加藤照麿の三人で新作オペラ「ゼッキンゲンのラッパ手」

をミュンヘン王立国立劇場で観た後、マクシミリアン街の酒場で夜更《よふ》けまで飲んでいた。そこで知った偉大な芸術のパトロンの死は印象深く、鷗外は帰国後「うたかたの記」を書いた。2週間後の6月27日、林太郎は同じ三人で、ウルム湖を見に行った。

6月25日、ナウマンが「日本列島の地と民と」という日本侮蔑論《ぶべつろん》をミュンヘン人類学会例会で行ない講演要旨を新聞に掲載した。今回は日本に油絵が紹介され日本画は廃《すた》れると追加していた。洋画家の原田直次郎と親交を持っていたので聞き捨てならない。フォッサマグナの発見者でもあるナウマンには、日本政府から中途解雇された恨みがあったのだが、林太郎がそんなことを知る由《よし》もなかった。

7月末にはベルリンから品川弥二郎公使と近衛篤麿公爵《このえあつまろこうしゃく》がミュンヘンを訪問した。その会食の席で、品川公使が海軍の麦食を賞賛したため、林太郎は、「高木説は間違いで、東大の大沢謙二《おおさわけんじ》に論破されている」と反論した。だが「海軍では結果的に脚気が減少しているではないか」と言い返され、学理を素人にわからせるのは難しく、同時に陸軍が苦境に立たされていると実感させせられた。

8月上旬、林太郎は軍医部の購入器械点検のためベルリンへ行った。

最初の夜は哲学者・井上哲次郎と宿舎で詩文を談じ、2日目は北里と学事について話し合った。半年前と違い、北里は自信に溢《あふ》れていた。コッホに命じられた、凄《すさ》まじい実験ぶりを聞いた林太郎は、北里の変貌《へんぼう》ぶりに愕然とさせられた。

そして9月、林太郎はある名案を思いつく。お気に入りのウルム湖畔の宿に逗留《とうりゅう》して「日本家屋論」第2稿と「ナウマン反駁論《はんばくろん》」を書いてしまおうというのだ。9月中旬の2週間でナウマン反駁文と「日本家屋論」を書き、ルートヴィヒ二世の溺死事件を絡《から》めた作品の下書きもした。「湖上の小記」と題した鷗外初の小品は、篤次郎に送った。

未公開作品だが、ただ一人の生き残りの目撃証言の物語なので、「うたかたの記」の原型だろう。この時に南部のバイエルン王国のミュンヘン、中部のザクセン王国のドレスデン、これから行く北部のプロシア公国のベルリンを舞台にしたドイツ三部作の構想が浮かび、ドレスデンを舞台にした作品の筋書きも、思いついたのだと思われる。

「日本家屋論」と「ナウマン反駁論」を見せると、ペッテンコーフェルは論文を絶賛した。「駁ナウマン論」は新聞記者を紹介してくれ、「アルゲマイネ・ツァイトクンク」紙で「日本の実状」という記事になった。すると年明けの1月、「森林太郎の日本の実状」というナウマンの反論が掲載された。それに対し2月1日、「日本の実状・再論」を林太郎が書くと以後、ナウマンは沈黙した。林太郎の完全勝利だった。

千住に送られた掲載紙を、篤次郎が大学に持って行き休み時間に朗読すると、学生は興奮した。石黒は小池に翻訳させ4月、「東京日日新聞」に3日間にわたり掲載された。

林太郎はミュンヘンで公的、私的な雑事を処理し、晴れやかな気分になった。

彼はドレスデン時代の根無し草生活に終止符を打ち、地に足をつけた生活を始めた。ライプチヒでは手当たり次第だったが、ミュンヘンでは愛着を持つ場所を繰り返し訪れるようになった。ウルム湖に小舟を浮かべ、岸辺の酒家に艫《とも》を繋《つな》ぎ友と一献《いっこん》を酌《く》み交《か》わす。地味な土地柄は、実家のある向島《むこうじま》と似ていた。林太郎は加藤照麿、岩佐新、浜田《はまだ》玄達《げんたつ》や洋画家・原田直次郎と会食し、舞踏会に出掛けた。

ドイツには遊郭《ゆうかく》がなく、娼婦《しょうふ》の類《たぐ》いの女性はカフェにたむろしていた。行きつけのカフェのクララは、愛嬌《あいきょう》があり人気者だった。彼女は色白の加藤を「美学士」、悪戯《いたずら》好きの岩佐を「悪学士」、生真面目な林太郎を「正直学士」と呼んだ。

11月、中浜東一郎がライプチヒから到着し、仲間に加わった。

閑静《かんせい》で整然とした官庁街にあるシャック伯画廊で見た「ローレライ」の印象、足繁《あししげ》く通ったアルテ・ピナコテエク（旧絵画館）や隣接するノイエ・ピナコテエク（新絵画館）。絵画へ関心を高めたのは、洋画家の原田との交遊のおかげだ。帰国後、鷗外は審美学の著作の翻訳も手掛けるが、それは原田のために美術の理論書を訳した成果だった。

林太郎の1年1カ月のミュンヘン滞在は文化的、文学的に実り多いものだった。

本業の衛生学の研究にも励んだ。ミュンヘンで書いた数編の論文は、フォイト教授の栄養学に拠《よ》り、講師レーマンに指導を仰ぎ食品衛生学を修学したが、実習生扱いだった。

ミュンヘンでの業績は「日本兵食論」と「ビールの利尿作用」の2本だった。どちらもペッテンコーフェルが編集人を務める雑誌「衛生学紀要」に掲載された。

だが明治18年2月に「脚気論」を刊行した石黒の意に反し、林太郎の「日本兵食論」では「脚気と米食の関係の有無は余敢《よあ》へて説かず。」としていた。

そして留学年限の3年が近づいても、陸軍上層部からは何も言ってこない。

だが林太郎は後悔していなかった。

煤煙の街ライプチヒで文学の鉱脈に遭遇し、宮廷の街ドレスデンで貴族文化の精華に触れ、青春の街ミュンヘンで演劇、演奏会、絵画鑑賞に耽溺《たんでき》する文化的生活を堪能した。林太郎がドイツで「文学」に遭遇したのは天命だった。

宙ぶらりんになった林太郎はやむなく、またも独断でベルリンに行くことにした。3年目はベルリンのコッホ研究所で、というのが最初の指示だったからだ。

だがそこには林太郎の天敵、谷口謙と北里柴三郎が居座っていた。

林太郎にとってベルリンは鬼門になりそうな予感がした。

おまけにコッホのことを嫌うペッテンコーフェルの機嫌を損ね、ベルリンに異動すると告げるとその後、林太郎と会おうとせず結局、別れを告げることもできなかった。

ライプチヒのホフマン教授はベルツ教授の紹介、ドレスデンのロオト軍医総監はホフマン教授の知り合い、ミュンヘンのペッテンコーフェルのところへ異動する時はロオト軍医監が紹介状を書いてくれた。だがここで紹介状の輪が途切れてしまった。

やむなく林太郎はコッホ研究所に在籍していた北里柴三郎に、コッホ所長への紹介を依頼する手紙を送りつけると、返事を待たずにベルリンへ向かったのだった。

留学4年目：鷗外、コッホ研究所で北里の世話になる：明治20年（1887）

1887年4月、林太郎はドイツ帝国の首都、陰鬱《いんうつ》なベルリンに移動した。コッホ研究所での修学は上層部の指示に従う体裁を整えるためだが、それすらも上層部の許可を得ていない独断だ。北里に移籍希望の手紙を書き、返事を待たずに電撃訪問したのは焦りの表れだ。北里も驚いたが4日後、コッホとの面談を設定してくれた。コッホは表情が乏《とぼ》しく、雰囲気が北里と似ていた。1884年に林太郎がベルリンに来た時、コッホは帝国衛生院の正職員で、研究所はまだかけらもなかった。「ビールの利尿作用」と「アニリン蒸気の有毒作用に関する実験的研究」という研究歴を胸を張って答えたが「どちらも細菌学とは無関係だ。なぜここで研究したいのか」と思いもよらない質問を返された。ここでハシゴを外されたら一巻の終わりなので、林太郎は懸命に細菌学を学びたい、と訴えた。難渋《なんじゅう》している林太郎を見かね北里が「森は陸軍で将来を嘱望《しょくぼう》され、ドレスデンではロオト軍医監の知遇も得ている」と助け船を出すと、コッホの表情が和《やわ》らいだ。愛国者コッホは軍属に一目置いていて、スタッフにはレフレルやベーリング等、陸軍出身者がいた。林太郎は、実験の基礎を北里に学び5月中に細菌学の講義を受け、その後研究課題を与えると伝えられた。月、水、金の週3日、細菌学の授業を受け、学生と水源見学に行った。北里と隈川宗雄も同行しその後、ビヤホールで杯を挙げた。鷗外と同船で渡独した隈川はコッホ研究所の生化学部門で修学していた。細菌学科は定員95名、化学科が25名だ。学費は聴講生が1学期60マルク、実験台を使う研究生は100マルク。林太郎は北里の口利《くちき》きのおかげで学費免除だった。

2日後、林太郎は谷口謙と一緒に、川上操六《かわかみそうろく》、乃木希典《のぎまれすけ》両少将を訪問した。留学中の二人は皇帝ヴィルヘルム一世、皇太子フリードリヒ三世、皇太孫ヴィルヘルム二世等の王族と謁見《えっけん》していた。日本陸軍はドイツ陸軍ときわめて親密な関係を築いていたのだ。

6月1日、講習を終えた林太郎に「ベルリンの下水道の細菌検査研究」という課題が与えられた。陸軍将校の自分がなぜ、異国の下水道を這《は》いずり回らなければならないのか、と林太郎はふて腐《くさ》れた。だが、いずれ日本の衛生行政の主流は都市計画と下水道整備に集約される重要課題だと北里に諭され、林太郎もようやくやる気になった。

指導を仰《あお》げば当然、一緒に過ごす時間も増える。雑談で北里の舌鋒《ぜっぽう》はベルリンの日本人留学生を容赦《ようしゃ》なく斬《き》りまくった。江口襄《えぐちのぼる》は勉学に興味なく、谷口謙は女衒《ぜげん》だ。

そんな連中の不行状のせいで福島安正大尉がお目付役になったのはとんでもないことが起こる先触れだ、と北里は言う。福島大尉は4月より公使館付士官として在独陸軍留学生取締役に着任した。非凡な語学力と高度な地理把握力が評価され、卓抜した情報収集能力が留学生の取り締まりに向けられ、北里が危惧《きぐ》した通り、後に騒動が勃発《ぼっぱつ》する。

6月29日、林太郎は第1回実験をした。ベルリン市第5下水系のポンプ場から採取した試験材料を午後4時マウス6匹に接種。下水中に病原菌3種を発見し純培養に成功。第1がコッホの鼠敗血症菌《ねずみはいけつしょうきん》、第2は鷗外が莢膜下水菌《きょうまくかすいきん》と命名した肺炎菌、第3は短形下水菌と称する分類不明菌。マウス2号と3号は短形下水菌の感染で2日後死亡、4号は4日後、5号は5日後に莢膜下水菌で死亡。死骸《しがい》を解剖《かいぼう》し病原菌を証明した。

これで「コッホ3原則」を満たし、病原菌は以上の3種の細菌だと証明できた。

林太郎は地道で緻密《ちみつ》な、論理的な単純作業が性に合っていたようだ。

指導教官のフランク講師はあと5度実験すれば論文になると太鼓判《たいこばん》を押してくれた。

これなら1カ月少々でケリがつく。安堵《あんど》した林太郎に青天の霹靂《へきれき》の一報が届いた。

上司の石黒忠悳・軍医監が、9月のバーデン公国の国都カルルスルーエで開催される

「第4回赤十字国際会議」に、政府委員として出席するため7月にベルリンに来て、その後1年近く長期滞在するというのだ。それは谷口謙にとっても凶報だった。彼は橋本綱常が出席するために準備していたからだ。谷口謙は権力闘争の顚末《てんまつ》を読み間違え、日本にいた小池は、凱歌《がいか》を上げる手紙を5月末に林太郎に送っていた。

石黒忠悳、土俵際からの大逆転でベルリンへ：明治20年（1887）

門閥《もんばつ》と縁が無かった石黒は、自らの手で人脈を築いた。手紙を書き、人脈維持にあらゆる努力を費やし情報通になった結果、山県《やまがた》公の友人として遇される。橋本綱常はカルルスルーエの赤十字国際会議に出席するつもりだった。それが石黒に代わったのは山県の意向だ。石黒は人脈と政治力を使い、失脚寸前の土俵際から大逆転を演じたのだ。

42歳まで石黒の海外渡航歴は明治9年に3カ月間、米国に行った経験のみだった。彼にとって待ちに待った晴れ舞台だ。第一の使命はカルルスルーエの赤十字国際会議で新加盟国としての日本の面目を施《ほどこ》すこと。第二の目的は既に実行されていた新制度の下、赤坂に建設中の新陸軍病院や九段の軍医学舎の充実のための資料収集だ。

石黒一行は7月11日、イタリアのジェノヴァに到着し、14日にミュンヘンで中浜、岩佐の出迎えを受けた。だが乗船したドイツ汽船で天然痘《てんねんとう》が発生しペッテンコーフェル教授や、ロッツベック軍医総監との面会は断念せざるを得なかった。

林太郎と谷口謙は7月17日、駅舎で一行を迎えた。団長は松平乗承《まつだいらのりつぐ》子爵、ウュルツブルグ大学に留学予定の東大最古参の田口和美《たぐちかずよし》・解剖学教授、東大を中退し同行した変わり者の北川乙次郎《きたがわおとじろう》、それにドイツ参謀大尉デュフェイの四名だ。

到着翌日、フリードリヒ・カルル河岸のフッシュ夫人方に投宿することにした石黒は軍医総監並みの軍医少将を称し、乃木、川上少将と同等の将官並みの扱いを要求した。プロイセン軍一等軍医シャイベが専属補佐官として就いたが専属通訳はつかず、谷口と林太郎を使うことになった。石黒忠悳は直ちに精力的に活動を開始した。7月20日に日本公使館に出向きドイツ帝国陸軍省への照会を要請、25日に谷口を通訳に従え陸軍省に行き、医務局次長フォン・コーレル軍医監と面会した。コーレルのアドバイスに従い、郊外テンペルホフの第二陸軍病院視察から開始することにした。

そして7月27日には、シャイベ一等軍医と林太郎を伴い、テンペルホフへ向かう。

石黒は兵営、病院、学校、監獄、兵器製造所など、思いつく限りの施設を隈無《くまな》く見たいと言い出し、練兵や新兵仕込み、看護卒教育、選兵の実検も希望した。ドイツ語教師の手配、赤十字同盟に入会する日本政府の公式報告書作成、ドイツ諸官員宅の訪問の付き添い等、同行が必要なものばかりだった。その過程で林太郎の卓越した語学力を実感した石黒は、ドイツ滞在中は彼を手元に置いて便利屋として使いたいと考え、林太郎の留学を1年間延長するという決断をした。

明治20年4月で、林太郎の留学は2年8カ月、あと4カ月で期限の満3年を迎える。外国出張の期限の数え方は、日本出発の日から期間の日までだ。林太郎はもともと留学延長を目論んでいて、要求が通ると考えていた。だがその申し出は橋本綱常と石黒忠悳の間で紛糾した。石黒は延長を認め、橋本は規定通り3年での召喚《しょうかん》を主張した。

当然、上位の橋本軍医総監の意向の方が強かった。

ところが石黒が渡欧することになり状況は一変した。林太郎を通訳及び小間使いとして傍《そば》に置きたかった石黒は、帰国途中の各国視察に森を同行させるよう要求した。9カ月の延長の代わりに、林太郎に事務取調を行なわせるという交換条件を出した。

当初の林太郎の希望はプロイセン陸軍省での総務研修だったが、橋本案はベルリンのドイツ軍兵舎での隊付勤務実習だった。それは「下級軍医」の業務である。

橋本は明治19年9月に谷口をベルリンに送り込み、20年9月の大会に谷口を助手として自分が出席するつもりだったが、石黒にその役を取られたので、谷口を助手にしてカルルスルーエに行くよう指示した。石黒は谷口謙を国際会議の随員に申請した。

石黒は筆まめで、ことあるごとに上司の橋本軍医総監に報告書を送っていたので、外面は忠実に見えた。だが日本との通信は往復3カ月かかるので、森に隊付勤務をやらせずに国際大会に連れて行っても事後報告で済む。

ドイツに来てから「第6回万国衛生会議」がウィーンであることを知り、石黒も出席することにした。コーレル軍医監に言われたことにして森と谷口を連れていくことにした。いつの間にか、森をカルルスルーエへ連れて行くことまで既成事実にしてしまう。

当地滞在中の川上・乃木両少将、福島大尉と相談して決定したと見せかける工作をした。こうして林太郎の留学は翌年7月まで延長された。留学続行は朗報、石黒の雑事に忙殺《ぼうさつ》されるのは凶報と、林太郎にとっては痛し痒《かゆ》しの決定だった。

そんなふうに、林太郎は石黒と橋本の水面下での抗争の焦点になっていた。

「第4回赤十字国際会議」と「第6回万国衛生会議」参加：明治20年（1887）

明治20年9月16日、日本赤十字社代表の松平乗承子爵と日本政府代表委員の陸軍軍医監兼内務省衛生局次長・石黒忠悳一行はベルリンを発し、バーデン王国の国都カルルスルーエに向け出発した。会議は9月18日から28日までの10日間の予定だ。

9月16日、一行はウュルツブルグで橋本軍医総監の長男、橋本春軍医の出迎えを受けた。翌17日にウュルツブルグ大出身のシーボルトの像を見学し、ここに修学する田口教授と別れ午後4時、カルルスルーエに着いた。

その夜はドイツ医学会主催の「ランゲンベック祭」に出席した。

そこで再会したザクセン軍団軍医監ロオトは林太郎の、ドレスデンでの軍医学に対する精勤ぶりを語り、林太郎の株を上げてくれた。

赤十字運動は1859年、ソルフェリノの戦いでの死傷者の多さに衝撃を受けたスイス人アンリ・デュナンが1863年、戦時救援の国際組織設置を呼びかけたものだ。

その翌年、国際赤十字が発足した。佐野常民《さのつねたみ》がウィーン公使に赴任した際、赤十字社を知り帰国後、陸軍に加盟を説いた。そして西南戦争の時、旧熊本西洋女学校の建物に「博愛社」を創設、敵味方の別なく治療に当たった。1870年の普仏戦争時に観戦武官で渡仏した大山巌大将は、赤十字社の活動に感銘を受けた。また条約改正は文明国と認められることが必要で、赤十字条約加盟はその助けになると考えた。

会議は波乱含みで始まった。「赤十字の負傷者相互庇護の原則は欧州のみにすべし」と大会2日目、欧米のある委員が意見したのだ。石黒は「日本蔑視は許せん」と激怒し、林太郎に代弁を命じた。彼は議長の指名を待たずに立ち上がった。

「戦場の負傷者対応は欧米人のみに限定すべしという発言は、負傷者は敵味方なく救護すべしという赤十字の理念に反します。欧米人に限定するなら赤十字協定へ参加したばかりのわが日本が、本来の意義を忘れた本部に成り代わり世界本部を設置します。その際日本本部では欧米人もアジア人も分け隔てなく救護に当たることをお約束します」と言い一礼すると、「ブラボー」の声が上がる。会議後、大勢の人が林太郎に握手を求めてきた。創設20年、基本理念に濁《にご》りが出てきた風潮を苦々しく思う心情を林太郎の抗議が代弁してくれたと、古参委員は賞賛した。頰髯《ほおひげ》豊かな老人はポンペと名乗った。彼は日本に西洋医学を手ほどきした大恩人だった。

このエピソードは林太郎の記録に基づいたもので、議事録には記録されていない。

大会2日目も日本は面目を上げた。オーストリア支社が「防腐療法」について発表すると林太郎は、日本ではとうに導入済みだと発言した。

英国のリスター卿が石炭酸消毒法を公表した翌慶応4年（1868）1月、急遽帰国した幕臣の函館病院頭取・高松凌雲《たかまつりょううん》が函館戦争で戦傷者治療に石炭酸水を用いたという史実を述べた。翌日は主催者招待で馬車でローマの古市バーデンバーデンを観光し、馬車に同乗したポンペは、「林紀《はやしつな》には女性問題で苦労させられたが、森は彼に似ている」と語った。林紀は西周《にしあまね》らとオランダ留学した際、ポンペに修学していたのだった。

9月26日、バイエルン軍医総監が奨学教育で青少年に赤十字精神を普及すべし、と発表したので、「日本は本年4月、ジュネーブ盟約に注を加えた『陸軍省訓令乙第六号』を士卒に配布す」と林太郎は述べた。

それは今回の欧州訪問に先立ち石黒が思いついたことで、彼も大いに面目を施した。

石黒は「日本赤十字前記」なる文を林太郎に翻訳させ、最終日に配布した。

こうして「第4回赤十字国際会議」は大成果を収めた。

9月28日夕、一行はオリエント急行でウィーン入りし、「第6回万国衛生会議」に参加した。こちらは内務省の中浜と北里が対応し、林太郎と谷口は私人として参加した。会場で恩師ペッテンコーフェル教授と再会した。「衛生の一科を以て健康の経済となし、事業は三王、内閣、官員、大学の効とすべし」という彼の持論に石黒も感銘を受けた。脚気の原因が病原菌で、周辺の環境要因が影響を及ぼすという石黒と、細菌より環境要因の方が毒性発現に重要だとするペッテンコーフェルは意気投合した。

北里は「日本のコレラと対策」という講演をし、それを元に「日本におけるコレラ」という総説を、「ドイツ医学週報」13号に掲載した。ドイツでの北里の初論文だ。

林太郎は「日本食論拾遺」を会員に200部配布したが北里の発表に圧倒され、ベルリンに戻ったら実験に集中しようと考えた。その意気込みに水を差したのは石黒の旺盛な視察熱だ。学会後の10月4日から7日、諸施設を視察しいちいち詳しくメモを取った。

11日間のウィーン滞在後、林太郎は1カ月ぶりに石黒の小間使いから解放された。

10月10日月曜の朝一番に研究所に出勤すると、実験を準備し第2群を実施した。10月12日午前10時、第5下水系統のポンプ場から採取した試験材をマウス7匹に皮下接種、65号と69号は短形下水菌の感染で30時間後死亡、66号、68号、71号は2日から4日で鼠敗血症菌で死亡。70号は3日後に莢膜下水菌で死亡という前回同様の結果を得た。第3群ではマウスではなく、身体の大きいモルモットを使用した。

すると大量の下水接種が必要となり、モルモットには鼠敗血症菌、莢膜下水菌は病毒性がないと判明した。第3群はモルモット7匹全てが2日以内に短形下水菌で死亡した。10月27日の第4群実験でベルリン中央畜殺場の全下水が流れ込む排水溝から検体を得て10月28日午前、採取材料をマウス6匹に皮下接種、1匹以外は莢膜下水菌で3日以内に死亡した。これらの実験結果から畜殺場の排水溝は第5下水系のポンプ場に流入し、マウスとモルモットに害を為《な》す莢膜下水菌は畜殺場が起源と判明した。

林太郎は留学3年目で初めて学問に真剣に取り組んだ。コッホという学問の鬼と北里という手強いライバルの存在のおかげだった。北里には、時に相手を苛立たせる、全てを焼き尽くす凄《すさ》まじい熱量があった。林太郎は北里の熱に当てられたのだ。

最後の5群実験に取りかかる前日の11月14日、林太郎は「ドイツ医事週報」の編集長を訪問した。横浜在住の米国人シモンズの論文への反論を掲載してもらうためだ。米医学誌に掲載された論文は日本での脚気とコレラの流行についてのものだが酷《ひど》いでたらめで「医事週報」52号に北里論文や長与報告も引用した「日本における脚気とコレラ」という、6頁《ページ》の総説が掲載された。林太郎は国家的自立を目指す明治の日本青年の気概を示した、という。だが実際は林太郎が、陸軍の米食を強引に支持する論説となった。「シモンズは脚気の発生は東アジア人の米食から説明されると考えている。このような不完全帰納推理に基づく極論は夙《つと》に反駁されている。米食の補いとして各種穀物や豆類を摂取し以て病気の蔓延《まんえん》を防止しようと試みた実験も全て失敗した。すなわち佐々木・原田両名による、シモンズによっても推奨されていた小豆による実験、さらには日本軍隊においてかなり大掛かりな規模で実施された大麦を以てする実験がそれである」

これは脚気病院報告書や高木兼寛の軍艦「筑波《つくば》」による疫学実験を指していると思われるが、そうであるとしたらそれは研究結果を曲解し、自らの論の骨格としている点で、学術論文としては容認し難いものである。

2日後の11月16日、畜殺場の排水溝から下水検体を採取し、第5群の実験に取りかかり、1週間後、5匹のマウスの死を確認し、畜殺場の排水溝はベルリン市第5下水系統のポンプ場に流入し、莢膜下水菌は畜殺場が起源であることが証明された。

こうして「ベルリン下水道の細菌調査」の実験を終え「暗渠《あんきょ》水中ノ病原的有機小体説」という論文の執筆に取りかかった。林太郎の論文の完成は確約されたのだった。

留学5年目：大和会新年挨拶とクラウゼヴィッツ講釈：明治21年（1888）

国際会議後も石黒は林太郎に膨大な雑事を命じた。石黒は思いつく限り施設を見学し、練兵や新兵仕込みを実検分した。外出時は家屋、道路普請、上下水道、消防、辻《つじ》馬車、辻便所に興味を示し、駅舎で線路を眺め「戦時に各種材料物資を自在に融通するため、陸軍三車の車輪は同一寸法だ。独墺《どくおう》戦争まで各車の車輪は別だったが以後規格を統一したのだ」などと、軍陣学の講義みたいな蘊蓄《うんちく》を茶飲み話で語った。

林太郎はげんなりしたが、その話を聞いたコーレル軍医監が以後、石黒と親しく交際するようになり、林太郎のプロシア軍の隊付勤務が突然決まった。

帰国直前に必ず隊付医官の事務を執るようにと橋本軍医総監が言ったのは、林太郎には奇妙に思われた。当初の留学目的に軍陣衛生事務調査があったのに、当人が林太郎の渡独直後に「衛生学の修学に専任すべし」と命令を変更し、石黒は手紙で「衛生学の研究に集中すべし」と叱責したのだ。林太郎は上層部の支離滅裂ぶりに怒りを覚えた。石黒はヘルムート・モルトケ参謀総長に私淑し、「敵に遭遇すれば計画は必ず変わる」という元帥の言葉を座右の銘にしていた。林太郎に対する指示の変更もその一環だったのかもしれない。隊付医官勤務は3月から3カ月間、その後石黒と共に、英仏を視察し帰国するよう申し渡された。林太郎にとって今さら軍医事務勤務は蛇足《だそく》だった。

そんな愚痴を手紙に書くと弟の篤次郎から、陸軍を辞めて修学を続けよ、という心強い便りが届いた。けれども林太郎は国費留学生の身分を擲《なげう》つことはできなかった。

そんな中、林太郎のドイツ留学の最後を彩る、輝かしい出来事があった。新任の全権大使、西園寺《さいおんじ》公望《きんもち》侯に演説を絶賛されたのだ。明治天皇の近習の西園寺侯は明治3年、東京開成学校に在籍中にフランス留学を命じられ翌明治4年、パリに入った直後に普仏戦争後のパリ・コミューンが成立し、2カ月で崩壊した現場に居合わせた。

滞仏10年でソルボンヌ大で後の仏大統領ジョルジュ・クレマンソーの知遇を得、留学中の中江兆民《なかえちょうみん》と親交を結ぶ。ソルボンヌ大学を卒業後帰国し、「東洋自由新聞」の社主も務めた。伊藤博文公の憲法取調の欧州行きに同行し腹心を務めるなど、欧州で顕職《けんしょく》を歴任した国際人で、体制批判的な新聞社を立ち上げるなど異色の貴公子だった。

明治21年1月2日の在ベルリン日本人会「大和会」には、新任の西園寺公使にお目通りしようと、例年より大勢が集まった。その慶賀の席で西園寺公に指名され、林太郎が挨拶をすることになった。林太郎は朗々とドイツ語で演説を始めた。

だがドイツ語の達者さをひけらかすようだった上、内容は昨秋拒否された「大和会」の改善案を蒸し返したものだったので反感が集まった。だが西園寺公に「私は欧州に長く滞在しましたが、ここまで流暢《りゅうちょう》なドイツ語を話す日本人には初めてお目に掛かりました。立派な業績を挙げ、故郷に錦《にしき》を飾れますね」と絶賛され、林太郎は面目を施した。

この新年会での演説は開運につながった。2週間後、二人の軍人の訪問を受けた。ひとりは林太郎にクラウゼヴィッツの「兵書」を託した早川（田村）怡与造大佐で、用件は「在独将校に『兵書』を講義してほしい」というものだった。

田村大佐はベルリン陸軍学校に留学し5年を終え、新聞や書物は読めるようになったがあの本は読みこなせず、先日の挨拶を聞いて林太郎なら読み解けるのではないかと思ったのだという。同行した山根《やまね》武亮《たけすけ》大佐は、後に日清戦争での従軍で同じ師団に属し、小倉師団でも同僚となる、縁深い人物だった。

林太郎は将校相手に火曜と土曜の夕に2時間、クラウゼヴィッツの「兵書」を談じた。「戦争論」全八篇《へん》の第一篇の前半を訳したところで隊付任務に入り、講義は中断したが、このことは林太郎の人生に大きな意味を持つことになる。

同じ月、北里が蘭人の医学者ペーケルハーリングに論戦を挑むと言い出した。オランダ人医学者の研究は緒方の研究と同じ構図だと言う脚気菌研究だった。

「まさか緒方まで批判するつもりではなかろうな」と林太郎が言うと、北里は言葉を濁した。林太郎はイヤな予感がしたが、それ以上は追及しなかった。この北里の「緒方の脚気研究批判」は、林太郎の帰国後、日本初の医学論争になったのである。

その頃、大公ヴィルヘルム一世の健康が衰え、齢《よわい》50半ばを過ぎた自由主義者で明君の皇太子フリードリヒ三世は喉頭癌《こうとうがん》が発覚した。皇太孫ヴィルヘルム二世は世間知らずで宰相ビスマルクへ反感を抱いており、世人は危惧《きぐ》した。ビスマルクの緻密《ちみつ》な外交がドイツを守っていたことは確かだった。老大公の衰え、壮年の皇太子の業病、驕慢《きょうまん》な若輩の皇太孫という並びは、ドイツ帝国の衰徴を予見させた。

留学5年目:「プロシア近衛兵第二連隊隊付医務官」:明治21年(1888)

明治21年3月10日から7月2日まで4カ月弱、林太郎はプロシア軍近衛歩兵第二連隊、第一大隊及び第二大隊の隊付医務官を務めた。開始前日の3月9日、16年間ドイツ帝国を率いた90歳の大帝ヴィルヘルム一世が逝去《せいきょ》し、フリードリヒ三世が皇位を継承するが、喉頭癌で余命わずかだった。3月10日、林太郎は「隊務日記」を漢文体でつけ始めた。事務的な業務記録で112日全て診療と文書報告についての記載だ。

3月23日、林太郎に正式に帰国命令が出た。

4月1日、ベルリンで第三の最後の下宿、未亡人ルッシュ家の大首座街10号の3階に転居した。下宿の前の駅から鉄道馬車で30分以内に勤務先のプロシア軍近衛歩兵第二連隊の兵営に着く利便さだ。だがその引っ越しは、エリーゼと同棲するためだった。

ルッシュ夫人は裁縫《さいほう》工房を営んでいて、若い女性が出入りしても目立たなかった。

ここでは後の小説「舞姫」との対比が興味深い。林太郎はクロスター街の裏町の下宿を出て、モンビジュウの表通りの高級アパルトマンに引っ越した。「舞姫」では逆に主人公はモンビジュウの家を出て、クロスター通りのエリスの家の屋根裏部屋に行く。「独逸《ドイツ》日記」では、叙情的な情景描写は少ないが、この下宿の内装の描写は、きわめて叙情的でロマンティックだ。それはエリーゼの存在を暗喩《あんゆ》している、とも考えられる。

エリーゼ・マリー・カロリーネ・ヴィーゲルトは1866年9月15日、現在のポーランドのシュチェチンに生まれた。5歳年下のエリーゼと林太郎がいつ頃、どのようにして知り合ったのかは、今日でも謎《なぞ》に包まれている。

林太郎の日課は判で押したように規則正しく6時起床、珈琲《コーヒー》とパンで朝食を済ませ8時出勤、午前の勤務後に下宿に戻り近くのホテルで石黒と情報交換しながら昼食を摂り、勤務後は読書に励んだ。医務は些事《さじ》でも徹底的に記録した。4月3日に兵役適否診断を命じられた。参考書「創傷ニ基ケル操業及興産ノ能不能ヲ決断スル法」は帰国後に翻訳し刊行した。著者ベッケルはドレスデンの冬期軍医学講習の講師だった。

凝《こ》り性の林太郎は、単調な隊付業務も徹底して調べた。元東大教授ミュルレルが備忘日誌の最初の5枚に月例の医務を詳しく書いていたことを知り、一晩借用し筆写した。

5月21日、小池正直が留学のためベルリンに到着した。翌22日、石黒宅で歓迎会が開かれ林太郎、中浜、隈川、河本、北里が参じた。翌日の5月23日から29日までの1週間、林太郎は、石黒のザクセンとバイエルン2王国の首都訪問に同行した。

5月24日、府司令部、陸軍大臣とロオト軍医監宅を訪問した。26日に昼食の席でロオト軍医監は「森軍医はわがザクセン軍医団のひとりだ」と熱弁を奮《ふる》った。

28日にミュンヘンで司令部に挨拶《あいさつ》し軍医総監を訪問、午後は衛生隊閲兵《えっぺい》と衛生隊兵営を視察し、翌29日は衛戍《えいじゅ》病院を見学して翌朝ベルリンに帰った。小池正直がベルリン留学するので、ベルリン大のペッテンコーフェルと面会したかったが叶《かな》わなかった。

林太郎がドレスデンにいた5月26日、「ベルリン人類学会」の例会で林太郎の演題を「日本陸軍一等軍医医学士森林太郎氏による『日本家屋論』である」とウィルヒョウ会長自ら代理で発表し、小池正直がその様子を林太郎に伝えた。それは林太郎のドイツ留学の総決算と言うべき「ベルリン人類学会」での発表だった。

その時、石黒のお供でベルリンにいられなかったのは谷口謙の悪意ある企《たくら》みだった可能性がある。林太郎の晴れ舞台の学会に、石黒忠悳の地方視察を重ねたのだ。

その1週間は小池正直がベルリンに滞在していた。

なので、林太郎がベルリンにいたなら二人は話がたくさんできただろう。視察から戻った翌日、ミュンヘンに向け出発する小池正直を、林太郎は駅舎で見送った。

「独逸日記」は4月1日、ベルリン第三の下宿に引っ越し、次は5月14日、シェリング街のウィルヒョウ宅で「日本家屋論」を見せ、ドイツ語論文の出版を手配してくれた謝辞で終えている。その頃はエリーゼと過ごしていたはずだが、ひと言も触れていない。

6月3日、滞独中の日本人留学生が集まりフリードリッヒ写真館で記念撮影をした。林太郎は軍服姿だった。この時、中浜東一郎はコッホの下で修学していたが9月にはオランダ、イギリス、フランス、ベルギー諸国の衛生学教室を見学して、衛生局に復命することが決まっていた。

谷口謙は「大和会」を開催しようとしたが林太郎が拒否し、成立しなかった。

この時、北里は緒方の脚気菌研究の批判論文を投稿していたので、その話題になれば石黒と一悶着《ひともんちゃく》が起きたかもしれない。

6月15日、フリードリヒ三世が在位3カ月で死去し、全軍6週の服喪となる。

その日は帰国予定の林太郎、石黒、片山国嘉3名の送別会で留学生十数名が集まった。

そこに片山国嘉の大学教授内定書が届き、送別会転じて祝賀会となった。

6月、「暗渠水中の病原菌有機小体説」が完成し、6月30日隊付勤務を解かれた。

3月21日から6月30日に診察した病兵は延べ362人に達した。

7月1、2日に関係者と告別し隊付勤務関係の要務を終え、「隊務日記」を閉じた。

「隊務日記」は帰国後の12月「軍医学会雑誌」の24号付録として発刊された。

帰国にあたり、漢文体で書き始めた「還東日乗」は7月4日にはただ一行「理行李」と書いた。7月5日夕、林太郎は石黒と共にベルリンを離れた。

4年近いドイツ留学を終えて帰国の途に就いた26歳の林太郎は、生涯ドイツの地は二度と踏まなかった。

だがこの時、愛しのエリーゼは彼の後を追い、日本に向かっていたのだった。

4章

軍陣衛生学確立と戦闘的言論時代、鷗外誕生

——明治21年（1888）27歳〜明治26年（1893）32歳

鷗外は文芸誌「めさまし草」を主宰し、文藝評論「三人冗語」を連載した。左から鷗外、幸田露伴、斎藤緑雨。観潮楼の庭先にて撮影。
明治29年1月31日に創刊した文藝評論誌「めさまし草」は、日清戦争によって廃刊となった「しがらみ草紙」の後継誌で、初号は売れ切れと好評だった。この年に鷗外は衛生学的なライフワーク「衛生新篇」の第一冊を、小池正直と共著で刊行している。
「三人冗語」は作風の異なる三人が新作を合評するもので、「めさまし草」の人気が高い連載企画だった。その中で鷗外は樋口一葉の「たけくらべ」を高く評価し、一葉を文壇に送り出す役割を果たした。鷗外は一葉にも「三人冗語」に参加するよう声を掛けたが、断られた。
一葉夭折の翌年8月、鷗外は短編「そめちがへ」を「新小説」に発表したがその後、創作の世界から一旦遠ざかる。この時期の文筆活動は明治25年11月「しがらみ草紙」38号で連載を始めた翻訳「即興詩人」（アンデルセン）に留まる。明治34年2月「即興詩人」の翻訳を終えると明治35年6月、盟友・上田敏の「芸苑」と合同し雑誌「芸文」を創刊して「めさまし草」を発展的解消した。その9月には「即興詩人」上下巻を春陽堂から刊行している。

40日間の帰国の船旅：明治22年（1889）7月29日～9月8日

明治22年（1889）7月から9月の2カ月の帰国の旅は、林太郎にとって上司の石黒忠悳《ただのり》と一緒で憂鬱《ゆううつ》なものとなった。7月8日から18日までロンドンに滞在し、石黒の仇敵《きゆうてき》、高木兼寛《かねひろ》の母校、セント・トマス病院など諸施設を見学した。ロンドンで林太郎は、舌禍《ぜつか》で日本を追われた尾崎行雄《おざきゆきお》と会った。彼の境遇に共感した林太郎はパリ入りした夜、七言絶句「退去録」で「莫触何逢蝮蛇怒　待機箝口是良謀」と贈った。

「退去録」の「触ルルコト莫《な》クバ何ゾ蝮蛇《マムシ》ノ怒《いかり》ニ逢《あ》ハン、待機箝口《かんこう》是レ良謀《りょうぼう》」の意は、「触れなければ蝮の怒りに逢わない。ここは待機し口を閉ざすのが賢明《けんめい》だ。逐客《ちっかく》が相会って杞憂《きゆう》を話合った海島孤亭の夜を懐《なつ》かしく思い出す」である。それは尾崎に贈ったのか、それとも林太郎が自身に言い聞かせたものなのか、意味深長な内容だ。

7月19日から27日までパリに滞在し、陸軍病院や軍医学校を表敬訪問した。パスツール研究所も訪れたがパスツール所長は不在で会えなかった。この日、エリーゼがブレーメン北方の港を出港したという朗報が林太郎に届いた。

7月26日、軍医学校訪問の帰途、林紀《はやしつな》が眠るモンパルナス墓地に詣《もう》でた。

7月28日の出航前夜に投宿したマルセイユのホテル・ジュネーブは5年前、欧州に到着した晩に泊まったホテルだった。その時の航西学徒10名の記念写真が引き伸ばされ、壁に貼られているのを見た林太郎の胸には万感が迫ったことだろう。

7月29日、仏汽船「アバ号」に乗船し、ヨーロッパを離れた。

林太郎はエリーゼの船旅のスケジュールを把握《はあく》していた。彼と石黒の荷物の別送便に使った船にエリーゼを乗せたからだ。途中の寄港地、スリランカのコロンボでは、後から来るエリーゼに小説を言付《ことづ》けている。そこには「この本はつまらないので読む価値はない」というコメントがつけられていた。

そこで美しい青い鳥を戯《たわむ》れに買ったが、日本に到着する前に死んでしまった。

間もなく日本に到着するという晩、林太郎は、エリーゼが自分を追って日本に来ると石黒に告げた。すると石黒の顔が険《けわ》しくなった。

石黒は「赤松中将のご令嬢《れいじょう》との縁談はどうするつもりだ」と詰問《きつもん》した。

林太郎は前年、母から縁談を勧める手紙が来ていたのを、実験の忙しさにかまけてやり過ごしていた。相手は西周《にしあまね》が実の娘のように可愛がった、17歳の赤松登志子《あかまつとしこ》だった。縁談は西周の強い希望だった。これ以上の良縁は考えられなかった。第二代軍医総監の林紀の妹と赤松則良《のりよし》海軍中将の間に生まれた娘と結婚すれば、日本医学界の華麗《かれい》なる一族、順天堂閥《じゅんてんどうばつ》の末席に座り、日本の軍医の名門一族の一員になれる。

留学生は色恋沙汰《いろこいざた》が多く、真面目《まじめ》一辺倒の小金井良精《こがねいよしきよ》も現地での恋愛を金銭で片付けている。中浜は出張先のウィーンで地元の女性と懇ろ《ねんご》になり、長与称吉《ながよしょうきち》はミュンヘンでドイツ人女性と所帯を持ち、渡欧前は欧米視察団の問題は色事に走ることだと非難していた谷口謙《たにぐちゆずる》は女衒《ぜげん》の如《ごと》くなった。石黒もフランス人娼婦《しょうふ》と半年、懇ろにつきあったし、福島安正大尉は谷口に紹介された娼婦に性病をもらい、激怒している。

ドイツに滞在していた日本人は、上から下まで色狂いだったのである。

だがドイツ女性と結婚した日本人も少なくなかった。青木周蔵公使は名門貴族の女性と結婚した。帝大教授となる長井長義《ながいながよし》は17歳年下のテレーゼ嬢と結婚し帰国していた。

9月8日、40日の航海を終えた林太郎は、4年ぶりに日本の地を踏んだ。

エリーゼ来日：明治22年（1889）9月～10月

帰国4日後の9月12日、陸軍軍医学会会員主催の帰朝歓迎会があった。洋行から帰国した軍人は陸軍サロン「偕行社《かいこうしゃ》」で報告会を開くのが慣例だった。石黒は林太郎のことを「士官の風ではなく風流子の風とみる」と皮肉たっぷりに紹介した。このため林太郎は「自分は上官の許可を得ていないので意見を言うのは差し控えたい」と言い土産話を拒否した。これは士官の間で「森の語らざるの弁」と悪評として残った。

早々にサロンを辞去した林太郎は横浜港に向かった。前日、林太郎は横浜に1泊していた。エリーゼの乗った客船が到着したからだ。だが大嵐《おおあらし》で上陸が叶《かな》わず船内泊になり、翌日林太郎は陸軍サロンでの講演予定だったので、東京へ戻らなければならなかった。やむなく林太郎は、弟の篤次郎《とくじろう》に対応を頼んだのだった。

小雨の中、エリーゼは埠頭《ふとう》に降り立った。ひとりぼっちの船旅、日本に着いたと思ったら嵐の中の船中泊。さぞ心細かっただろうと思うと、林太郎の胸は一杯になった。

エリーゼは築地《つきじ》の精養軒に宿泊したが、入れ替わり立ち替わり鷗外の親族や友人が現れた。妹の夫、小金井良精はドイツ語が堪能《たんのう》だったので話し相手を務めた。

エリーゼは、自分が歓迎されていないと感じ、次第に元気を失っていった。

森家のおんなたちは一斉《いっせい》に反発した。特に母峰子《みねこ》の鷗外への執着は凄《すさ》まじく、妹・喜《き》美子《みこ》の夫の小金井良精に泣きついた。彼は精養軒に日参し林太郎を翻意させようとしたが謝絶され、賀古鶴所《かこつるど》に援軍を頼んだ。賀古は、「ここはひとまず引いて、エリーゼをドイツに帰せ」と提案した。賀古は2カ月後、山県有朋《やまがたありとも》の通訳として1年間欧州に行くので、彼がドイツにいる間に全てを始末してドイツに来ればいい、という。

他に妙案もなく林太郎はその提案に同意した。賀古と話し、エリーゼも同意した。

10月17日、来日1カ月後に来た時と同じ客船で帰国した。

赤松登志子は9月の初めから東京を離れていた。赤松中将が佐世保軍港建設の指揮にあたるので、一家で佐世保へ行っていたのだ。

エリスが帰国した5日後の10月22日、上野精養軒で林太郎の帰国祝賀会が開かれた。だが、主賓《しゅひん》の西周夫妻を迎えたのは林太郎と篤次郎、小金井良精の三人だけだった。謹慎中《きんしんちゅう》の林太郎は祝賀会などすべきでない、という石黒の指図だ。本当なら、喜美子の結婚披露宴も行なう予定だったが、それも吹き飛んだ。

その席で主賓の西周夫妻に、改めて赤松登志子との縁談を勧められた。林太郎は結局、17歳の赤松登志子と婚約した。すべては林太郎の優柔不断のせいだ。彼は賀古に託した手紙で、ドイツに行けなくなったと認めた。それはエリーゼとの結婚が駄目《だめ》になったことを意味した。

11月22日、林太郎と登志子の結納が交わされた。この日、林太郎は陸軍大学校教官に兼補された。12月2日、賀古は林太郎の手紙を携え、山県公とドイツへ向け船出した。

林太郎はエリーゼに関する記述を削除し「独逸《ドイツ》日記」を完成させた。

林太郎とエリーゼの恋は終わったが、文通は終生続いたという。

エリーゼは帽子職人として生計を立て、結婚した。明治43年6月、「三田文学」に発表した小説「普請中」で鷗外は、エリーゼとの顚末《てんまつ》を書いたが、死の直前、後妻志《し》げの手で手紙を庭で焼かせたため、詳細は不明である。

鷗外の捲土重来：明治22年（1889）11月～12月

赤松登志子と婚約した林太郎に、西周は結婚祝いにふたつビッグ・プレゼントをした。

ひとつは権威ある「東京医事新誌」の編集長の座である。

「東京医事新誌」は明治10年2月創刊の歴史ある週刊医学雑誌で、昭和35年10月に廃刊した。その名門雑誌の編集長への抜擢《ばってき》を、責任者の松本順に頼んだのだ。

もうひとつは「読売新聞」での連載小説だ。帝大の学科の科目に文学という用語が使われ始め、文学の興隆が始まった頃だった。ドイツ帰りで語学が達者な林太郎が、翻訳小説の連載を依頼されたのだ。林太郎は弟の篤次郎と妹の喜美子に協力を依頼した。

帝大医学生の篤次郎は、林太郎と「参木之舎（みきのや）」の屋号を用い、「篤」の竹冠と「参木之舎」の次男の意で「三木竹二」という筆名で文筆活動をしていた。

ふたつの新しい舞台を得た林太郎は、軍医の業務にも励んだ。

林太郎は陸軍軍医学舎教官に任命され、陸軍大学校教官を兼任した。石黒は、軍医学校長と陸軍衛生会議長兼任になり、ここでも林太郎につきまとう。

11月24日、林太郎は「大日本私立衛生会」で、ドイツの衛生政策について帰朝講演した。翌月「医学士森林太郎演説・非日本食論将失其根拠」として自費出版したこの論文は石黒の脚気《かっけ》論を補強していた。さらに軍医向けの「陸軍衛生教程」も執筆した。

林太郎は、本業の軍医業務と軍陣衛生学の確立に全力投球しつつ、夜は新連載の翻訳小説の執筆や「東京医事新誌」の誌面刷新に熱中した。

失意の明治21年は年末、やりがいのある仕事で突如多忙になり、翌明治22年新年早々、陸軍軍医部での軍陣衛生学の確立という本道、医事評論による医界制覇、そしてあっと驚く第3方面、文学界への進軍を開始したのである。

3面の快進撃①「衛生学教程」と「陸軍兵食試験」：明治22年（1889）

後年振り返っても明治22年の軍陣衛生学、医事評論と文学という3方面での林太郎の快進撃は凄《すさ》まじかった。1番目は本業の軍医としての衛生学の確立である。

隊付勤務を詳細に記載した「隊務日記」は軍医部のバイブルになり、帰国後矢継ぎ早に出版した衛生学の著作や刊行計画により、彼は陸軍衛生行政の最重要人物になった。

衛生学の創始者ペッテンコーフェルと、細菌学の始祖コッホという双璧《そうへき》に直接指導を受け論文を仕上げ帰国した森林太郎に比肩《ひけん》する者はいなかった。留学時代の医学研究論文は「ビールの利尿力はアルコールだと云《い》ふ研究」「西洋の穀物に混じつてゐるアグロステンマーギタコと云ふ毒の実を無毒化して飼料にする研究」「ベルリン府中の下水中の病原的バクテリヤの動物実験の結果」の3本に加え「日本兵食論」と「日本家屋論」の2本の総説で陸軍の兵食の米食を補強した。3月には本邦初の日本人による衛生学の教科書「衛生学教程」を陸軍軍医学校から刊行し、石黒忠悳が序文を寄せた。

7月に「陸軍兵食試験委員」に任命され、第一師団から6名を借兵し8日間、米飯、麦飯、パン食で比較研究をした。これは林太郎の陸軍軍医部での衛生学の最大の業績となった。8月12～19日に米食、10月15～22日に麦食、12月13～20日に洋食で試験を実施した。食事を秤量《ひょうりょう》し蛋白《たんぱく》、脂肪、炭水化物を計量、大小便から窒素量を計測した。摂取蛋白と排泄《はいせつ》窒素から窒素の出納《すいとう》を計算し、尿中の硫酸《りゅうさん》と硫黄《いおう》を秤量し体内酸化作用の強弱を測定するという緻密《ちみつ》な実験は、ライプチヒのホフマン教授の指導で基礎的手技を修得した成果だ。

林太郎が学んだフォイトの栄養学は、カロリー主体なので栄養論を主張する高木説を打ち破ることはできないが、米食と麦食の蛋白の比率と熱量（カロリー）を比較する、高い分析技術と大変な労力を要した最先端の研究ではあった。

林太郎は兵食試験の間は夜中まで研究し、日祭日の出勤も厭《いと》わず、うまくいけば喜び面白くない時も腹は立てなかった。11月18日にドイツから帰国した谷口謙に、邦食と体内酸化作用の関係を研究させ胃液、唾液《だえき》及び糞尿《ふんにょう》の分析検査を行なわせた。主体は谷口で林太郎は名義貸しだ。このように帰国後半年で谷口に格段の差を見せつけた林太郎は、陸軍軍医部の軍陣衛生学で中心的存在になっていた。

3面の快進撃② 医事評論 脚気論争から医学会批判：明治22年（1889）

林太郎が「東京医事新誌」の主筆に抜擢されたのは周囲を驚かせた。

1月5日刊の562号で誌面の刷新を図り「緒論《しょろん》」「原著」「抄録《しょうろく》」「漫録」「批評」「史伝」の各欄を設けた。「緒論」欄で「市区改正は果たして衛生上の問題に非《あら》ざるか」を掲載した。普仏戦争後のミュンヘンを衛生都市に作り上げたペッテンコーフェルの業績を、新しい帝都を作る都市計画が進展中の東京で模倣しようとしたのだ。

これはすぐに成果が出て、11月に「東京家屋建築条例起草会議」に参加要請された。2月9日の567号で「千載一遇《せんざいいちぐう》」という主筆就任挨拶《あいさつ》をした林太郎は3月25日、衛生学雑誌「衛生新誌」を創刊し、巻頭「衛生新誌の真面目」を寄稿した。この雑誌は後に「東京医事新誌」の編集長を追われた林太郎の命綱になる。

この年、林太郎は「戦闘的啓蒙《けいもう》運動」なる医事評論を展開し、医学界の長老に叛旗《はんき》を翻した。だがラディカルな反逆者として最初に登壇したのは在ドイツの北里柴三郎《きたさとしばさぶろう》だ。明治21年、北里は「緒方、脚気」というドイツ語論文を書き別刷を「中外医事新報」に送った。だがなかなか掲載されずクレームをつけるとようやく翌明治22年1月25日に「緒方氏の脚気『バチルレン』説（日本官報一八八五年及八六年）を読む」が「中外医事新報」に掲載された。北里は「緒方教授の脚気菌発見は細菌学の基本を無視した間違いだ」と正面から旧師を批判した。緒方は同じ号に「脚気バチルスに就《つい》て北里君の評を読む」で答えて以後、沈黙する。

東大の加《か》藤《とう》弘之《ひろゆき》綜理《そうり》は、旧師を土足で踏みつける批判文は「師弟の道を解せざるもの」と激怒し、日本初の医学論争が勃発《ぼっぱつ》した。林太郎の闘争心にも火が点いた。「東京医事新誌」で「北里が先輩の緒方博士に憚《はばか》らず自説を述べるのは恩知らずとも不徳とも批判される。北里は単に識を重んずる余り情を忘れただけだ」とちくりと触れた。

すると8月5日、北里は「東京医事新誌」592号に「与森林太郎君」を投稿した。曰《いわ》く「情を忘れたのではなく私情を制したのだ。学術の世界ではそうしなければ真理は究《きわ》められない」

東大時代、雄弁部「同盟社」の主将として鳴らした北里の面目躍如たる一文だった。

この一撃で林太郎は轟沈《ごうちん》した。

一敗地に塗《まみ》れた林太郎は、新たな標的を医学会の長老に定めた。真の敵は医学会に巣食い、正当な学問を政治力で圧迫する医学会の長老連中だとようやく認識したのだ。

こうして、「戦闘的啓蒙活動」と称される、一連の闘争が始まった。

明治18年結成の医師連合体、「乙酉会《いつゆうかい》」が彼らの根城だ。石黒忠悳が発起人となり、長与専斎《ながよせんさい》、池田賢斎《いけだけんさい》、佐々木東洋《ささきとうよう》等天保《てんぽう》年間生まれの医師、所謂《いわゆる》「天保組」の大御所が、医政を議するため設立した組織で、その会長に松本順を担いだ。

「第1回医学会」は「天保組」の長老連の企画で発起人は伊藤方成《いとうほうせい》、池田賢斎、岩佐純《いわさじゅん》、石黒忠悳、橋本綱常《はしもとつなつね》、長谷川泰《はせがわたい》、戸塚文海《とつかぶんかい》、大沢謙二《おおさわけんじ》、高木兼寛、長与専斎、佐藤進《さとうすすむ》、實吉安純《さねよしやすずみ》、三宅秀《みやけひいず》と、松本順の「長崎医学所」に集ったメンバーが中心だ。

創立主意書に「内国同業の有志者を東京に集会し互いに医学上の知識を交換す」としてあるものの、重視したのは終会の日に開催する懇親会だった。「東京医事新誌」は「日本医学会」の中心拠点なので編集長の林太郎も当初は賛成の立場を取っていた。

だが内容が明らかになると大学生を入れないこと、医薬分業、医風刷新など業務上の問題を中心に討議すべきで、金銭と権威者が支配する危険があるなど批判が噴出した。

9月、「東京医事新誌」598号の「緒論」欄で「医事新聞に就て」を掲載した林太郎は、「日本医学会の活動は医老の排斥が必要だ」と批判的論調で参戦した。

林太郎はさらに600号・602号で「日本医学会論」を掲載し本格的に批判を始めたが11月、任期10カ月、「東京医事新誌」606号で編集長を解任されてしまう。

だがもともと「東京医事新誌」は「天保組」の根城の敵地なので、林太郎は3月創刊した雑誌「衛生新誌」で論陣を張る陣地を確保し、12月13日「医事新論」を創刊した。

その巻頭に発刊の辞「敢《あ》えて天下の医士に告《つ》ぐ」で「実験的医学を普及目的」とし、医学界の長老支配への戦闘継続を宣言した。

僅《わず》か4頁《ページ》の瓦版《かわらばん》に近い私的な評論誌を、林太郎は言説展開の場としたのである。

3面の快進撃③文学　翻訳詩集「於母影」と評論誌「しがらみ草紙」：明治22年（1889）

3面の活動の最後は文筆業である。

1月3日、医学士・森林太郎名義で「読売新聞」紙上に「小説論」を発表し「小説は空想で書かねばならぬ」というアンチ自然主義の文を書き同日、文人・鷗外漁史がスペインの劇詩人カルデロンの「サラメアの村長」の翻訳「音調高洋筝一曲《しらべはたかしぎたるらのひとふし》」の連載を開始した。

この日、文芸評論家と翻訳小説家でデビューした鷗外漁史は直後に27歳になった。最初の連載は好評で「緑葉の歎」「玉を懐《いだ》いて罪あり」と続けて連載を果たす。

1月12日、下谷根岸金杉に家を借りた林太郎は篤次郎、潤三郎と同居を始める。

1月26日、赤松一家が佐世保から戻ると27日、石黒は、林太郎の謹慎を解除した。

2月11日、紀元節に大日本帝国憲法の発布式があり、2週間後の2月24日、森林太郎は赤松登志子と結婚式を挙げた。登志子は大柄で色白の少女で、漢籍の文章を朗々と素読するような、教養のある女性だった。

3月13日、両国橋のたもとにある中村楼で、披露宴が行なわれた。

出席者は林洞海《はやしどうかい》・つる（佐藤泰然《たいぜん》長女）夫妻、順天堂主佐藤進・志津（洞海三女）夫妻、洞海六男紳六郎《しんろくろう》の養父で元老院議官西周・升子《ますこ》夫妻、逓信《ていしん》大臣榎本武揚《えのもとたけあき》・多津（洞海次女）夫妻、海軍中将赤松則良・貞（洞海三女）夫妻、三宅秀夫人藤（佐藤尚中《たかなか》次女）、外務省翻訳官・図師《ずし》民嘉《たみよし》・佐用《さよ》（洞海五女）夫妻、成田友久（赤松六女で登志子の妹・古登子の養父）と、順天堂の一門がずらりと顔を揃《そろ》えた。

早世した林紀の地位に嵌《は》まった林太郎は、順天堂閥の一員に認知されたのである。

4月、「国民之友」4月号に「独逸文学の隆運」を掲載、鷗外はさらに飛躍する。留学時代に耽溺《たんでき》したドイツ文学の総決算で、この縁で徳富蘇峰《とくとみそほう》に訳詩を依頼された。「国民之友」は徳富蘇峰が主筆を務める民友社の総合雑誌だ。蘇峰は現在の詩壇に不満があり前年「新日本の詩人」という論説で詩歌改革者を切望した。そこに鷗外の論説が目に止まり、詩歌改良運動への協力を要請したのだ。

その時、鷗外の脳裏にゲーテやハイネの詩が浮かんだ。

あれらの詩の韻律《いんりつ》は日本にはない。ならば実際に詩歌を見せるのが手っ取り早い。

鷗外は弟篤次郎や妹喜美子、友人たちに声を掛け同好の小結社「新声社」を結成し、バイロンやシェークスピア、漢人の詩も混じた翻訳詩集に着手した。

8月2日、「国民之友」第5巻58号の夏期文芸付録で出版された「S．S．S．」という共著者名の翻訳詩集「於母影《おもかげ》」は爆発的人気で、雑誌に重版がかかり別冊は雑誌から切り離され単行本として発売された。代表の鷗外は一気に人気作家の地位を確立した。「於母影」の印税で50円の大枚を手にした鷗外は10月末、「しがらみ草紙」という文学評論誌を新声社から創刊した。尾崎紅葉《おざきこうよう》にも参加を依頼するが謝絶され、雑誌の中で展開した坪内逍遙《つぼうちしょうよう》の「小説神髄《しんずい》」への批判は翌年の「没理想論争」になった。

10月9日、山県有朋と共に賀古鶴所が欧米視察から帰国した。その直後の10月18日、外務大臣大隈重信《おおくましげのぶ》が爆弾で襲撃され右脚を失い、黒田清隆《くろだきよたか》内閣は総辞職し、帰国直後の山県有朋が首相の座に就いた。山県首相は民党の反対攻勢に粘《ねば》り強く対応し、翌年の予算は成立させたが、嫌気がさして第一次山県内閣は早々に総辞職してしまう。

賀古鶴所は林太郎の結婚をエリーゼに伝え、彼女の狂乱ぶりを伝えた。その伝聞に肺《はい》腑《ふ》を抉《えぐ》られた鷗外は床に臥《ふ》した。だがやがて、内に迸《ほとばし》る感情を筆に乗せるように、物語を1週間で一気に書き上げた。弟の篤次郎が家族の前で朗読すると、森家のおんなたちは紅涙《こうるい》を絞った。彼女たちが涙を流す意味が、鷗外にはわからなかった。

篤次郎は賀古にも読み聞かせたが、賀古は「自分の大雑把《おおざっぱ》さがよく描かれている」と鈍感な感想を述べたため、鷗外は賀古に宛書きした人物の名前を変えた。賀古には物語の末尾の「一点の彼を憎むこゝろ今日までも残れりけり」という思いは届かなかった。

年が明け明治23年1月3日、鷗外は「国民之友」69号に「舞姫」を発表した。

文学と私生活：明治23年（1890）〜明治25年（1892）

明治23年当時、鷗外の家庭は荒れていた。お嬢さま育ちの登志子は家の切り盛りができず、花園町の家に弟二人に登志子の妹二人、赤松家から連れてきた老女のお手伝いが同居していた上、登志子は妊娠した。彼女は物語を読んで体調を崩した。

2月1日、国会開設前に「国民新聞」が創刊され、鷗外は「国民新聞発刊の祝辞に代えて」を掲載、3月17日から26日まで10回、翻訳小説「地震」を掲載する。

8月25日「しがらみ草紙」11号にドイツ三部作の弐《に》、「うたかたの記」を発表した。

この時、鷗外はひとり旅に出た。彼が個人旅行をしたのは、生涯でこの一度だけだ。目的地は信州の奥座敷、山田温泉で、明治15年2月、陸軍軍医部に入局した初年に徴兵検査業務で出張した際に立ち寄った。徴兵業務の際、3月4日から7日まで北長野の高田に滞在するが「北游日乗」(この時の紀行記)では空白になっている。

鷗外は8月17日、一番列車で上野を発し横川より鉄道馬車で碓氷峠《うすいとうげ》を越え、軽井沢で下車し、「油屋」で休憩し上田の「上村」に投宿した(明治15年は「植村」と表記)。翌18日、上田から汽車で長野下車、人力車で須坂に行き、牛の背に乗って山田温泉に向かった。そして8月26日まで「藤井屋」でひとりで宿泊し、27日帰宅した。

この地の滞在記を「みちの記」として「東京新報」に7回、不定期に掲載した。親友の賀古鶴所はこの切り抜きを丁寧《ていねい》にスクラップしている。

すっかり山田温泉を気に入った鷗外は、藤井屋の主人に、土地を譲って欲しいと依頼した。土地は買えなかったが、鷗外がこの地に別荘を建てていたら山田温泉は栄えただろう、と後に菊池寛《きくちかん》が残念がっている。

この時に鷗外は、登志子との関係を清算することを決意したのだろう。

9月、弟篤次郎は医科大学を卒業し、大学の脚気病室、伊勢《いせ》錠五郎《じょうごろう》の助手になった。

9月13日、登志子が長男於菟《おと》を出産すると10月4日、小雨の中、於菟と産後の妻を花園町の家に置いて、鷗外は二人の弟と本郷駒込千駄木の仮住まいに引っ越した。

西周宅に姑《しゅうとめ》の赤松夫人と石黒が集まり協議するが、どうもならず11月27日、鷗外と登志子の離婚が正式に成立した。

明治24年1月28日、鷗外は雑誌「新著百種」12号に「文づかひ」を発表した。

実質1年でドイツ三部作「舞姫」「うたかたの記」「文づかひ」を書き上げた鷗外は、文壇で確固たる地位を確立した。そんな鷗外は、周囲からの猛攻撃に曝《さら》された。

「舞姫」発表の3カ月後「舞姫三評」なる論説を「江湖新聞」に掲載した石橋忍月《いしばしにんげつ》もその一人だ。忍月がハルトマンの「美の哲学」の生かじりの知識をひけらかしたので鷗外は、「芸術での狂乱描写は必要不可欠な限度を超えてはならぬ。その描写は元来醜《しゅう》なる狂乱を性格的な美に高めるような場合に限ってのみ、利用が正当化される」と反撃した。

忍月は懲《こ》りずに明治24年2月14、15日に「国会新聞」で「文づかひ」を批評して、鷗外は「国民新聞」紙上で応酬《おうしゅう》したが、最終的に鷗外が忍月を叩《たた》きのめした。

5月15日には尾崎紅葉が「読売新聞」に「焼つぎ茶碗」という小説の連載を始めた。これは鷗外の離婚がモデルだと評判になったが、鷗外は何も手を打てなかった。

この頃、鷗外は絵画界でも暴れていた。親友の洋画家、原田直次郎は冷遇され、第3回内国勧業博覧会に出品した傑作「騎龍観音」を、洋画家排斥の首魁《しゅかい》の東京帝大文学科教授の外山正一《とやままさかず》が、画題の貧困と思想の欠如だと槍玉《やりだま》に挙げた。

これを鷗外は「しがらみ草紙」誌上で批判した。所謂《いわゆる》「画題論争」である。

明治25年1月30日、千駄木21番地に転居し千住より祖母と両親、千駄木町57番地から弟二人を呼び寄せ、長男於菟は祖母が面倒をみた。裏手の地所も買い2階を新築した。潮見坂ともいうので「観潮楼」と名付けた家で鷗外は、森家の一家団欒《だんらん》を始めた。

父・静男は引退を宣言し、鷗外は名実ともに森家の当主になった。

当時、鷗外は無縁坂に佳人を囲っていた。仕立てが生業《なりわい》の未亡人、児玉《こだま》せきは両親に気に入られ、観潮楼に出入りしたが、鷗外は彼女とは結婚しなかった。

7月の「水沫集《みなわしゅう》」は当時の鷗外の文筆活動の集大成で短編から翻訳、評論まで全作品を網羅した。それ以後の鷗外の文筆活動は、「しがらみ草紙」の刊行に限定されていく。

9月、「しがらみ草紙」24号の「山房放語」で、「理想なくとも文学は書ける」という坪内逍遙に対し、鷗外は「文学は理想なくして存在せず」と反論した。所謂「没理想論争」は、坪内が一方的に打ち切ったので鷗外の判定勝ちだろう。

その月、留学時代から気に掛かっていた「即興詩人」の翻訳に取りかかった。だが鷗外の快進撃に影が差す。10月、軍医学校で講義後に喀血《かっけつ》し11月、自身で結核菌を確認した。この頃から文筆活動は停滞し、「即興詩人」の翻訳に限定されていく。

医事評論と軍陣衛生分野での活躍：明治23年（1890）〜明治25年（1892）

明治23年から26年の4年間、鷗外の本業の軍陣衛生学は医事評論の世界と絡《から》み合い、鷗外の評論活動は衛生学が主なフィールドになった。

3月31日には前年度実施した「兵食検査成績略報」を報告した。4月2日に兵食検査結果を軍医学校校長石黒忠悳が、陸軍医務局長橋本綱常に提出した。

4月1日から7日まで「第1回日本医学会」が開かれた。鷗外にも講演依頼が来たが、前日の3日に断った。それは「兵食検査」が正式報告された当日である。

学会後の4月9日、「医事新論」5号の「第一回日本医学会と東京医事新誌と」では「真成の学会を望み第一回日本医学会の継続は望まず」と断じた。

陸軍軍医部の重要な研究「兵食検査」の責任者でもあり、臍《へそ》を曲げられたら大変なので、「日本医学会」の提唱者の石黒は、さぞかし腹立たしかったことだろう。

鷗外は5月3日「兵食検査成績略報」の「解説」を提出し、5月「医事新論」6号の「第一回日本医学会余波の論」でも攻撃の手を緩めない。6月6日、鷗外は二等軍医正、陸軍軍医学校教官に任じられ、6月21日に「公衆医事会」設立相談会で綱領を決定した。ドイツ帰りの新世代の中浜東一郎《なかはまとういちろう》、賀古鶴所、青山胤通《あおやまたねみち》で「医学会に関する意見」を議決し、6月下旬「公衆医事会」を設立した。

6月、長崎でコレラが発生し全国で患者4万6千人、死者3万5千人の大流行となる。

7月「衛生新誌」で「独逸北派の防疫《ぼうえき》意見」「独逸南派の防疫意見」「公衆衛生略説」「国際衛生会と国際防疫法と」など、伝染病防疫に関しドイツ時代に見聞した論説を展開した。8月には「衛生新誌」26号で「防虎列拉《これら》法」発表している。

9月には「日本公衆医事会」の機関誌「衛生新誌」と私的な「医事新論」を統合して、

「衛生療病志」と改称した。その出版は日清戦争の出征時まで続いた。

10月16日、海軍軍医総監・高木兼寛が「兵食改善で海軍脚気は消滅」と意気揚々と天皇に奏上すると10月23日、陸軍省医務局長に昇進したばかりの石黒忠悳が、鷗外が実施した「兵食検査報告」を大山巌《おおやまいわお》陸相に報告した。

10月、「衛生療病志」11号で8月4～9日の「第10回国際医学会」（ベルリン）について一報した。コッホがツベルクリン公表で全世界に衝撃を与えた学会で、ドイツ留学中の入江《いりえ》達吉《たつきち》から送られてきた「ベルリン医事週報」号外を受け取った鷗外は、すぐさま翻訳すると12月29日「衛生療病志」号外で「結核療法の急報」を発行し、12月30日には「読売新聞」紙上に、「コッホ氏肺癆《はいろう》新療法の急報」を無署名で掲載した。

明治24年8月、鷗外は留学帰りの小池《こいけ》正直《まさなお》と連名で「壁湿検定」を実施、結果を10月「東京医事新誌」708号「雑纂《ざつさん》」欄に「壁湿検定報告」として6回連載した。

8月24日には、同期の21名と共に医学博士の学位を受けた。皮肉なことに、その頃から鷗外は、研究分野から離れていった。

翌明治25年5月28日、北里柴三郎が6年半の留学から帰国し、熱狂的歓迎を受けた。

直後の6月、ザクセン軍団の軍医監ロオトが腎疾《じんしつ》で死去し9月、「衛生療病志」33号に「嗚呼《ああ》ヰルヘルム・ロオト逝《い》く」を寄稿した。

翌明治26年1月21日にはペッテンコーフェルが、コレラ生菌を摂取するという無謀な人体実験をしたことに対し快哉《かいさい》を叫《さけ》んだ鷗外は「ミュンヘン府医事週報」を訳して、「ペッテンコオフエル 痧菌《コレラ》を食ふ」を「衛生療病志」号外で出している。

「衛生療病志」誌上の「傍観機関」欄「日本医学会」攻撃：明治26年（1893）

明治26年、32歳の鷗外は「日本医学会」の攻撃に明け暮れた。

4月4日から10日まで、北里柴三郎会頭で「第2回日本医学会」が開催された。4年前「第1回日本医学会」を批判した鷗外には、北里の会頭就任は打撃だった。「学問権は学問上の業績を成した真の学者が手にすべきで、欧米と交流できる人材を尊重すべき」という鷗外の主張に、北里ほど合致する人物は他にいなかったからだ。

「衛生療病志」の「傍観機関」に掲載した「学者の価値と名望と」「吏《り》たる学者」「一学者の遭遇」という一文に「反動の波間に漂う北里は学者たる価値を失い贗《にせ》学者に落魄《らくはく》し、

御神輿《おみこし》となり反動祭りに担ぎ出され遺憾《いかん》に思う」と北里を徹底批判した。

7月6日、陸軍軍医学校条例が改正され、鷗外は軍医学校校長心得に任命された。同月、「傍観機関」欄で「反動祭」と「反動機関」という論説を展開する。「反動機関」は医療界の官報「医海時報」とした。8月の「衛生療病志」43号「傍観機関」で「反動祭の神」「学士の称号」を掲載し、翌明治27年2月「衛生療病志」50号「傍観機関」で「九たび反動機関を論ず」まで延々と「医海時報」批判を続けた。

「医海時報」は、北里に心酔する若き医師、山谷徳治郎が、この年の2月に創刊したタブロイド判の医事評論誌で、雑誌というよりは週刊新聞に近かった。実力ある北里が雑誌による広報まで手に入れたら面倒だと思ったのか、鷗外は過剰なまでに「医海時報」に嚙みつき、半年後の「九たび反動機関を論ず」まで批判を続けた。すると「医海時報」から、鷗外の主張は過剰な自信とエリート意識が問題だ、と反撃された。

鷗外は正論が通らず苛立《いらだ》ったが、陸軍から直接の報復はなかった。誰彼構わず嚙みついた鷗外に対し、その発言はエキセントリックだが、根本は私情でなく理に立った公論と認め許容した老害連中の、健全な度量を示すものだった。

鷗外は体制の主流の真ん中に属しながら、傍流のメンタリティを持ち続けたという、まさに「エキセントリック」な人物だった。

9月、鷗外の義弟の小金井良精が、帝国大学医科大学の学長になった。

11月14日、鷗外は一等軍医正に昇進し陸軍軍医学校長に就任し、年の瀬が押し迫った12月26日には「中央衛生会委員」に任命された。

だが軍陣衛生学と医事評論で外部批判に傾注した鷗外は、次第に衰微に向かう。

明治26年の鷗外の文筆活動は「しがらみ草紙」の刊行のみで創作はない。そして医事評論「衛生療病志」と文壇の評論活動の場「しがらみ草紙」は唐突に廃刊にした。

明治27年8月、日清戦争が勃発し、鷗外も従軍したためだ。

だが鷗外の戦闘は無駄ではなかった。鷗外は19世紀後半に西欧医学の覇者《はしゃ》の座に君臨したドイツに学んだ自然科学的路線を展開し、帝大医科に形成されたアカデミズムの中に定着させるため、上司や恩師の思惑も顧みず無謀な論陣を張った。そのおかげで、知識の交換や分与にすぎなかった日本医学会は、第2回で終わったのだった。

衰運の明治26年、格式高い料亭・亀清楼《かめせいろう》で開催された「亀清会」に幾度か参加した。賀古鶴所が企画し、帝大から青山胤通と小金井良精、衛生局から北里柴三郎と後藤新平《ごとうしんぺい》、陸軍軍医部から鷗外と賀古という、一風変わった面子《めんつ》が集まった。発起人の賀古の意図は、内務省と陸軍と帝大がいがみ合いをせず、過去の遺恨は水に、いや、酒に流そうという趣旨だった。別名「異論者会」は数度開かれた後、自然消滅してしまった。

明治26年4月、私立伝研の所長になった北里は経営に苦労していた。

そこに彼の盟友、後藤が相馬藩の旧藩主が絡んだお家騒動の「相馬事件」に連座して投獄され、衛生局長を失職してしまったのだ。

この時鷗外は山県前首相の首相補佐官・都筑馨六《つづきけいろく》に呼び出され、内務省の参事官職を勧められた。その後には衛生局長に任命するという。この頃、同期トップの小池正直が石黒忠悳の後任で医務局長になる可能性が噂《うわさ》されていた。そうすると鷗外の出世の道は閉ざされるのでそういう道が提示されたようだった。結局この話は立ち消えになったが、後藤が退場した時なので、鷗外の心はざわついたのだった。

5章

日清戦争、台湾戦役と小倉左遷

——明治27年（1894）32歳～明治36年（1903）42歳

軍陣衛生学分野からプライベートまで、多岐にわたる鷗外の盟友の集合写真。明治30年（1897）4月、父・静男の一周忌の際に撮影されたものと思われる。後列左から賀古鶴所、青山胤通、小金井良精。前列左から鷗外、篤次郎の森兄弟。
小金井良精（1858〜1944）は越後出身、鷗外の1級上の明治13年卒の2期の次席で、ベルリン大の解剖学者で神経ノイロン、染色体の命名者ワルダイエルに師事し帰国後、東大解剖学教授になる。鷗外の妹・喜美子と結婚。青山胤通（1859〜1917）は美濃苗木藩の侍医の子で江戸生まれ。鷗外の1級下の4期の三席で官費留学し、内科と病理を修学、ウィルヒョウに師事し帰国後は帝大医科の内科学教授、明治34年に帝大医科大学学長に就任し16年務めた。賀古鶴所（1855〜1931）は浜松出身、明治14年卒、鷗外と同じ3期の二十席。山県有朋の欧米視察に通訳で同行しドイツで耳鼻科学を修学し陸軍を退役後開業。日本の耳鼻咽喉科の始祖。大学時代の寄宿舎で鷗外と同室になり、兄弟の如く交わった。鷗外の亡くなる時は枕元で見送った。
弟の篤次郎は帝大医科を卒後、脚気病室に就職、開業する。「三木竹二」名義で雑誌「歌舞伎」を主宰、文芸誌、医学誌の刊行を助けた。42歳で早逝。

日清戦争に軍医として従軍：明治27年（1894）

明治27年、ペストが流行した香港《ホンコン》に、内務省技官として北里柴三郎《きたさとしばさぶろう》が、そして文部省から帝大医科大を代表して青山胤通《あおやまたねみち》が参加し、二人を団長とする調査団が派遣された。この調査団は青山がペストに感染し瀕死になったため、当初の4週間の予定は2倍に延長された。北里はペスト菌を発見し、その衛生学対応まで研究し、英雄になった。

7月30日、北里が一足先に帰国すると8月1日、鷗外は、小金井良精《よしきよ》、賀古鶴所《かこつるど》、入沢達吉《いりさわたつきち》と共に北里を上野の料亭「伊予紋《いよもん》」に呼び出し、青山の容態を詳しく聞いた。鷗外は、重体の青山を置き去りにして帰国した北里を詰《なじ》った。だが北里は、それは本意でなく一緒に帰国したかったと切々と述べ、誤解は氷解した。

その日、日清戦争が開戦し、店の外では民衆が提灯《ちょうちん》行列を繰り出し熱狂していた。

鷗外はその後、ペスト菌発見は北里だけの業績ではなく、青山も顕彰《けんしょう》すべきだという論を展開したが、これは青山本人も望んでいなかった。

1カ月後、満身創痍《そうい》で帰国した青山胤通とはすれ違いで、鷗外は会えなかった。

鷗外も日清戦争に軍医として出征することになったからだ。

8月25日、「しがらみ草紙」を56号で廃刊とし、「徂征《そせい》日記」をつけ始めた。

陸軍軍医部トップの大本営野戦衛生長官には第五代軍医総監・石黒忠悳《いしぐろただのり》が就いた。

軍医総監は石黒忠悳、石阪惟寛《いしざかいかん》、土岐頼徳《ときよりのり》のトロイカ体制で第一軍軍医部長は石阪、第二軍軍医部長は土岐が務めた。この三人は幕府の「医学所」時代からの同期だ。

小池正直は第一軍兵站《へいたん》軍医部長、後に占領地総督部軍医部長の要職に就いた。

鷗外は「徂征日記」に「兵站総監余を召して大本営直轄中路兵站軍医部長を命ず」と記した。9月4日払暁《ふつぎょう》、釜山《プサン》に到着し「軍医部別報」を野戦衛生長官・石黒忠悳宛に送る。「中路兵站軍医部別報」は9月5日第1信から10月2日18信、発信地は釜山だ。

10月1日付で第二軍兵站軍医部長に転補した鷗外は10月3日一旦《いったん》帰国し、10月16日、宇品で「衛生療病志」57号に在韓鷗外生のエッセイを掲載し、自然廃刊とした。

第二軍は2週間足らずで金州城を陥《お》とし、鷗外は馬で大連から金州へ向かう。

翌明治28年2月2日、大山司令官の第二軍が旅順から海を渡り威海衛を占領し、2月12日、北洋艦隊提督《ていとく》・丁汝昌《ていじょしょう》が降伏、服毒自殺し北洋艦隊は全滅、日本海軍は全艦捕獲した。3月9日、第一軍が日清戦争最大の陸戦で田庄台を奪うと敵は壊滅した。

北白川宮能久《よしひさ》親王を司令官とする近衛《このえ》兵団と第四師団が出征し、参謀総長陸軍大将小松宮彰仁《あきひと》親王を大総督、川上操六《かわかみそうろく》中将を総参謀長とする征清大総督府が3月18日旅順口に到着した。その前日の3月17日に講和が成立し、休戦となった。

明治28年1月17日、鷗外は第二軍と共に金州に戻り「第二軍兵站軍医部別報」は10月17日の1報から5月19日の金州発の40報で終わる。12月末の25報で厳寒対策を記述し、第一師団野戦病院長・賀古鶴所の「握り飯は凍り岩のようで現地食の黍飯《きびめし》に劣《おと》る」という報告を伝えた。3月、金州でコレラ様症状患者3名を隔離した。5月19日、最終40報で患者1100人を後送、脚気《かっけ》300人、腸チフス及び赤痢《せきり》が30人、金州兵站病院では5月7日時点でコレラ患者が200人発生したと総括《そうかつ》した。

この間に2月15日、第二軍軍医部長・土岐頼徳が麦食を進言した。海軍軍医、石神亨《いしがみとおる》が、麦食の海軍では脚気患者34名、死者1名の一方、米食の陸軍の脚気患者は3万5千名、脚気の死者は3900名余と戦闘死の4倍強に達したと「時事新報」で暴露した。

陸軍では「米食に問題なし」と結論づけた鷗外の兵食試験が根拠にされていた。

明治23年10月、石黒軍医総監は「呈兵食試験報告表」を大山巌《おおやまいわお》陸相に提出していた。明治28年4月、講和条約が締結され清は朝鮮独立、遼東《りようとう》半島、台湾、澎湖島《ほうことう》の割譲、弁償金2億両を認めた。1週間後、露独仏の三国の公使が遼東半島の還付を求めた。世に言う「三国干渉」である。日本に三大国を敵に回す余力はなく、陸奥宗光《むつむねみつ》外相は遼東半島の還付を承諾した。国民は激怒し、伊藤内閣の弱腰を責めた。大本営野戦衛生長官・石黒忠悳は4月、征清大総督府に参ずるため旅順へ進発、5月帰京し男爵位《だんしやくい》を賜《たまわ》った。この頃、大陸でコレラが流行し帰還兵の検疫《けんえき》が必要になった。石黒は2月頃から陸軍次官・児玉源太郎《こだまげんたろう》少将に、後藤新平《ごとうしんぺい》を推挙し、現場を任せた。相馬事件で収監された後藤は赦免《しやくめん》直後にこの一件をやり遂げ、見事復活を果たした。

講和成立後も鷗外は金州に留まり4月、陸軍軍医監に昇進した。

そんな鷗外に思わぬ来訪者があった。新聞社に勤務していた正岡子規《まさおかしき》が5月4日、鷗外を訪問し以後10日に帰国するまで毎日、俳句について語り合った。

そんな中、鷗外に思いがけない辞令が下りた。5月13日、旅順へ出頭した鷗外は、野戦衛生長官・石黒から新たなる占領地、台湾赴任を命じられたのである。

台湾総督府・初代軍医部長に就任：明治28年（1895）6月〜9月

5月24日、鷗外は台湾総督の樺山資紀《かばやますけのり》・海軍大将と共に「横浜丸」に乗船し宇品を出航、28日に台湾の淡水に到着、30日に三貂角に上陸、近衛師団の第一旅団に同行した。

6月1日、標高2千メートルの切り立った山頂に立った。そこは敵地のど真ん中で、焚《た》き火《び》もできない。鷗外は日記に、一句を記した。

〇　一匹の　蛍嬉《ほたるうれし》き　野宿かな

第一旅団の上陸地で小戦闘があり、山間の村落での白兵戦は小一時間で終わった。後には敵味方の遺体が散乱していた。台湾総督・樺山資紀・海軍大将乗船の「横浜丸」は基隆湾に入港、船上で清国全権大臣・李経方と会し台湾授受の議を行ない、6月14日に台湾総督府が開設された。樺山大将が総督となり、鷗外は台湾総督府の衛生委員に任命された。樺山総督は台北に無血入城し、近衛師団は二手で南下する反乱軍を追う。

だが地元ゲリラの反撃は激しく、7月上旬、第二大隊は敵兵3千に囲まれ全滅した。樺山総督は増派を要請、全島鎮定まで軍政統治とした。その後、転戦を重ね10月21日台南に入城、11月18日に台湾全島平定を報告した。

鷗外は7月2日付で総督府官房衛生事務総長という肩書きで、総督府診療所と大日本台湾病院の医療施設責任者に任命された。衛生事務総長として官房衛生事務所で事務仕事をし総督府診療所と大日本台湾病院を統括し、陸軍局の職員として陸軍局軍医部で執務したが、正式な肩書きは第二軍兵站軍医部長のままだった。

瘴癘《しょうれい》の地・台湾ではコレラ、マラリア、赤痢他風土病に加え脚気まで、ありとあらゆる感染症や病気が蔓延《まんえん》していた。

鷗外は事務室に籠《こ》もり、現地で入手した書物を日長眺めるしか術《すべ》がなかった。

台湾統治の組み替えの際、軍医職は取り残されていた。そんな彼の周囲を胡散臭《うさんくさ》げな視線が取り巻く。8月8日付の軍令で鷗外は第二軍兵站軍医部長を免じられ台湾総督陸軍局軍医部長に任命された。10日遅れて8月19日に届けられた辞令と共に兵站軍医部長に二等軍医正・伍堂卓爾《ごどうたくじ》が着任、ようやく態勢が整った。当時台湾ではコレラが猖獗《しょうけつ》を極め、上陸以来1500人が死亡していた。台湾戦役の戦死者は164人だが、病死は4600人、内地送還者2万人、台湾の病院に残留した者は5千人に達した。

9月2日、鷗外は2週間で台湾総督府陸軍局軍医部長の任を解かれ9月12日、後任の石阪惟寛・軍医総監が着任した。ドイツ留学時の直接の上司だった石阪軍医総監は、明治10年の西南戦争でも避病院への患者隔離、魚類の売買を禁止するなど、コレラ対策を熟知していた。鷗外は残りの滞在は休暇のつもりで過ごした。

10月4日、東京に凱旋《がいせん》した鷗外を石黒は叱《しか》りつけた。

「石阪が脚気予防のため麦飯にしたいと要請した。垂訓し思い違いを糺《ただ》さねばならん」

石黒は激怒の訓示を台湾総督府陸軍軍医部長・石阪惟寛に送り、その内容を翌年発行した「陸軍軍医学会誌」72号に掲載するという念の入れようだった。手足を縛られた石阪は充分な衛生対応ができず、台湾の感染症の流行は猖獗を極めた。

鷗外は10月14日、大本営で台湾の衛生現況を奏上した後10月末、陸軍軍医学校長に復職し、学生59名に1カ月の短期教育を実施した。陸軍軍医学校は日清戦争中に必要に迫られ初級軍医の教育に忙殺され、鷗外が校長就任し半年間は多忙を極めた。

台湾から帰国後、陸軍大学教官となる：明治29年（1896）

帰国前、鷗外は傷病兵の対応を具申した。怪我や病気で後送した軍夫や役夫が解雇され救護は悲惨を極めると耳にした鷗外は、賀古鶴所に軍夫救護会を作るよう依頼した。賀古は知人の開業医の宮本仲と相談し同業諸氏に檄《げき》を飛ばした。北里柴三郎が森村市左衛門《もりむらいちざえもん》に頼み基金を4万円集め、北里と宮本は広島大本営に行き野戦衛生長官・石黒と直談判し、宇品上陸で解雇される傷痍《しょうい》軍人の救護に任ずる規則を作るよう要請した。

石黒は「解傭軍夫救護会《かいようぐんふ》」を設立した。会長に近衛篤麿《このえあつまろ》公、専務理事に北里と宮本、会計監督に森村市左衛門を任命し、広島の寺院を「解傭軍夫救護病院」にして数百名の重症者を収容した。同じ頃、衛生局長に復帰した後藤新平は伊藤首相に「恤救飢饉案《じゅつきゅうききんあん》」を提案し、賠償金から3千万円を天皇の御料に入れ貧民救済に使うように提案した。明治28年の人口は4千万人で福祉予算は僅《わず》か11万円。この制度は帝国の禍福《かふく》を分かつものになるはずだったが、政府は殖産興業の歪《ゆが》みを是正せず、軍拡へ突っ走った。

日清戦争後の明治28年はコレラが大流行し死者4万人を超えた。翌明治29年、鷗外は陸軍大学教官になり139名の学生に1カ月の速成教育を実施した。4月に陸軍大学の修学期限を通常の4カ月に戻し課程表に「熱帯衛生学、台湾について」の項を加えた。

明治29年春、父・静男が亡くなった。61歳、穏やかな死だった。

文鳥と盆栽を愛しむ好々爺《こうこうや》の父を浪人時代、優れた臨床家だと認識した。そのことは後の明治44年1月、「カズイスチカ」という短編に記している。

翌明治30年1月末、鷗外の庇護者、西周《にしあまね》が亡くなった。体調を崩して6年前に大磯の別邸《べってい》に引きこもり、西洋の心理学と東洋の儒教思想を統合し、新しい学問体系を作ろうとしていた永遠の哲学者は死の間際、男爵位を賜った。鷗外が軍医になった年に海軍兵学校を卒業した養子の西紳六郎《しんろくろう》から死後、評伝執筆を依頼された。1年後、私家版の非売品「西周伝」が、縁《ゆかり》の人々に配布された。そんなふうにして鷗外は、それまで彼を支えてくれた人々と死別したが、その面影を文筆で残したのだ。

戦地から戻った鷗外は文筆業と評論活動を再開し、「しがらみ草紙」の後身の文芸評論誌「めさまし草」を創刊した。幸田露伴《こうだろはん》、斎藤緑雨《さいとうりょくう》と作品を論じた「三人冗語《じょうご》」は好評で、そこでは樋口一葉《ひぐちいちよう》の「たけくらべ」を評価もしていた。

結核の一葉を青山胤通に紹介したが、彼女の夭折《ようせつ》は防げなかった。

けれども10歳下の気鋭の歌人、佐佐木信綱《ささきのぶつな》を発掘できたのは収穫だった。やがて彼は「竹柏社《ちくはくしゃ》」を立ち上げ「心の花」を主宰し歌壇の重要人物になった。

その頃、東大で入学から卒業まで首席で通した俊才《しゅんさい》、北島多一《きたじまたいち》が北里の伝研入所を決めた。北島を帝大派に奪還《だっかん》するため鷗外は策を弄《ろう》した。北島の父は陸軍省の事務官なので、医務課長の小池に娘と結婚させるよう勧めたのだ。だがペスト調査団歓迎会での演説を聞いて北里に惚れ込んだ北島の意志は固く、婚姻は成立したが北島は伝研入りし、後に北里四天王のひとりになり、北里の右腕として終生活躍した。

鷗外は9月には小池正直と共著で、「衛生新篇《しんぺん》」を上梓《じょうし》した。

戦争から帰還した鷗外は、着々とその地歩を固めていた。

だがその頃、医学界で厄介事《やっかいごと》が勃発《ぼっぱつ》した。「医士法案」が策定されたのだ。

医師資格を規定した明治16年の「医師免許規制」は時代に合わなくなっていた。

そこで老害「天保組《てんぽうぐみ》」の面々がまたぞろ、しゃしゃり出てきた。

「東京医会」の長谷川泰《はせがわたい》、鈴木万次郎《すずきまんじろう》が起草した「医師の品位と権利を守る法律」である「医士法案」は5年前の弁護士法に倣い「医士資格、名簿、権利義務、医士会懲戒《ちょうかい》」

を規定した。全文は5章29カ条で新たな医師序列を構築する目論見が透けて見えた。

それは開業医による医業支配と開業医の権限拡大が主旨だった。

第10議会（明治29年12月25日〜明治30年3月24日）に提出しようとした、その主体は「大日本医会」だ。それは明治26年「第2回日本医学会」が北里会頭で実施された時、鷗外がこれを徹底的に批判した時に創始された会である。

鷗外の熾烈《しれつ》な言論攻撃に対し、「天保組」は「大日本医会」設立で自衛した。

会員は医業開業免状を持つ者3300名で理事長は海軍軍医総監・高木兼寛《たかきかねひろ》、理事に長与専斎《ながよせんさい》、長谷川泰、高松凌雲《たかまつりょううん》、佐藤進《さとうすすむ》、鈴木万次郎等の蘭学出身者が名を連ねた。

「大日本医会」と「日本医学会」は、開業医が主体の内務省・開業医派の目論見であり、「学術の普及・発展には切磋琢磨《せっさたくま》の場が不可欠」を趣旨とした。だがそれが実現すると帝大の権威が低下し、開業医の風下に立たされかねない。

だから鷗外はこれを徹底的に批判した。それが功を奏し、「日本医学会」は第2回で終わった。その代わり「大日本医会」が生まれたのだ。

こうした動きを軸に、翌明治30年の鷗外は多事多難になった。

「医士法案」批判：明治30年（1897）

「医士法案」提出の動きを察知した鷗外は、中浜、青山、賀古、小池と「公衆医事会」を元旦に創立、「衛生療病志」の後継雑誌「公衆医事」を創刊して対抗した。

観潮楼で出す20頁《ページ》余の雑誌の表紙は「蒲公英《たんぽぽ》に虻《あぶ》」の絵柄だ。弟の篤次郎《とくじろう》が編集し寄稿者は鷗外中心という私家版の様相を呈した。鷗外は夜中3時から明け方まで執筆したり、篤次郎に口述筆記させたりした。こうして日清戦争で中断した「しがらみ草紙」と「衛生療病志」という、文壇と医学界への両面攻撃は、「めさまし草」と「公衆医事」に衣替えして再開した。「公衆医事」の発刊企図は「医政、医学、医育の近代化を通じ、富国強兵の国策に沿うこと」としたので、日清戦争凱旋後に、軍医学校長に再任された鷗外に相応《ふさわ》しい発想だった。ただし経済的には「公衆医事」の毎月発刊は困難だった。

「医士法案」草案を入手した鷗外は「公衆医事」で徹底批判した。

明治16年の太政官布告「外国医学校卒業生や外国で医師開業免許を得た者に医師資格を認める」第四条の削除は「削るべきものを残し残すべきものを削った愚案」と断じた。

3月24日、第10議会が解散し「医士法案」は審議未了に終わり、委員付託となった。

後藤新平衛生局長は「四条削除」と「仮免状」撤廃に不同意をした。

法案起草者は政府委員（後藤新平）の意向を汲《く》み、「医士法案」を「医師法案」と改称し、「第5回大日本医会」に提出した。だが理事長の高木兼寛をはじめとして延期論が多数で、七名の継続委員に付託、修正して完全を期すこととした。

これに対し鷗外は3月15日発行「公衆医事」第1巻2号の「医士法案評」で、徹底的に批判したが、これで4月、「医師法案」に対し一旦、臨戦態勢を解除した。

7月、医務局第一課長の小池正直が「第6回赤十字国際会議」（ウィーン）に政府委員として出席し帰途、英領インドを視察することになり、翌年2月までの半年の予定で離日した。その間、鷗外は小池の代理を務めた。小池の海外出張は、次期医務局長就任の箔付《はくづ》けと言われた。それは同期の小池が陸軍軍医の最高位に就くということだ。

同期がトップになると他は組織を離れるのが、官界の不文律だ。だが鷗外は、小池と7歳の年齢差があり、慣例に従わなくてよさそうだという空気があり、ほっとした。

だがここで軍医部に、想定外の事態が起こった。明治30年9月28日、軍医のトップの石黒忠悳・陸軍軍医総監兼陸軍省医務局長が突然、辞職したのだ。

石黒忠悳、陸軍省医務局長を辞職す：明治30年（1897）9月

辞職した石黒忠悳の後任は石黒より年上の同期、石阪惟寛が任命された。

これは、明治29年9月に成立した第二次松方正義《まつかたまさよし》内閣の余波だ。

第二次松方内閣の陸相は薩摩《さつま》の高島鞆之助《たかしまとものすけ》、内相は樺山資紀だ。二人は前年まで台湾総督府にいて、脚気の惨状を目の当たりにしていた。前台湾総督の樺山資紀は陸軍から海軍に転じ、海軍軍医総監の高木兼寛の薫陶《くんとう》を受けた。前副総督の高島鞆之助は明治20年、大阪鎮台《ちんだい》司令官の時、大阪鎮台病院長の堀内利国《ほりうちとしくに》が麦食を導入し脚気が激減したことを明治天皇に奏上している。さらに日清戦争の兵站部長の寺内正毅《てらうちまさたけ》は自身の脚気が皇漢医・遠田澄庵《とおだちょうあん》の治療で改善していたので、脚気米因説の信奉者だ。その三人は薩摩出身で気心も知れていた。樺山総督は台湾総督府軍医部長・鷗外に麦食採用を打診したが拒絶されたため激怒し、鷗外の更迭《こうてつ》を要請した。帰還兵の検疫で自分が抜擢《ばってき》した後藤新平が予想以上の活躍をして、ご機嫌だった石黒は冷や水を浴びせられた。

台湾当局の逆鱗《げきりん》に触れた鷗外は、9月2日付で台湾総督府陸軍軍医部長を更迭され、石黒は序列2位の第一軍軍医部長、石阪惟寛軍医総監を後任に送った。第一軍軍医部長と

して残務処理中だった石阪は唐突な辞令に驚きつつ9月11日、台湾に着任する。

新任の台湾副監督、陸軍中将・高島鞆之助は脚気の惨状を目にしていた。そこに石阪が赴任し役者が揃《そろ》い、台湾総督府は再度、中央に麦飯採用を要請した。上層部は改めて諮問《しもん》したが、兵食決定権を持つ石黒野戦衛生長官は頑として「麦食不可」と答えた。

ここで麦食を採用し脚気が激減したら、石黒の誤りがわかってしまうからだ。

男爵位を拝し多くの勲章《くんしょう》を受け、得意の絶頂にあった石黒には耐えられなかった。

台湾当局は立腹したが、休養を取り、栄養補充に努めた軍で脚気は下火になった。11月18日、樺山総督は台湾全島平定を大本営に報告した。翌年1月、石阪は罷免《ひめん》され陸軍省医務局付になり、5月4日に56歳で休職させられる。

鷗外は何の処罰も受けず、帰国翌月には陸軍軍医学校長に任命され出世コースに復帰した。鷗外を処分すれば自分の責任も追及されるので、石黒が隠蔽《いんぺい》し、石阪に脚気流行の責任を押しつけ、自身と鷗外を免責したのだ。

石黒は、台湾での軍医部の失態を隠し通せたと安堵《あんど》したが、それは思い違いだった。後任の第三代台湾総督府軍医部長・土岐頼徳が麦食の導入を具申したのだ。

土岐は幕府の「医学所」時代から石黒と同期で軍医部のナンバー3だ。しかも日清戦争の最中の明治28年2月、第二軍軍医部長として麦食の採用を直訴《じきそ》していた。

明治29年1月、台湾総督府第三代軍医部長に就任した土岐頼徳は、全責任を取る覚悟で全台湾軍に麦食の給与を指示した。それは越権で、上官の命令に背く軍律違反だった。保身に長じた石黒は問題を抑え込むため、直ちに訓示を発令した。

「麦食が脚気を予防することは、学問的に認められていない。脚気予防のため麦食を用いるならば、学問的に価値ある比較試験を行なうことが必要である。訓示しなおせ」

部内の問題として処理するのが上策で、麦食の指示を撤回できればいいと考えた石黒の読みは甘かった。土岐は「麦飯不実施における脚気大流行」と題する憤激文《ふんげきぶん》を石黒に送付した。「土岐文書」には「台湾総督府陸軍局軍医部長」の正式職名とともに実印があった。事前に樺山総督と高島副総督に示し、台湾中枢部の了解を得ていたのだ。

こうして石黒の麦食禁令は、台湾当局の軍上層部の知るところとなった。

「土岐文書」は麦食採用のための論文で、台湾当局の心情と一致していた。

2週間後の4月9日「時事新報」に「台湾嶋駐在軍隊の衛生」という記事が載り、台湾で陸軍に脚気が多発していると報じた。石黒は「石黒軍医総監の兵食談」で自己弁護し「陸軍兵食を麦食にしないのは学問を信用したためだ」と鷗外の兵食試験に言及した。だがそれは、栄養問題と脚気問題をごちゃまぜにして核心をごまかした文章だった。

陸軍でも明治17年、橋本綱常《はしもとつなつね》軍医総監の時代に大阪陸軍病院長・堀内利国が脚気対策に麦食を試用し、明治22年の「大日本私立衛生会第7次総会」で「脚気病予防ノ実験」を演説した。日清戦争時の明治28年に堀内利国が病没《びょうぼつ》したのは痛手になった。

「土岐文書」にはそんな陸軍における脚気の過去の因縁が集約されていた。

石黒は「土岐文書」という劇薬を秘匿《ひとく》したが、内容は軍中枢《ぐんちゆうすう》に漏《も》れた。

そこで石黒は強力な二手を用いた。「台湾総督府軍医部長の口封じ」と「脚気の実情の隠蔽」である。その一環で帰国した石阪惟寛を休職させ、発言を封じた。

明治29年、近衛師団の正式報告書から「脚気」の項を削除し、「伝染病」の項の末尾の備考欄に「伝染病其の他区画中に記する者は脚気とす」とわかりにくくした。

さらに、土岐の台湾勤務自体を抹消《まつしょう》しようとした。土岐が台湾に行っていなければ、麦食供与騒動も消滅するという強引なこじつけだ。

「明治二十七八年役陸軍衛生事蹟」(陸軍省医務局編纂)の初代編纂委員長は石黒忠悳だが、台湾編に土岐の名はない。しかも報告書の公表は戦後13年経った明治40年と、誰も興味を失った頃に公表するという、念の入れようだった。

当時、台湾勤務だった軍医・伍堂卓爾はマラリアに罹《かか》り翌年休職し、後任の藤田嗣《ふじたつぐ》章《あきら》は7年間台湾で外地勤務に留め置かれた。異例の長期勤務は、土岐と石黒の喧嘩《けんか》を間近で見た藤田を台湾に釘《くぎづ》付けにして口封じするためだ。

データ隠蔽と赴任軍医の口封じで石黒は窮地を脱した。

それは石黒には朗報、陸軍には悲報となった。その後、陸軍の兵食白米主義は継続し、北清事変や日露戦争での脚気蔓延へとつながったからだ。

ところが虎口を脱したかに思えた石黒を驚愕《きようがく》の事態が襲う。明治29年9月に成立した第二次松方正義内閣で陸相・高島鞆之助、内相・樺山資紀という台湾の陸軍脚気蔓延問題の内実を誰よりもよく知る二人が、軍が関連する重要2部門のトップになったのだ。

これで軍医部内での隠蔽工作の意味がなくなった。直接の上司の高島鞆之助陸相に挨拶に行った石黒は、いきなり台湾巡視を命じられた。三人の台湾総督軍医部長を更迭しながら、一度も台湾を巡視しなかった石黒陸軍省医務局長に対する痛烈な叱責《しっせき》だ。石黒は親しい児玉源太郎中将と山県有朋《やまがたありとも》公の伝手《つて》で更迭は免《まぬか》れたが、辞任に追い込まれた。石黒辞任2カ月前の7月12日、陸軍医務局第一課長の小池正直を洋行に送り出した。

この時石黒忠悳は後任に小池正直を考えていた。だが高島陸相はこれも許さず、その直後、石黒が詰め腹を切らせた石阪惟寛を復権させ、後任に据えた。

やむなく石黒は病気による「円満辞任」という風説を流布することに腐心した。

石阪惟寛が就任すると「旧時代の教育を経た老齢高級者を一掃し大学出身者を首脳とする衛生部に刷新し、陸軍軍医部の若返りを図る」と苦しい言い訳をばらまいた。

寺内正毅中将は「閻魔《エンマ》退職だと」と軽口を叩くので石黒もひやひやした。

石黒があまりにも吹聴するので、陸軍内では石黒を密かに「円満」と呼び嘲笑した。

鷗外は9月13日付で陸軍大学校教官を免じられたが当時、洋行中の小池の代理で医務局第一課長代行を務めていたので処分に見えなかった。鷗外が処分されたら石黒が引責辞任だとばれるので、処分は時期を離し実施するようにしたのだ。

これが後の鷗外の小倉《こくら》左遷《させん》の顚末《てんまつ》であり、長らく処分理由が謎《なぞ》だった真相である。

鷗外、近衛師団軍医部長に就任す：明治31年（1898）10月

明治31年、「医師法」に関しちょっとした変化があった。3月2日、後藤新平は台湾総督府民政局長に任命されて台湾に赴任し、衛生局長が長谷川泰になったのだ。衛生局は「医師会法」で開業医の権利を保証する代わり公衆衛生業務、例えば法定伝染病以外の伝染病や脚気に関する統計作成に協力させ、対価を払わずに済ませる目論見だった。

後藤を抜擢したのは児玉源太郎新総督で、二人は日清戦争帰還兵の大検疫《だいけんえき》を成功させドイツのカイザーに絶賛された名コンビだった。同じ頃、台湾で感染症の嵐《あらし》の中、為す術《すべ》もなく呆然《ぼうぜん》としていた鷗外にとって、後藤の栄転は複雑な心境だったに違いない。

だが「医師会法案」の推進役が長谷川に交替したせいか、その動きは停滞した。

明治31年の鷗外は鬱々《うつうつ》としていた。近日中に同期の小池正直が、次の軍医総監に就任するという噂《うわさ》が駆け巡っていたからだ。そうなると鷗外の出世の道は断たれてしまう。

2月7日、小池が海外視察から帰国し、鷗外は代行だった第一課長を免ぜられた。すっかり内向的になった鷗外の目に、庭に咲くヒヤシンスが映った。

その日から備忘録に庭に咲く花を記した。

6月、軍医監に昇進したが肩書きは不変だ。鷗外の備忘録は花園のようになった。8月4日、第六代軍医総監・石阪惟寛は辞職、第七代軍医総監に小池正直が就任した。前任の石阪軍医総監の任期は8カ月と異例の短さだった。医務局第一課長、第二課長は落合康蔵《おちあいこうぞう》が兼務し、鷗外は昇進しなかった。

小池が軍医総監になった翌日、賀古鶴所が宴席を持ち慰《なぐさ》めてくれた。鷗外は5日後の8月9日から「時事新報」に抄訳《しょうやく》「智恵袋《ちえぶくろ》」を掲載した。匿名《とくめい》で中身は処世術に長《た》けた人物に対する批判など、小池への当てこすりの文章を書き連ねた。小池新医務局長は軍医の人事は勤務、学識、品行などで公平無私に選び、石黒の情実的運営で緩んだ陸軍衛生部を欧州式の筋の通った組織に改めるため公平、厳正、情実廃止、軍紀粛正を基本とすると宣言した。「学識ありても軍人精神に乏しく職務を荒廃させる者は、内臓に書物を詰め込んだ死人に同じで役に立たない」という発言は、鷗外への皮肉に思われた。気《き》病《や》みした鷗外は日記に夏の花を綴《つづ》る。庭先には紅蜀葵《もみじあおい》、萩《はぎ》、芙蓉《ふよう》、向日葵《ひまわり》が咲いた。

9月、軍医学校開校式に臨席した小池医務局長は、鷗外を近衛軍医部長にすると直接伝えた。そして10月3日、鷗外は近衛師団軍医部長・陸軍軍医学校長の辞令を受ける。

それは帝都の最重要ポジションで実質上、陸軍軍医部のナンバー2の地位だった。

思いがけない昇進に以後、鷗外の備忘録から花の名が消えた。2日後の10月5日には「時事新報」に連載していた「智恵袋」を終えた。現金なものである。

この辞令は小池医務局長が桂陸相の承認を得て軍医の古株を淘汰《とうた》する人事を断行した一環で、来たる日露大戦に備えたものだった。旧来の7師団に加え新設6師団を創設したことに対応する大改革だが、鷗外を近衛師団に任命したのは小池の好意としか考えられない。気に入らなければ空席になった仙台に飛ばすこともできたからだ。

それでも鷗外は小池を信用しなかった。表向きの処遇と二人で会う時の態度に大きなズレがあったからだ。鷗外は小池医務局長が主宰する軍医学会をしばしば欠席した。軍医学校の校長としてはあるまじき態度だが、それくらい不信感が強かったのだ。

陸軍軍医学校で鷗外は学生と宴席を持ち討論もした。以前では考えられないような態度の変化は、台湾で机上の学問に対する自信が揺らいだせいだろう。

因《ちな》みに、鷗外の日記は日清戦争時の「徂征《そせい》日記」と、小倉左遷時の「小倉日記」の狭間は空白だが、例外的にこの時期は詳述されている。それは「明治三十一年日記」と呼ばれ、庭に咲く花の名などが詳しく書かれている。だが、この1年だけ詳細に日記を書いたとは考えにくい。ほぼ「明治三十一年日記」と同様の詳しい備忘録があり、鷗外は後で処分したか、隠匿したのだと私は考える。それはドイツ留学時に書いた「在徳記」をベースに「独逸《ドイツ》日記」を清書したのと同じ構図であろう。

「医師法案」をめぐる新展開：明治31年（1898）11月

明治31年11月25日、「医師会法案」が唐突に動き出し「第6回大日本医会」総会で、長谷川泰・鈴木万次郎両議員が第13議会（明治31年12月3日〜明治32年3月9日）に提出を決めた。眼目は「医師会に加入しなければ医師は患者を診ることができない」という第三条にあった。

「医師会に加入しない医師が診察した場合は懲戒《ちょうかい》処分で医業停止になり、中央衛生会の審議を経て決定される」と衆議院特別委員会で条件づけられた上、「大日本医会」は「現役軍医は私宅に開業、私立病院の業務に従事すべからず」の一文が加わった。

このままだと帝大の教授が、医師会の開業医の風下に立たされてしまう。

なので鷗外、緒方、青山、賀古、小金井、入沢達吉、浜田玄達、宇野朗《うのほがら》等の文部省・大学派80名以上が12月、「医師会法案反対同盟会」を結成し、反対運動を展開した。だが衆院で賛成169、反対61の大差で修正案が可決され、貴族院へ送られた。大学派はなりふり構わず反対運動に邁進《まいしん》した。その効あってか翌明治32年2月4日、貴族院での「医師会法」採決は賛成38、反対159票と衆議院と逆転、否決された。

責任を取り高木理事長は辞任し、「大日本医会」は解散した。

貴族院では長与元衛生局局長が少数意見演説で、伝染病予防の観点から医師会の必要性を論証した。「医師会法」反対は大学教授や陸軍軍医がアルバイト診療が出来なくなるためだと非難された。帝大派は法案否決の19日後に「反対同盟会」総会を開き、組織を継続するため「明治医会」と改称し、「公衆医事」を機関誌とした。

「明治医会」には留学帰りのエリートの「明治組」の帝大系医師や学者が所属した。

明治32年4月、鷗外は「公衆医事」に「明治医会を興《おこ》さんが為《ため》に全国医師諸君に檄す」という文を掲載し「明治医会」に組織替えし「明治医会医師会法案」策定に入った。「文部省・大学連合」の第一次案で「医師資格を医学校卒業生に限定し、医師の身分引き上げのため内務省医術開業試験を5年後に廃止する」とした。これなら医師は医学校卒業者だけになり、帝大医学部が君臨できる。「明治医会」を結成したのは鷗外で、機関誌を発行しているのは「観潮楼」だ。鷗外は帝大の隠れ司令官になった。

5月、鷗外は北里柴三郎、長井長義《ながいながよし》、高木兼寛、山根正次《やまねまさつぐ》、三宅秀《みやけひいず》、中浜東一郎《なかはまとういちろう》等の衛生学の錚々《そうそう》たるメンバーと並んで、中央衛生会委員に任命された。

鷗外にしてみれば、天保組の敵陣のど真ん中に殴《なぐ》り込みをかけた気分だっただろう。文学分野でもハルトマンの美学を叙述した「審美綱領」を春陽堂から刊行した。

日の出の勢いで我が世の春を謳歌《おうか》していた鷗外は6月8日、陸軍軍医監（少将相当官）に昇進した。

だがそれは昇進には見えなかった。新たな肩書きは「第十二師団軍医部長」。

新任地は、同期の江口が辞任したため空席になった九州・小倉だったからだ。

それが左遷人事だということはほぼ、衆目が一致していた。

ただし、軍医業務の格からしたらそれは決して左遷ではない、という説もある。

古来、様々な憶測《おくそく》が成されている鷗外の小倉時代は、こうして始まったのだった。

小倉左遷：明治32年（1899）6月

小倉左遷の真相は当時の鷗外には見えておらず、さまざまな邪推で悩んだようだ。特に鷗外の後の近衛師団軍医部長には谷口謙《たにぐちゆずる》が就いたため、嫌がらせと考えた。休職した江口襄《えぐちのぼる》の穴埋めだが、鷗外は近衛師団の軍医部長に任命され1年足らず、それなら谷口を直接小倉に異動させれば済む。しかも谷口謙は陸軍軍医部では麦食推進派で、大阪で麦食導入の提唱者だった堀内軍医監を持ち上げていた。

加えて小池は「勤務を惰《おこた》り私営に汲々《きゅうきゅう》として前途見込みなき者は排除する」と明言していた。鷗外は、自分は文学に深入りしすぎたのだと考えた。

九州への異動は、鷗外の築き上げたものを一度に打ち壊すようなことでもあった。文学評論も、中央を離れれば最前線から取り残されてしまうし、東京美術学校の解剖《かいぼう》学《がく》や慶応《けいおう》義塾大学の審美学の講師も辞めざるを得ない。鷗外が小倉行きを、菅原道真《すがわらのみちざね》の太宰府《だざいふ》への都落ちになぞらえたとしても無理はない。この際いっそ、陸軍を辞めようかとも考えたが、賀古に次のように諭されて、取りあえず辞令を受け入れることにした。

「本当はお前を引きずり下ろしたいが、軍陣衛生学の樹立に多大な貢献をした森に代わる者はいない。ここは隠忍自重し、西国の風物を楽しむ気持ちで西下しろ」

陸軍省医務局長の小池は「兼職禁止の訓令」を突然通達したため悪評紛々で、菊池常三郎《きくちじょうざぶろう》が軍医を辞めた。これで鷗外の陸軍軍医部の席次がひとつ上がったため、労せずしてナンバー2になった。そこで鷗外は、クラウゼヴィッツの「戦論」の「純抵抗」の姿勢を採用してみよう、と考えた。

鷗外には医学部か文学部の教授という選択肢もあり、親友の青山胤通は鷗外を大学教授にしようと画策していた。緒方正規《おがたまさのり》が衛生学と細菌学を一緒にした講座を持っていたので、片方を鷗外にしようという構想だ。

そんな道もあるとわかった鷗外は、少し気が晴れた。

そこで気を取り直し、新しい手帳に日記を書き始めた。

今回の表題は「小倉日記」だ。最初の一行はいつもシンプルだ。

——明治三十二年六月十六日午後六時、新橋発。

鷗外は赴任する途中で学生時代の親友、緒方収二郎《おがたしゅうじろう》と大阪「なだ万」で酒を酌《く》み交《か》わしてさらに西下し、6月19日、小倉の第十二師団の軍医部に着任した。

鷗外は小倉では人に恵まれた。着任直後、駅前の安宿に山根《やまね》武亮《たけすけ》参謀長が訪ねてきた。ベルリンでクラウゼヴィッツの兵書の講演をし、日清戦争でも第二軍兵站参謀長、つまり同じ師団で働いた気心の知れた相手だ。山根と麦酒《ビール》の杯を重ねていると、鷗外の胸にドイツ留学していた頃の気概が蘇《よみがえ》ってきた。師団長の井上光《いのうえひかる》中将も、日清戦争で第二軍参謀長で鷗外と軍務を共にしていた。おかげで鷗外は左遷の印象を払拭《ふっしょく》できた。

鷗外は生活を改め周囲と打ち解けるよう努力し、同僚と食事を共にするようになった。ある日、山根に「クラウゼヴィッツの『戦論』を講義して、講義録を翻訳本として出版したらどうか」と示唆《しさ》された。そこで将校に「戦論」を講義することにした。12月から週2回講述し翌年4月まで続けた。講義中断後も翻訳は続け、第一、第二篇まで訳出したところで、陸軍士官学校で仏語から重訳中と聞いて、打ち切った。

クラウゼヴィッツの真髄《しんずい》は強者ナポレオンに対抗するため、戦争は防御が全てだという弱者の哲学を説いた。それは日本を弱者と見てロシアに対せよという意味になる。

その思想が川上操六、田村怡与造《たむらいよぞう》中将に浸透した。鷗外は日本陸軍の精神的支柱を築いたのだ。鷗外が訳出した「兵書」の第一、第二篇を製本した「戦論」は翌明治34年

6月、参謀本部と各師団に非売品で配布され、陸軍参謀局のバイブルとなった。

この年の12月、鷗外の元に痛手となる訃報《ふほう》が届いた。ミュンヘン時代からの大親友の洋画家、原田直次郎が37歳の若さで急逝《きゅうせい》したのだ。

鷗外は大晦日《おおみそか》、心腹の友の追悼文《ついとうぶん》を書いて過ごした。この前後が、彼にとって心情的などん底だっただろう。

北清事変：明治33年（1900）6月

19世紀最後の年、世紀末の明治33年の年明け早々、鷗外の元にまたも訃報が入る。

1月28日、前妻登志子《としこ》が結核で死んだのだ。それを機に文筆活動を再開した鷗外は、2月に復刊した「二六新聞」に千八という筆名で「心頭語」の連載を始め翌年1月18日まで87回連載した。筆名は「森」という字の中心の「木」を分解し「十八」としたつもりだったのを、職字工が間違えて「千八」としてしまったのだ。

鷗外は年一度の軍医部長会議に出席するため3月4日から4月24日まで上京した。この時石黒忠悳と会い、その後訪問した石阪惟寛は鷗外に「いろいろ語る」とある。

退役直前の石黒忠悳は鷗外に「小倉左遷」の内実を告げた。その裏取りのため石阪惟寛と会い石黒の欺瞞《ぎまん》を知り、小池正直に対する疑念が氷解したのだ。その証拠に前年、小倉に西下した際は明石で、「小倉軍医部長など舞子駅の駅長にも及ばず」と捨《す》て鉢《ばち》の日記を書いたが、今回は「海きらきら帆《ほ》は紫《むらさき》に霞《かすみ》けり」と爽《さわ》やかな句を詠《よ》んでいる。「小倉左遷」の内情を全て知り、鷗外は気持ちが晴れたのだろう。

梅雨《つゆ》時、世は騒然となった。ドイツの官民の弾圧に対し「扶清滅洋《ふしんめつよう》」をスローガンに5月、20万超の「義和団」が山東勢と合流、北京城内外の公使館や教会を焼き、宣教師や公使を殺害した。列強は武力自衛し6月21日、清国政府と戦争となる。7月14日、福島混成支隊が天津を占領し1週間後、広島第五師団が天津入りした。日英米露仏独墺伊の8カ国で連合軍を組織、8月14日総攻撃をかけ翌15日、西太后《せいたいごう》と光緒帝《こうしょてい》が太原に逃げ大乱は収束した。北京籠城戦の2カ月半を指して「北清事変」と呼ぶ。

北清事変終結後の交渉《こうしょう》は難航したが翌年9月、事変後1年3カ月で講和が成立した。平定後、各国は撤兵《てっぺい》したが、ロシアは満州に大兵を駐留させ続けた。

北清事変の最中の7月、落合軍医監が第一師団の軍医部長に就任したと新聞が報じた。

1カ月前、その落合軍医監が鷗外に、近々辞令で東京の近衛師団に異動になるだろうと内示したが、北清事変の影響で変更されたのだろう。帰京の可能性がなくなった鷗外は失望した。その頃、北清事変に乗じ福建省の厦門《アモイ》に邦人保護の名目で軍艦を派遣、中国南部を占拠するという、桂太郎《かつらたろう》提唱の「北守南進」戦略が進行していた。台湾総督の児玉源太郎次官と二人三脚で後藤新平は、厦門の東本願寺に放火した自作自演後に上陸、進軍しようと台湾の淡水で、軍艦「高千穂」にて待機していた。計画が漏洩《ろうえい》し、山県内閣が作戦を撤回し、派兵中止命令を受けた児玉総督は怒り心頭、陸兵の不戦帰還の失態の責任を取り台湾総督の辞意を伝えた。天皇が慰留し児玉総督は辞意を撤回した。だが、陸軍の守護神の反発は政府に衝撃を与え、その余波で山県内閣は閣内不一致で崩壊した。

北清事変でも陸軍軍医部トップの小池は米食を維持したため陸軍兵に脚気が激増し、新聞で批判された。小池正直・医務局長は米麦混食は脚気予防に有効と認定し、海軍洋食の給与を陸軍でも是認するかのような発言をした。

9月、鷗外は「博渉会《はくしょうかい》」例会で「戦時糧食向説」なる講演をした。「戦場では洋食の方が便利だ」という会場からの異論に対し、鷗外は居丈高《いたけだか》に出て質問を封じた。

「日本食と洋食の比較検討実験にて温熱量を比較した結果、食物の種類は違っても温熱量は同一だと科学的に証明された」という主張は、従来と寸分も変わらないものだ。

明治34年、新世紀の幕が開け6月、桂太郎政権が成立した。ここから明治の20世紀にあたる10年間は、桂太郎と西園寺公望《さいおんじきんもち》が交互に政権を担当した「桂園時代《けいえんじだい》」になる。

1月、鷗外はアンデルセンの「即興詩人」を脱稿した。明治19年ミュンヘンの街角で親本のレクレム版を入手し、翻訳開始は明治25年9月、その間に日清戦争に従軍し小倉異動もあり、訳了まで9年近くかかったという、鷗外の青春の総決算の大作だ。

この作品は後の作家に多大な影響を与えた。4月には雑誌「太平洋」で評論家・大町《おおまち》桂月《けいげつ》が「今の文人にして後世の文学史を飾るべき人」という評論を発表した。そこでは「小説家：露伴《ろはん》、紅葉《こうよう》、評論家：逍遙《しょうよう》、鷗外、韻文家《いんぶんか》：藤村《とうそん》、晩翠《ばんすい》、俳人：子規、歌人：信綱、鉄幹《てつかん》」が挙げられていた。当時の鷗外は評論家として認識されていたのだ。

小池正直・医務局長は脚気問題で変節した。明治32年3月の軍医部長会議で「理論が未確定でも麦食採用の妨《さまた》げにならず」と発言し、次のような事実を挙げた。

「明治17年に第四師団に司令官の達で混食し、明治22年混食は7割に達し明治24年に全部隊に適用された。陸軍における脚気罹患者はその後ほぼ完全に撲滅《ぼくめつ》できた」

明治33年3月の同会議の「脚気と麦飯の関係」で「事実精査の結果、米麦混食は脚気予防に有効と認定した」という爆弾発言もしたことになっていた。それまでの陸軍の兵食の基本方針を捏造《ねつぞう》した発言だった。鷗外は脚気減少と麦食の因果関係を認めない発言を重ね、「公衆医事」5巻8号と「東京医事新誌」1211号に「脚気減少は果して麦飯を以《もつ》て米に代へたる因する乎」という論文掲載し、脚気減少の原因は不明とした。

それは小池正直・医務局長が米麦混食が有効と諮詢《しじゅん》した時期と一致し、諮詢はうやむやになり、脚気の麦食による改善を、学術的根拠を使って粉砕した形になった。

鷗外が自説に固執したため、多くの兵卒が死に追いやられた。

この年、緒方正規は衛生学教室でペスト斃死《へいし》ネズミを出し、赤長屋を焼却した責任を取り学長を辞任し、後任に青山胤通が就任し、以後16年の青山時代が始まった。

鷗外は12月末、将校倶楽部《クラブ》「偕行社」で「北清事件の一面の観察」という講演をし、ドイツ兵の蛮行《ばんこう》を「背徳汚行 甚《はなはだ》し」と非難した。それは鷗外なりのドイツへの惜別《せきべつ》の辞だったのかもしれない。20世紀最初の年はこうして幕を閉じた。

鷗外、東京に帰還し、大歌舞伎の原作を書く：明治35年（1902）

明治35年の新年早々、鷗外の人生は転変する。大審院判事・荒木《あらき》博臣《ひろおみ》の長女、23歳の志《し》げと再婚したのだ。18歳の年の差だ。観潮楼で親族だけの結婚式を挙げ、小倉で新妻と新婚生活を始めた。だが心浮き立つ、新妻との甘い生活は、短い春に終わる。

2カ月後の3月14日、第一師団軍医部長に昇格し帰京、2年9カ月の「小倉日記」を閉じた。東京に戻った鷗外はクラウゼヴィッツの翻訳を仕上げた。

その頃文部省は専門学校令を出し私学を徹底排除した。文部省・帝大派は医業開業試験を廃止し予備校的な医学校を廃校にし、帝大中心の中央集権的な医学教育制度を作ろうと考えたのだ。「明治医会」で鷗外が策定した、医師会法の改正案に沿った展開だ。

東京に戻ると久々に医事評論分野で「公衆医事」に「人結核と牛結核と」という論説を載せた。そして文芸方面でも突出する活躍を見せる。

帰京1週間後に「マアテルリンクの脚本」という講演を佐佐木信綱の竹柏会で行ない雑誌「心の花」に掲載され、それは弟・篤次郎が主宰する雑誌「歌舞伎」に転載した。

続いて「めさまし草」を廃刊にして文学方面の盟友、上田敏《うえだびん》の「芸苑《げいえん》」と合同した雑誌「芸文」を創刊し、10月に「万年艸《まんねんぐさ》」と改称して明治37年2月まで2年近く続けた。

9月には9年間手掛けたアンデルセンの「即興詩人」を春陽堂から刊行した。

その後も弟・篤次郎主宰の雑誌「歌舞伎」に西洋の戯曲の翻訳や自作の戯曲、文芸評論などを次々に掲載した。それは篤次郎が仕掛けた大舞台の先触れだった。

12月29日、「歌舞伎」号外で刊行した「玉匣両浦嶼（たまくしげふたりうらしま）」は、鷗外のオリジナル脚本で、翌明治36年1月2日、市村座により上演された。

それは「参木之舎」の林太郎・篤次郎兄弟合作の一大興業だった。

1月11日、雑誌「歌舞伎」発行所が同好看劇会を開催し鷗外、賀古鶴所、井上哲次郎、柳田国男《やなぎたくにお》や「万年艸」同人50名余、与謝野《よさの》鉄幹「明星《みょうじょう》」同人、永井荷風等が観劇した。

鷗外は文壇復帰を高らかに宣言し、独自の地位を確固たるものにした。

鷗外の栄光を祝福するかのように1月7日、最愛の娘、長女茉莉《まり》が誕生した。

だがその頃、大陸では日露間に風雲急を告げていたのだった。

6章

日露戦争、軍医総監就任と「豊穣の時代」

――明治37年（1904）43歳〜大正5年（1916）55歳

明治44年11月、西園寺公望が著名文士を招いた「雨声会」第6回集合写真。前列左より島崎藤村、内田魯庵、大町桂月、田山花袋、竹越三叉、西園寺公望、斎藤実・海軍大臣、泉鏡花、鷗外、永井荷風、小栗風葉。後列左より巌谷小波、押川春浪、小杉天外、後藤宙外、広津柳浪。鷗外は「才学識」という扁額を贈られた。
なお夏目漱石も招かれたが、出席を拒否している。
西園寺公望は明治天皇の侍従長を務め、フランス留学し欧米滞在も長く、開明的で型破りの公家だった。パリ留学の直後、パリ・コンミューンに遭遇し、後の仏首相クレマンソーや中江兆民と親交を持つ。鷗外がベルリンに留学していた時に公使に赴任、「大和会」で鷗外に挨拶をするよう命じた。明治36年に伊藤博文から政友会総裁の座を託され、明治39年1月～明治41年7月に第一次西園寺内閣、明治44年8月～明治45年12月まで第二次西園寺内閣で政権担当した。だが二個師団増設問題で山県公と対立、総辞職した。明治時代の最後の10年間は桂太郎と交互に政権を担当し「桂園時代」と呼ばれた。鷗外は西園寺公と親しく、軍医総監としては陸軍出身の桂太郎とも良好な関係を築いた。「大逆事件」で「昴」の発行人の歌人、平出修が被告の弁護を引き受け彼に左翼思想を教示しつつ、短編「沈黙の塔」や「食堂」など反体制と取られかねない作品を執筆しながらも、山県有朋の歌会「常磐会」の主宰も続けるなど、現実世界ではしたたかで世渡り上手だった。そんな鷗外の姿勢は「不偏不党」と言えるだろう。

日露戦争：明治37年（1904）2月〜明治38年（1905）

シベリア鉄道敷設に始まるロシアの東方政策は、南下で不凍港旅順を手に入れ完成し、帝国主義ロシアは次なる標的を朝鮮に定めた。川上操六《かわかみそうろく》中将は参謀総長に就任した明治32年、過労で56歳で没し、ロシア参謀本部はウォッカで祝杯を上げた。後継者は川上に信任されていた山梨出身「今信玄」田村怡与造《たむらいよぞう》少将だが、彼も対露戦略の過労で倒れ、明治36年11月不帰となる。戦争直前に日本陸軍は戦略的支柱を失い、軍部は途方に暮れたが、窮余《きゅうよ》の一策で児玉源太郎《こだまげんたろう》中将を任命した。内相、文相を兼任していた児玉中将を参謀総長に任命することは、いわば格下げ人事で、しかも参謀事務は素人だった。

だが、優秀な実務家である児玉中将は名将川上・田村の代行を立派に務めた。

しかし明治大帝は日露戦を躊躇《ちゅうちょ》した。陸軍国ロシアは驍勇《ぎょうゆう》にして百年不敗を誇る大国だ。それと比すと日本は極東の小国で、本格的に近代化して半世紀も経《た》っていない。なので日露間で戦争が起こると予想した国はほぼ皆無だった。

1月12日の元老会議で日露開戦を覚悟し、御前会議を奏請し開戦の聖断を待つ。

明治大帝は「日本の提案事項に対する返事をもう一度催促せよ」というお言葉を下した。だが2月4日の御前会議でついに開戦の宸裁《しんさい》が下された。不眠で咳《せき》を繰り返し、体調不良の52歳の陛下《へいか》は「ロシアと国交断絶になるのは朕《ちん》の志ではないがやむを得ぬ」とその夜、皇后《こうごう》に嘆《なげ》いた。

2月9日、仁川港外で露軍艦2艦を撃沈した日本は翌10日、ロシアに宣戦布告した。緒戦は世界一と謳《うた》われたマカロフ提督《ていとく》を旅順港外で沈め、黄海戦で敵主力艦を撃滅、東洋艦隊を無力化した。陸では4軍が4方向から進攻し、旅順包囲の第三軍の乃木希典《のぎまれすけ》隊以外の3軍は8月遼陽《りょうよう》に迫る。ロシアの総司令官クロパトキンは退却し、日本軍を内地に引きつける作戦を立て、遼陽が最初の決戦地となった。ロシア兵22万、日本兵13万と日本軍は劣勢で、現地入りした満州軍総司令部の大山巌元帥《げんすい》も児玉参謀総長も実戦は初陣だった。9月3日、1週間の苦闘の末首山堡《しゅざんぽ》を占領するが兵、弾薬不足で追撃できず大部分の兵は奉天に逃げ込み、第二の決戦が必要になった。

乃木大将率いる第三軍は旅順攻略に苦戦した。旅順は日清戦争では1日で陥落《かんらく》させたが、要塞《ようさい》構築世界一のロシアが租借10年で軍備を固め、日本軍は3度の総攻撃で大惨敗する。乃木を補助するため児玉参謀総長が到着すると、側面攻撃に切り替えた。激戦の末12月5日、二〇三高地を手中に収めると港内の敵艦に瞰射《かんしゃ》し、全艦を3日で撃沈した。直前、内地に残した弘前《ひろさき》の第八師団を出征させる際、参謀本部と満州司令部が旅順派遣に決定したが、明治大帝が奉天の敵兵に備え北上させよと命じたのが的中、第八師団は日本軍最大の危機を救う。乃木更迭《こうてつ》中止、第八師団派遣地変更、連合艦隊司令長官東郷平八郎《とうごうへいはちろう》の交替中止の3件は、日露戦争で大帝が直接意見を述べたことだ。

乃木第三軍は明治38年元旦、旅順を陥落させた。

日露開戦直後の3月6日、日清戦争の時と同様、鷗外《おうがい》は第二軍軍医部長に任命された。今回の従軍では初っぱなから鷗外を苛立《いらだ》たせる出来事が続いた。まず第一軍医部長が帯同するのは不自然だ。谷口謙《たにぐちゆずる》だったことだ。軍医監の鷗外を差し置き軍医正で第一軍に帯同するのは不自然だ。さらに谷口は任地で脚気《かっけ》予防のため米麦混食の給与を具申した。出征前の4月8日、後輩の鶴田禎次郎《つるたていじろう》が麦食給与を進言したが、鷗外は返事をしていない。

4月21日、鷗外は宇品を出航し、第二軍に帯同した。

今回は日記をつけなかったが、風景をスケッチするように歌で心象を描写した。

5月31日の「南山の大激戦」で想を得た「脣《くちびる》の血」では「一卒進めば一卒僵《たふ》れ、隊伍進めば隊伍僵る」という状況下で突撃命令。「嚙《か》みしめる　下脣に　血にじめり」という兵士の描写が秀逸だ。だが鷗外は戦時中はその詩を公にしなかった。

この詩句は庶民の間にあった戦争感情を歌ったもので、以下はその感情に対する軍人としての答えのつもりだった。

だが鷗外の真情は「釦鈕《ぼたん》」という詩に現れていた。

南山の　たたかひの日に　袖口の　こがねのぼたん
ひとつおとしつ　その釦鈕惜し　べるりんの　都大路の　ぱつさあじゆ
電燈《でんとう》あをき　店にて買ひぬ　はたとせまへに

そのボタンは、エリーゼが見立ててくれたものだった。

明けて明治38年2月27日、奉天戦が始まった。陸軍全4軍が勢揃《せいぞろ》いし日本軍25万、ロシア軍37万併《あわ》せて62万の兵が大会戦した、世界史上空前絶後で20世紀初頭の最大の戦闘となった。この天下分け目の決戦に勝利した日本は財力、人的資源が枯渇《こかつ》していた。講和の仲介者に当てにした米国大統領ルーズベルトは、もうひとつの戦果が欲しいと言う。ちょうどその時、東郷司令官がバルチック艦隊を殲滅《せんめつ》した。ロシア皇帝ニコライ二世は講和を渋《しぶ》ったが、足下で2月革命が起こったためやむなく講和した。

ルーズベルトは最初から、ロシアからは割譲地《かつじょうち》や賠償金を取らない腹づもりだった。だがそんなことでは、息子や夫が戦死した遺族は満足できない。日比谷で暴動が起こり「夫を帰せ、息子を戻せ」の怨嗟《えんさ》の声が上がる。警官は無辜《むこ》の民を射殺した。銃声がするたびに「あ、撃《う》った、また撃った」とか細い声で言い、陸下は身を震わせた。

発表当時はあまりにも野放図に思われた「君死にたまふこと勿《なか》れ」という与謝野晶子《よさのあきこ》の歌が、発表後1年経った今、庶民《しょみん》の気持ちを代弁しているように思われた。

以後、明治天皇は体調を崩した。明治は落日を迎えつつあった。

明治38年、奉天会戦の勝利後、鷗外は残留ロシア赤十字社員の帰還に尽力した。ほぼ丸1年、中国に滞在した鷗外は現地の書物の渉猟《しょうりょう》にも励んだ。

奉天大戦後、司令部が陣取った現地の家の土間に寝棺《ねかん》ふたつを並べて机を置き、毛布を敷いて座り、古唐紙《からかみ》の支那の本を繙《ひもと》き文章を抜粋《ばっすい》した。時に鷗外の文才が当てにされた。連隊大隊長の橘《たちばな》周太《しゅうた》・歩兵少佐が戦死した時、慰霊祭で祭文が書けず呻吟《しんぎん》していた管理部長の代筆をした。彼は台湾と小倉で同僚で顔なじみの石光眞清《いしみつまきよ》部長だった。前日に泣きつかれた鷗外は、「そのような親しい間柄では無理です。祭文というものは、冷ややかな傍観者でなければ書けませんよ。よろしい、私が間に合わせてあげます」と請《う》け負《お》い、その日の夕方に格調高い祭文を仕上げ、石光部長の面目を守った。

厳寒の旅順で「第95回臨時報告」で児玉参謀総長に報告した記録に統計・新資料を加え「黒溝台附近《ふきん》会戦ニ於《お》ケル低気温ノ戦闘、健態、創傷及衛生勤務ニ及ボス関係詳報」と題し、6月「陸軍軍医学会雑誌」第143号に掲載した。45頁《ページ》に及ぶ寒冷地衛生の集大成の渾身《こんしん》の一作だったが、その頃から鷗外に逆風が吹き始めた。

「出征軍人に脚気予防上麦飯を喫食《きっしょく》せる要あり」という訓令を寺内陸相が出したのだ。前後して小池陸軍省医務局長が各軍軍医部長、兵站軍医部長へ発した訓示でも麦飯を奨励した。それは陸軍上層部が米食を脚気の原因と認定したに等しかった。

日露戦争時も米食至高主義を貫いた陸軍の意固地は惨憺《さんたん》たる結果を招いた。陸軍の戦死者は4万7千人で脚気の死者は2万8千人に達し、脚気死の方が戦闘死より多かった。一方、麦食を導入していた海軍の脚気患者は、わずか百名余だった。

日本軍は脚気で大損害を受けたが、ロシア軍はビタミンC不足の壊血病で多数の兵を失った。日露戦争はビタミン不足が最もダメージとなった戦争だったと言える。

日露戦争で日本軍は動員兵109万人、戦費20億円、8万7千人の戦死者で終わった。

日露戦争の従軍時、鷗外は公正証書の遺言を残した。相続人の第一は森於菟《もりおと》、第二が篤次郎《とくじろう》と喜美子《きみこ》で、遺言管理は母に託した。明治31年の民法改正で家父長制が確立し、長男に家督《かとく》相続、家産を単独継承させた。鷗外が「森家」を重視していた証しだが、戦場からは妻に「しげちゃん」とか「やんちゃ姫」と呼びかける手紙を頻繁《ひんぱん》に出した。家長・林太郎と個人・鷗外の分裂だ。鷗外の出征中、姑《しゅうとめ》と折り合いが悪かった志《し》げは、娘の茉莉《まり》を連れ明舟町の実家に帰っている。

明治39年1月12日、第二軍司令部は宮中に参内した。

午後3時、鷗外は観潮楼に戻り、祝宴を張った。宴が果てた深夜、妻志げと娘茉莉が待つ明舟町まで徒歩で帰った。

直ちに旧職に復帰するのが通常だが、鷗外は宙ぶらりんにされた。

鷗外は戦地でメモをした陣中詠《えい》「うた日記」を仕上げた。今回の従軍で佐佐木《ささき》信綱《のぶつな》から贈られた「万葉集」を携《たずさ》え、従軍中は日記を書かず俳句や短歌でスケッチした。それは明治40年9月、「うた日記」として春陽堂から刊行された。

その年、北里主宰の「第2回日本連合医学会」が開催された。「日本医学会」の後継は「連合」の文字も削り、名称上も「日本医学会」が復活した。しかもその会で小池医務局長が「日露戦争に於ける衛生業務の大要」という講演をした。陸軍でも平時同様の混食を励行した結果、前年ほど脚気患者は発生せず一定の成果を認めたという内容だ。

これにはすぐに石黒が反応し「陸軍衛生部旧事談」という談話を公表したものの、今や石黒と鷗外の「脚気城」は落城寸前だった。

この時、懸案の「医師法案」をめぐり再び「帝国連合医会」と「明治医会」が衝突し、「医師会法」は「帝国連合医会」案が山根《やまね》正次《まさつぐ》から、「明治医会」案は青柳《あおやぎ》信五郎《しんごろう》他から衆議院に提出され、帝国議会の委員会が折衷案《せっちゅうあん》を作成した。

争点は2点。医師開業試験猶予《ゆうよ》期間の決定と、医師会の設立を強制にするか否か。開業免許が身分免許となり、医師の身分を保障する「医師法」が制定され、「帝国連合医会」は開業医の利益を、「明治医会」は学校卒業医士の特権を守り妥協《だきょう》した。

教育面で中央集権制が確立されたが、「医師会法」案の抗争は「大日本医会」が勝利を収め、日本の医療は自由主義経済の私学出身者主体の開業医側に重心を移した。

結果、戦後の鷗外は医事評論方面から撤退《てったい》し、「軍陣衛生学と陸軍軍医部の制度整備」と「文壇の再編」という2面の活動に集中していった。

「常磐会」と「観潮楼歌会」：明治39年（1906）

鷗外は山県有朋《やまがたありとも》侯に依頼され「常磐会《ときわかい》」を結成し、賀古《かこ》と鷗外が発起人で月1回開催することにした。御歌所寄人の小出粲《こいでつばら》、同参侯の大口鯛二《おおぐちたいじ》、佐佐木信綱、新声社の盟友井上通泰《いのうえみちやす》を加えた歌壇のオールスターで9月23日、「第1回常磐会」が賀古邸で開催された。几帳面《きちょうめん》な山県公は逝去《せいきょ》する大正11年2月まで16年間、184回を皆勤した。

こうして鷗外は陸軍の権力者、山県の後ろ盾を得て、以後、大いに助力を受けた。

7月、祖母清子が88歳で死去した。3カ月近く患ったが、大往生だった。

10日後の7月23日、陸軍大将・児玉源太郎が没した。享年55。早すぎる死だった。

8月10日、鷗外は第一師団軍医部長に復職を命じられ、陸軍軍医学校長事務取扱となり、平時勤務に復した。

文学界でも大車輪の活躍が始まった。「常磐会」を開催する一方、翌明治40年3月に「明星《みようじよう》」の与謝野鉄幹《てつかん》、「心の花」の佐佐木信綱、「アララギ」の伊藤左千夫《いとうさちお》を集めて、月1回の「観潮楼歌会」を開催した。若手の石川啄木《いしかわたくぼく》、吉井勇《よしいいさむ》も参加する活気に満ちた歌会となった。鷗外、46歳の春である。

「常磐会歌会」では伝統的な型を磨き、「梅雨《つゆ》」というお題は、次のように歌った。

〇　光ある跡をとどめてでむしの柱にのぼるさみだれの家

一方、「観潮楼歌会」では旧来の型を破る、古事記の神話とギリシャ神話の融合を目指したような、意欲的な斬新さを模索した。

○　斑駒《ぶちこま》の骸《むくろ》をはたと抛《う》ちぬ　Olympus《おりんぽす》なる神のまとゐに

その頃、小池医務局長が3月の軍医部長会議で「米麦混食では脚気を予防できず」とし伝染病としての取り扱いを望むと要望し、同時に医務局長在任中に軍医部長会議毎に訓示した事項で脚気関連を抽出した「現局長の脚気に関する訓示」が「陸軍軍医学会誌」162号付録に掲載された。だがその主張は一貫せず支離滅裂だった。

8月、鷗外は房総の夷隅郡日在《いすみぐんひあり》に別荘を建て「鷗荘」と名付けた。二間の小屋で壁一面にぎっしり本を収納し、砂浜を散歩しハマナスなど植物の観察をした。鷗外はひとりの自然科学者として執筆に励んだ。そこで書きあげた作品が「妄想」だ。

この時、賀古鶴所《かこつるど》も隣に別荘「鶴荘」を建てている。

8月に志げとの間の初めての男子、次男の不律《ふりつ》が生まれ、志げは大層喜んだ。

9月、春陽堂から「うた日記」を刊行し文芸評論家に、新詩境と絶賛された。

鷗外は戦地で、「海潮音」の詩集や「心の花」「明星」などの歌雑誌を現地調達して、佐佐木信綱が餞別《せんべつ》に贈った「万葉集」を携《たずさ》え、戦地で繰り返し読み込んだ。異国の地で漢籍の文書を渉猟しながら触れたやまとことばは、こころに染《し》み入《い》った。その再発見は言葉の狩人だった鷗外には、不思議な体験となったのかもしれない。現役の軍医の兼業は罷《まか》りならん、という小池医務局長の統治下では許されないことだ。まして戦争批判を匂わせる歌を軍医が歌うなど言語道断だ。小池は鷗外が文学に深入りし軍務に不真面目《ふまじめ》とみて、後任に英俊《えいしゅん》、鶴田禎次郎を考えた時期もあったようだ。

小池は9月、男爵《だんしゃく》に叙され予備役入りした。明治40年11月13日、森林太郎は小池正直・第七代軍医総監の後任の第八代軍医総監に就任し、陸軍医務局長に補せられた。軍医総監は中将相当官で軍医の最高位だが、医務局長になると同時に軍医総監に就任したのは鷗外が初めてである。任官26年、ついに軍医部の最高位に昇り詰めた鷗外は、その最高位に8年半、留まることになる。

軍医総監・森林太郎、「臨時脚気病調査会」を創設す：明治41年（1908）

鷗外は温めていた諸改革に取りかかろうとしたが、明治41年新年の森家は深い悲しみに包まれた。1月、鷗外最愛の弟で最大の助力者、篤次郎が40歳で死去したのだ。篤次郎は年末、東大病院に入院し翌日、鷗外は軍医総監として西国の巡視に出た。巡視最終日に篤次郎は亡くなり、鷗外は死に目に会えなかった。翌日帰京した鷗外は、義弟の小金井が帝大で解剖《かいぼう》に付したのに同席したが、気分が悪くなり失神した。最愛の弟の解剖に耐えられなかったことが新聞記事に書かれ、鷗外は大いに憤《いきどお》った。

続いて2月、生後5カ月の次男、不律が百日咳《ひやくにちぜき》で死去した。愛妻の志げは悲しみにくれ、観潮楼は陰惨な空気に包まれた。この時、長女の茉莉も百日咳に罹《かか》った。あまりの苦しみぶりに鷗外は一時安楽死させようと考えたが、義父に叱責され思いとどまり、一命をとりとめた。この時のいきさつを鷗外は短編「金比羅《こんぴら》」に書いた。

鷗外は悲しみを忘れようと、仕事に打ち込んだ。軍医学校業務に「軍陣医学研究」を明文化し、九段の東京偕行社の「軍医団」の会合で会長挨拶《あいさつ》をした。4月、陸軍軍医学校教育綱領を定め、伝染病予防訓令を出し、6月に訓令で伝染病及び食中毒症、細菌学検査法、腸チフス予防接種に関する通達を出して赤十字条約解釈を発布した。

軍衛生部での獅子奮迅《ししふんじん》の中、鷗外は脚気対策と正面切って向き合うことになる。

実は脚気問題は、とうに決着がついていた。

平時は陸軍でも「米8分麦2分」の兵食に替え、脚気は激減していたのだ。だが戦時は米食に戻り脚気が増えた。ある日、部下の衛生課長・大西亀次郎《おおにしかめじろう》が、戦時に陸軍が脚気で多数の兵を損じるのは、平時常食の麦飯が米飯になるためで、戦時食に麦飯の新規定を作るべきと進言した。鷗外が俗論だと笑うと、大西は調査会で研究したらどうかと提案した。寺内陸相に打診すると「大学、伝研から学者を網羅《もうら》し、国家の仕事として研究せよ」との回答を得た。かくして「臨時脚気病調査委員会」が創設され、森鷗外は委員長に任命された。以上は鷗外の部下、山田弘倫《やまだひろとも》氏の著作の述懐だ。

実際は明治38年1月、日露戦争の最中に帝大病理の山極勝三郎《やまぎわかつさぶろう》教授が「脚気病調査会」を国家で設置し病態を解明すべし、と論説を発表したことが発端だ。

同年2月、山根正次議員が脚気調査会設立の建議を提出し可決された。これに大蔵省も予算をつけ、内閣直属の組織とされたが、この動きは自然消滅してしまった。

明治40年、業《ごう》を煮やした「医海時報」が、日露戦争時の陸軍の脚気流行問題を再度取り上げ、「脚気病調査会」設立の不実行を糾弾《きゅうだん》し、「脚気研究会」を推進すべしという論説を掲載するが、陸軍は研究会は無用という立場を取り続けた。

「医海時報」紙上で、海軍軍医が陸軍の対応を批判すると某陸軍軍医が、「海軍では脚気を別の病名にして統計をごまかしている」と誹謗《ひぼう》したため、激怒した海軍軍医の論客、「半白翁」が陸軍の内情を暴露し、辛辣《しんらつ》に論撃した。

「兵卒が多数死亡した旅順の攻防では、日本兵は飲酒してふらふらだとロシア軍に思われていた。実は脚気の足萎《な》えだ。明治38年3月、寺内陸相が麦食供給を命じたが、これは陸軍を巡視した上泉・海軍中将が山県参謀総長に直接進言した結果だ。なお、陸軍が赤痢《せきり》を大腸カタルと擬装《ぎそう》したような、病名の改竄《かいざん》など、海軍は決してやらない」

これを受けた陸軍省の小池医務局長は「現局長ノ脚気ニ関スル訓示」という一文を、軍医学会雑誌に掲載し「医海時報」に転載した。陸軍でも以前から麦食を採用していたという内容だ。新聞は陸軍の米食主義が脚気蔓延《まんえん》を招いたと叩《たた》いたため、小池医務局長は麦飯導入に反対していなかったという言い訳に躍起になった。

1年前に引退を考えていた小池は、脚気問題にケリをつけるため引退を延ばした。

陸軍軍医部の、のらりくらりとした対応に業《ごう》を煮やした「医海時報」は奇手を打つ。「脚気調査会」設立のため懸賞論文を公募したのだ。審査員は北里柴三郎《きたさとしばさぶろう》、荒木寅三郎《あらきとらさぶろう》、窪田静太郎《くぼたせいたろう》、山根正次、山極勝三郎が名を連ねた。窪田は衛生局の後藤新平《ごとうしんぺい》の懐刀で、山極以外は「北里シンパ」の旧内務省ラインだ。「医海時報」は北里のホームグラウンドなので、「脚気病調査会」は北里の発案だったかもしれない。日清戦争の時、陸軍の脚気蔓延問題を「時事新報」に暴露した海軍軍医・石神亨《いしがみとおる》は北里伝研の所員第1号だ。

陸軍の米食による脚気蔓延について聞き、北里が危機感を持った可能性がある。北里が裏で糸を引いていたと考えると、いろいろ辻褄《つじつま》が合うのである。

脚気騒動の最中の明治40年11月、小池正直は陸軍医務局長を辞任し、鷗外が後任に就任した。その2カ月後の明治41年1月、懸賞論文が「医海時報」に掲載された。入選した論文は、そのままで組織の創設に使えそうな、優れた出来映えだった。

2月、山根議員が脚気調査会建議案の進捗《しんちょく》状況を政府に質《ただ》すと、寺内陸相は閣議で、「陸軍中の金を倹約し経費を絞り出してやる」と吠《ほ》えたという。

寺内は鷗外が麦食の採用を却下する場にやたら居合わせる、合口が悪い上司だった。

寺内陸相が大学、伝研、民間から学者を網羅し大々的に研究せよ、と回答をしたのは米食至上主義の首魁《しゆかい》、石黒忠悳《いしぐろただのり》が退役した今、陸軍の白米信仰を一掃するためには白米主義の生き残りの鷗外を折るのが手っ取り早い、と考えたからかもしれない。

中央機関の設置は官界最大の事業であり、「脚気病調査会」の創設は鷗外の在任中で最大の仕事となった。だが鷗外が「設立理由書」で「陸軍では毎年脚気病の為《ため》兵員を損するが多く、予防法を講ずるは軍事上の急務」として陸軍内設置を発議すると、内相と文相から異議が出た。文部省は帝大の所管であるといい、内務省は内閣直属の機関にすべしとした。そこで法制局が「臨時」の文字をつけて、官制で「臨時脚気病調査会は陸軍大臣の監督に応じ、脚気病の防衛に関し必要なる諸般の研究を行なう」と曖昧な形で調整し、脚気の予防を主題にした条文にして5月30日、法案を成立させた。

ところがここで驚愕《きようがく》の事態が起こった。明治大帝から次のお言葉が下ったのだ。

「脚気病は明治20年、大阪鎮台《ちんだい》司令官の高島鞆之助《たかしまとものすけ》が軍医堀内利国《ほりうちとしくに》より聞きたるに、軍隊の脚気病は麦食を用いて予防効果を挙げ、その後各軍隊に麦食が普及し、脚気病は無くなったと聞く。この上なお調査会を設け原因を調査する必要があるか」

主上の御下問に大西課長は恐懼《きょうく》して退下した。才子の伊藤公が頭が上がらず、実直な山県公が敬愛する理由を理解した鷗外は、石黒男爵に教えを願った。石黒は一見明瞭に見えるがその実、何も語らないに等しい文言で返答した。それ以上の下問はなかった。

かくて明治41年6月1日、鷗外は「臨時脚気病調査会」という、付属中央機関の設立者になった。滑り出しは上々で6月22日、委員に任命した北里と青山と共に、来日中の細菌学者コッホのアドバイスを受けることができた。4人の会話は議事録に残されて、「脚気病調査に関するコッホ氏の意見」という冊子にまとめられた。

「シンガポールやスマトラで流行しているベリベリと脚気は別の病気だと考えられる。伝染性の脚気を明らかにするには流行地のベリベリを研究すればよい」というコッホの見解は、脚気の病態からすると的外れだったが、鷗外の意には適《かな》うものだった。

また、蘭領印度のバタビアに調査団を出すべきだ、という具体的な提案も受けた。

バタビアは北里がかつて批判したペーケルハーリングの本拠地で、彼の弟子の医学者のひとりがエイクマンだ。コッホも熱帯医学研究時代の1898年に3カ月滞在した。

バタビアには、世界初と言われる「病理解剖学兼細菌学研究所」が明治21年に設置されていた。それは脚気研究の専門病院だったが、日本で設立された「脚気病院」は、それより10年も早かったのである。

「臨時脚気病調査会」は「1、脚気病の原因、病理、予防及治療法の研究、2、脚気病に関する文献調査、3、脚気病の統計及歴史の調査」とし微生物学、医化学、病理学、病理解剖学、臨床医学、流行病学の各観点から、病論調査、原因、病理、予防、療法を行なうことを目的とした。これは「医海時報」の懸賞論文の骨格をほぼ拝借していた。

調査分担は第一班(=細菌):北里柴三郎、北島多一《きたじまたいち》、柴山五郎作《しばやまごろさく》、宮本叔《みやもとしゆく》、都築甚之助《つづきじんのすけ》等、第二班(=医化学):荒木寅三郎他、青山胤通《あおやまたねみち》は第三班(=病理解剖)と第四班(=臨床医学)を兼任、歴史統計の第五班は富士川游《ふじかわゆう》他2名を得た。

7月4日、「臨時脚気病調査会」の発会式での陸相・寺内正毅《てらうちまさたけ》の挨拶は痛烈《つうれつ》だった。

「余がこの会の組織を思い立ちたる動機は余は20余年の脚気患者で20年、麦飯を食べている。日清戦争に於《お》いて余は運輸通信部長の職にあり麦飯を各軍隊に給するが石黒男は麦飯が脚気に効果あるか、と詰問《きつもん》され、ついに麦の供給を中止した経歴もあり。当時はこの席におられる森局長の如きも石黒説の賛同者にして、余を詰問したひとり也」

さらに10年前の日清戦争における陸軍衛生部の総括が未提出で、特に脚気に関する統計情報が不明瞭だと指摘した。寺内陸相は途中退席したが、鷗外は蒼白《そうはく》になった。

だが鷗外はその後、責任者として粛々《しゆくしゆく》と、調査会の運営に当たった。最初の事業はコッホのアドバイスの「バタビア地方への脚気病調査団の派遣」だった。帝大の宮本叔、伝研の柴山五郎作、陸軍軍医部の都築甚之助の3委員を派遣し、明治43年には報告書「バタビア付近ベリベリ病の調査復命書」が「軍医団雑誌」第3号付録に掲載された。

軍医総監・森鷗外は陸軍軍医部の改革にも着手した。1月「陸軍軍医団規則」を制定し、3月に「陸軍軍医学会」を「陸軍軍医団」と改称、団長に就任する。医学研究は現役の「衛生部教育団」と「軍医学校」の2本立てで、「軍医団」で予備、後備が一体化し現役・予備・後備を結びつけ、「陸軍軍医団雑誌」を活用することにした。

鷗外は「ところてん」制度のため研究の外へ押し出された恨みから、軍医界で学問体系を樹立し、軍医の「知」を充足しようとして、研究関連改革を断行したのだ。

そして4月には陸軍補充条例を改正し看護手を上等看護長とし、病院看護人の制度を廃止した。衛生部に準士官の階級を置くことは、衛生部の悲願だった。

雑誌「昴」に参画し、発禁処分を食らう：明治42年（1909）

日露戦後の文学は自然主義が興隆し「早稲田文学」（第二次）等が本拠地となった。日本の自然主義は暴露主義で露悪主義だった。鷗外は帰国直後に「読売新聞」紙上に発表した「小説論」でゾラを批判し、明治25年1月に「医にして小説を論ず」を掲載した。

明治42年1月、木下杢太郎《きのしたもくたろう》、吉井勇、石川啄木が雑誌「昴《すばる》」を創刊し、新浪漫《しんろうまん》主義の拠点と成し、鷗外も合流し短編を量産する「豊穣《ほうじょう》の時代」に入った。

当時の文芸誌は毎月1日刊行のものが多く、元旦はさながら、鷗外祭の様相を呈した。例えば明治42年の元旦には「昴創刊号」に戯曲「プルムウラ」、「歌舞伎」に「脚本『プルムウラ』の由来」とハアプトマンの「戯曲　古寺の夢」、「心の花」にデーメルの小説「顔」の翻訳、雑誌「新天地」にはシュニッツレルの戯曲「耶蘇降誕祭《やそこうたんさい》の買入」を掲載し、大村西崖《おおむらせいがい》と共著で春陽堂から「阿育王事蹟《あしょかおうじせき》」を刊行するという具合だ。

その後も鷗外は「帝国文学」「中央公論」「新潮」など文芸誌に短編を寄稿した。

6月、文部省の「臨時仮名遺調査委員会」で「仮名遣意見」を演説し、文部省の新仮名遣案を撤回させている。「オルトグラフィ＝正書法」の擁護は陸軍省の意見だと冒頭に言うも、寺内陸相が意見の筆記を見て承認したのは後の7月だった。

フライング行為は、正書法を守り抜こうという、鷗外の不退転の決意の現れだった。鷗外は尊皇攘夷《そんのうじょうい》の狂信者ではなく開国主義者のように世界にアンテナを張り、医学、文化、社会、交通、産業、技術、音楽、演劇、美術史等多岐《たき》に亘《わた》り紹介し、百科全書的啓蒙《けいもう》精神で、海外文化情報の提供者になろうとした。

鷗外は西欧の新聞雑誌を定期購読していた。青山胤通も同じように定期購読していたので、読み終わると互いに交換し、そこから興味深い話題を「昴」の「椋鳥《むくどり》通信」欄や「番紅花（サフラン）」等で紹介していた。

鷗外は幼年時代に薫陶《くんとう》を受けた西周《にしあまね》の後を追ったのかもしれない。「椋鳥のような人」というのが、鷗外の西周評だったからだ。

例えば3月、イタリアの詩人マリネッティが「フィガロ」紙に「未来派宣言」を公表した時は全訳し、「昴」5号の「椋鳥通信」に「三月十二日発」として掲載した。

一、吾等《われら》の歌はんと欲する所は危険を愛する情、威力と冒険とを常とする俗に他ならず。
一、吾等の詩の主なる要素は、胆力、無畏《むい》、反抗なり。
一、吾等の詩は労働若《も》しくは遊戯若しくは反抗の為《た》めに活動せる大多数に献ぜんと欲す。

未来派宣言十一箇条の反体制の言葉を記した鷗外は続いて挑発的に書く。

「こいつを赤インクの大字で印刷した幅一米、長さ三米の広告がミラノの辻辻《つじ》に貼り出されたのである。昴の連中なんぞ大人しいもんだね。はゝゝゝ」

社会主義の翼賛《よくさん》に見做《みな》される文章を、軍医総監が書いたという衝撃は大きかった。鷗外は共産主義の赤、軍国主義の黒に染まり赤と黒のアナキストのようになった。仕方なく世間は文人・森鷗外と軍医総監・森林太郎を別人格と認識した。

文芸的に豊穣な時代に入ったこの年、鷗外は多事多難だった。

2月、新聞記者との会合「北斗会」で「朝日新聞」記者が「小池は愚直、森は軽薄」と言い、鷗外に殴《なぐ》りかかった。この事件については5月に短編「懇親会」に書いた。

3月に書いた「半日」で、家庭内の嫁姑《よめしゅうとめ》の確執を暴露され怒った妻に対して鷗外は、「あなたも小説を書けばいい」と薦《すす》め、志げの「波瀾《はらん》」で、「悪魔の夫」と罵《ののし》られた。

そんな最中の5月27日、次女、杏奴《あんぬ》が生まれた。

明治42年5月の「追儺《ついな》」で「小説にはこういうものをこういう風に書くべきであるという事を聞く。だが一体、小説はこういうことをこういう風に書くべきであるというのは、ひどく囚《とら》われた思想ではあるまいか。小説というものは、何をどんな風に書いてもよいものだ」と、自然主義に対して批判的な記述をしてみせた。

7月、文学博士の学位を取り、「昴」に問題作「ヰタ・セクスアリス」を発表した。鷗外は「自然派の小説を読む度《たび》に、作中の人物が何につけても性欲的写像を伴うのを見て、そして批評が、それを人生を写し得たものとして認めているのを見て、人生は果たしてそんなものだろうか、と思う」と、反自然主義の姿勢をさらに明白にする。

だが「昴」7月号は発禁処分を食らってしまう。当時政府は「風俗壊乱」という理由で自然主義系文学を、「安寧秩序紊乱《びんらん》」の廉《かど》で社会主義系の出版物を、内務省警保局と連携し発禁にしていた。「昴」は「風俗壊乱」の点で目を付けられていたのだろうか。

8月6日、相性の悪い陸軍省の石本新六次官から戒飭《かいちょく》（戒告）された。それでも新聞や雑誌に作品を発表し続けると11月29日、「新聞に署名すべからず」と警告された。軍上層部は鷗外の文壇活動を抑制しようとしたが、鷗外はその後も文筆活動を淡々と続けた。上層部はさぞ困り果てたことだろう。

「大逆事件」と鷗外：明治43年（1910）

明治43年5月25日、ハレー彗星《すいせい》が夜空に広がる中、長野県の明科《あかしな》警察署は宮下太吉《みやしたたきち》ら4人による爆弾製造で大量検挙を始めた。これが明治天皇暗殺計画にフレームアップされ6月1日、幸徳秋水《こうとくしゅうすい》、管野《かんの》スガ等、社会主義者、無政府主義者26名が逮捕された。世を揺るがす「大逆事件《たいぎゃくじけん》」である。「明星」同人の平出修《ひらいでしゅう》（1878〜1914）が紀州関係者の弁護人を引き受けた。「昴」の出資者でもある歌人の平出は、思想論で弁護するしかないと考え、観潮楼に日参して鷗外に社会主義について教示を受けた。

当時鷗外は欧州の文献を集め、最近の動静についても社会主義と無政府主義の思想をかなり深く理解していた。

10月27日、予審が終了し被告全員の起訴が決定した。

2日後の29日に山県の歌会「常磐会」が開催された。「忠君愛国、法律、経済、文学」がテーマの総合雑誌刊行を目指す「永錫会《えいしゃくかい》」が結成され年初から「常磐会」に併設されていた。その流れで「永錫会」は「大逆事件」の対応を担当する会になった。

鷗外は「常磐会」と「観潮楼歌会」で「大逆事件」の原告と被告の双方にアドバイスするという、のっぴきならない立場に立たされていた。

鬱屈《うっくつ》を抱えた鷗外は11月1日、「沈黙の塔」を「三田文学」に発表する。ゾロアスター教弾圧がテーマの短編で「車で塔の中にパアシイ族の死骸《しがい》を運ぶ。危険な書物を読むヤツを殺す。」という文の「危険な書物」とは自然主義と社会主義の本だ。

「沈黙の塔」は大逆事件の暗喩《あんゆ》だ。そこには前年発禁になった「昴」も重ねていたとも考えられる。

明治43年9月〜10月にかけて「朝日新聞」に「危険なる洋書」という無署名の記事が連載された。そこに名を挙げられた西洋の作家はモーパッサン、ニーチェ、イプセン、ワイルド、クロポトキン、アンドレエフ、ダヌンチオ、フローベル等だ。その中でも特にヴェデキントは紹介者に森が挙げられ、そこで「昴」発禁問題も取り上げられた。鷗外は自分が体制派に警戒され、それにマスコミが尻馬に乗っていると認知した。そこで大逆事件に興奮するジャーナリズムに社会主義、共産主義、無政府主義、虚無主義の初歩的な解説を試みた。それが短編の「沈黙の塔」であり「食堂」だった。

12月10日、大審院第1回公判廷が開かれたが傍聴は禁止され、12月24日まで12回の公判が行なわれた。鷗外は「獄中消息」や「大逆事件裁判記録」を入手している。

秋水の「陳弁書」の「天明や天保のような困窮《こんきゅう》の時に於《おい》て、富豪の物を収用するのは、政治的迫害に対して暗殺者を出すが如《ごと》く彼らの正当防衛で必至です。(中略)、政府の迫害や富豪の暴横其極に達する時、之《これ》を救うのは将来の革命に利ありと考えます」という文章にインスパイアされた鷗外が「大塩平八郎」という作品を書いたという説もある。

明治44年1月18日、死刑24名、有期刑2名の判決が下った。24、25両日に幸徳秋水、管野スガ等12名の死刑が執行された。幸徳秋水は審理に際し「一人の証人すら調べもせずに判決を下す暗黒な公判を恥じよ」と述べた。悪評を懸念し、判決前に何人かに恩赦《おんしゃ》を与えるという密約が、枢密院《すうみついん》議長山県有朋と桂太郎《かつらたろう》首相の間で交《か》わされていた。

大逆事件は窮民《きゅうみん》を顧みなかった政府への痛烈な一撃となり、国民を愛していた明治天皇にとって痛恨の一事となった。以後、明治天皇の健康は急速に衰えていった。

「恩賜財団・済生会」創設と「補充条例の改正問題」に奔走：明治44年（1911）

大逆事件を受け明治天皇は明治44年の紀元節に、窮民施薬救療事業の「済生勅語《さいせいちょくご》」を発し、皇室の下付金150万円を拠出、桂首相はこれを原資に「恩賜《おんし》財団・済生会」を創設する。鷗外はこの活動に積極的に関わった。日清戦争の際、負傷軍夫に対する補償と治療施設の設立を提案した彼は、文学面で社会主義者へ傾倒した。

弱者の戦略を述べたクラウゼヴィッツの「兵書」に影響され、弱者のマルキストやアナキストへ関心を抱いた鷗外は、済生会病院では軍医の臨床研修もできると考えた。

5月、鷗外は済生会設立の根回しを始めた。大学方面で青山、内務省関係で北里に書簡を送り、陸軍は鷗外自身が仕切った。北里が窓口となり大倉喜八郎《おおくらきはちろう》や森村市左衛門《もりむらいちざえもん》から寄付を集め、鷗外は陸軍で済生会病院での無報酬診療を決めた。

8月22日、鷗外は北里と共に恩賜財団済生会評議員に選ばれた。1週間後の8月30日、第二次桂内閣は第二次西園寺《さいおんじ》内閣と交代するが、桂は済生会会長職を継続する。

9月20日、評議員医学博士文学博士である森林太郎は、「済生会救療事業実施案」と「済生会救療事業実施に関する意見」を作成、評議員に配布した。

この頃、補充条例改正問題が鷗外を悩ませていた。医務局長の手にある衛生部員の人事権を、一般軍人と同じ系列に移そうとしたものだ。9月16日「補充条例等改正案」に衛生部、経理部系統を破壊する傾向があり捺印《なついん》せず翌日、鷗外は辞意を伝えた。

10月10日、鷗外は次官と補充条例について合議し21日、再び辞意を伝えた。慰留され留任したのは、裏で山県公の政治力が働いたためだった。

この補充条例改正問題は2年以上続き、結局は鷗外が押し切った。

一方「臨時脚気病調査会」の調査隊から思わしくない報告が次々に上がって来た。明治42年2月に「バタビア付近ベリベリ病の調査」を帝大・宮本叔、伝研・柴山五郎作、陸軍軍医・都築甚之助の3委員が行ない、バタビア地方の脚気は米や乾食の変化が真因でないと結論づけた。それは米食が黒に近いという報告だ。

明治43年4月に盟友、青山胤通が「第3回日本医学会」（大阪）の会長となった。

そこで「臨時脚気病調査会」の第三・第四調査班を兼任する委員として「脚気に就《つい》て」という講演をした。一方第一調査班の都築甚之助は、白米で飼育した動物に脚気様の疾患が起こり、米糠《こめぬか》を加えると治癒したとし、米糠中に脚気予防成分が含まれると発表した。白米が予防成分を欠くことから陸軍の兵食に対する直接的な批判に結びついた。

10月、鷗外は慶応《けいおう》義塾大学の文学科顧問に就任した。「めさまし草」で意気投合した永井荷風《ながいかふう》を慶応の教授職に推薦《すいせん》して、「三田文学」創刊に参画した。

12月、鷗外の指示で陸軍でチフス予防接種を実施した。衛生学的な快挙も、脚気の失策の前では霞《かす》んでしまい、鷗外の苛立ちは日増しに強まっていった。

「豊穣の時代」の短編群：明治42年（1909）～明治44年（1911）

鷗外は創作で私的な事や社会的事件に仮託した物語を作り、登場人物に自分の思いを吐露《とろ》させる。デビュー作の「舞姫」から晩年の史伝小説群まで連なるスタイルだ。

つまり鷗外作品は私小説的な自伝の連なりだと言える。それは明治42年、前年10月に廃刊となった「明星」の後を受け創刊された「昴」と共に始まった。ここでは鷗外は

「僕は僕の夜の思想を以て、小説といふものは何をどんな風に書いても好《よ》ひものだといふ断案を下す」と表明し、自然主義的な私小説とも見える短編を毎月1篇《ぺん》以上執筆する。「半日」「追儺《ついな》」「懇親会」「魔睡」「大発見」「ヰタ・セクスアリス」「鶏」「杯」「金貨」「金毘羅」「独身」「牛鍋」という怒濤《どとう》の奔流のようだった。

明治43年1月、翻訳戯曲集「続一幕物」が刊行された。5月1日、永井荷風が主宰する「三田文学」が創刊し、荷風を慶応義塾大学の文学部教授に推挙した関係から以後、寄稿の中心とする。それは非自然主義の居城になった。

10月には翻訳集「現代小品」が出て、創作集「涓滴《けんてき》」（新潮社）が刊行された。「涓滴」は「追儺」「懇親会」「大発見」「独身」「杯」「牛鍋」「電車の窓」「木霊《こだま》」「花子」「里芋の芽と不動の目」「桟橋《さんばし》」「普請中」「ル・パルナス・アンビユラン」「あそび」等、明治42年から明治43年8月までに書かれた作品の大部分に、それまで書きためた小品を収録した。この月、「大逆事件」の予審が終了し、被告全員が起訴された。翌11月、「三田文学」に「沈黙の塔」、12月に「食堂」を掲載した。

明治44年2月11日、三男の類《るい》が誕生した。

同月、創作集「烟塵《えんじん》」が刊行され「そめちがへ」「金毘羅」「ファスチエス」「金貨」「鶏」「沈黙の塔」「身の上話」が収録された。

明治44年1月「三田文学」の「カズイスチカ」で大学卒後に父・静男の「橘井堂医《きっせいどう》院」を手伝った時の経験を書き、臨床家の父を賞賛し、自分のことを「遠い或物を望み、目前の事を好《い》い加減に済ませる」と反省している。

明治44年3、4月の「三田文学」の「妄想」は日在の別荘「鷗荘」で書き上げた。「生まれて今日まで、自分は何をしているか。始終何者かに鞭《むち》打たれ、駆られているように、学問ということにあくせくしている」と内省的に書き「日の要求を義務として、それを果たしていくことができない。足るを知らず永遠なる不平家」と自省の言葉が多く、半年後に陸軍軍医の最高位に昇り詰めるようには思えない。ドッペルゲンガーを望む姿勢は、鷗外文学では本体を抜け出た魂が影となって現れた。

この時の小説集「分身」と「走馬灯」は2冊同時刊行で、外箱に2冊収めるという、凝った作りだった。「分身」に収録したのは「食堂」「カズイスチカ」「妄想」「流行」「不思議な鏡」「田楽豆腐」で、これらの作品は鷗外の自画像的作品だ。

「走馬灯」の方は「蛇」「心中」「百物語」「かのやうに」「鎚一下《ついいっか》」「藤鞆絵《ふじどもえ》」「鼠坂《ねずみざか》」「吃逆《しゃっくり》」「羽鳥千尋」「ながし」という実験的な戯作、あるいは風俗作品を収録した。

それはうつろいゆく、世の姿を示した作品群だった。

鷗外は夏目漱石《なつめそうせき》を高く評価し、新作を送り合うなど、お互いリスペクトしていた。鷗外は漱石の作品を読むと、腕がむずむずして書きたくなる、と告白している。漱石の「朝日新聞」連載小説「三四郎」に触発されて書いた作品が「青年」である。

これは身内の同人誌的な「昴」に、明治43年3月から明治44年8月まで連載し、そこで「利他的個人主義」を提唱する。閉塞《へいそく》した政治的状況下で鷗外はニヒリズムに身を寄せ、プラグマティズムに傾き、身心は行き詰まっていた。

だが鷗外の初の長編小説「青年」は、成功とは言い難い出来だった。鷗外は「青年」の連載を終えた翌月の明治44年9月、「昴」に「雁《がん》」の連載を開始した。大変苦戦して、大正元年9月に「十九」に達したが、半年の休載後に「二十」「二十一」が掲載されるも、またも中断する。「二十二」から「二十四」までは大正4年5月に刊行された単行本の初版で、読者は初めて読めた。ただし物語の完成度は、高く評価されている。

「雁」の連載を開始した1カ月後の明治44年10月、「三田文学」に「灰燼《かいじん》」の連載も始めた。長編小説が不得手な上、現役の軍医総監という要職にある鷗外にとっては過大な負担だ。「雁」はかろうじてゴールできたが、「灰燼」は大正元年12月に中断し、完成しなかった。この長編への無謀なチャレンジには、敬愛する漱石の影響があったと言われている。漱石は、明治42年に「朝日新聞」に連載した泉鏡花《いずみきょうか》の次に、鷗外に連載を依頼したいという意向を持っていたという。鷗外には誇らしいオファーだったのだろう。

「朝日新聞」連載は実現しなかったが、それがモチベーションになった可能性は高い。そんな長編がなぜ中断したのか。その中断時期は明治の終わり、大正の初めで、その時鷗外は、乃木希典大将の殉死《じゅんし》にインスパイアされた小説「興津弥五右衛門《おきつやごえもん》の遺書」を一気に書き上げ、史伝小説へと方向転換したのだった。

明治の終焉：明治45年（1912）

明治45年1月は鷗外の文筆活動の絶頂だ。1月1日に「三田文学」にキイゼル作の翻訳小説「汽車火事」、「昴」にエエルス作の翻訳小説「己の葬《とぶらい》」、「心の花」にリルケ作

「祭日」、「中央公論」に小説「かのやうに」、「文章世界」に小説「不思議な鏡」、「東亜之光」にリリエンクラウン作の戯曲「老曹長」、「帝国文学」にランドの戯曲「冬の王」、「文藝倶楽部《クラブ》」にコロレンコ作戯曲「樺太《からふと》脱獄記」、「歌舞伎」にフエルハアレン作戯曲「僧院」、「女子文壇」に「駆落《かけおち》」、「俳味」に「俳句と云ふもの」という随筆を寄せた。元旦から「東京日日新聞」にシュニッツレル作の戯曲「みれん」を55回連載し、1月5日には大作「ファウスト」を半年間で訳了している。

なんと旺盛な執筆量だろうか。「かのやうに」発表当時、鷗外は教科書用図書調査委員会主査で南北朝正閏《せいじゅん》問題で、学問の世界に政治が介入し学問研究をねじ伏《ふ》せたことを主題とした。鷗外は学問に「国体」と矛盾なく考えられるかという試案を小説の形で提出し、神話と歴史の分離を試行した。

主人公の五條秀麿《ごじょうひでまろ》は連作「かのやうに」「吃逆」「藤棚」「鎚一下」で宗教の根本には事実として証拠立てられないもの、即《すなわ》ち「かのやうに」が横たわる問題に直面する。「不思議な鏡」では「『あそび』が肯定的評価で、『情無し』が否定的評価である」という自然主義陣営からの、鷗外批判に対する皮肉と嫌味を以て風刺した。

西洋の書籍代は「己の知恵が足りないから西洋から借りてくる」もので「己の代では難しい。子や孫の代でもどうか。何代も経つうちに返す時も来るだろう」と絶望的距離を感じるが諦《あきら》めず、距離を一歩ずつ縮める、そのひとつの試みが「椋鳥通信」だった。だが、明治は終焉《しゅうえん》を迎えようとしていた。

7月、明治天皇の体調が悪化し15日の帝大卒業式で、式典途中で居眠りをした。その日から、陛下は病臥《びょうが》した。その報《しらせ》を知ると二重橋前の広場に民が集まり、土下座して平癒を祈念した。だが甲斐なく7月30日、明治大帝は崩御された。行年59歳。8月27日、追号勅定され明治天皇となった。

明治天皇は古今第一等の名君だった。権力の頂点にいる者が謙譲《けんじょう》の美徳を抱き続けるのは難しい。ドイツのヴィルヘルム二世と対比すれば、理解は容易《たやす》いだろう。

明治大帝は明治10年の西南戦争、明治27〜28年の日清戦争、明治37〜38年の日露戦争と生涯3度の大戦に臨み、尽《ことごと》く勝利した。練兵や軍事を好んだため好戦的だと誤解されたが、戦争は嫌悪していた。

明治14年、文部省が小学校の教則綱領を定めた時、明治天皇はこう述べている。

「よくできているが神武天皇東征から維新の役まで、日本が戦争ばかりしているような印象を受ける。昔の王政時代には平和繁栄の見るべき治績もあるので書き加えよ」

神武東征は即位と和らげ、建国の体制の一項を増やし、維新は王政復古と、文部書記官の江木《えぎ》千之《かずゆき》に書き換えさせた。

明治大帝は生涯を克己《こっき》で貫き、それが自我の外部拡張、物的欲望の充足を目指す近代精神の汚穢《おわい》を中和し、明治を美しい均衡を保った時代にしたのだろう。

翌大正2年2月、明治天皇のお気持ちが結実した恩賜財団済生会の中心、麹町《こうじまち》診療所が開設された。窮民救護と共に臨床学科教育機関とし、陸軍軍医学校の診療部と共に教官研学上の便益を得た。それはまさしく、鷗外が描いた絵図だった。

鷗外の8年半の軍医総監時代、前半4年は明治、後半4年は大正と切り分けられる。

大正時代になり、鷗外の軍医総監時代の後半が始まった。

7章

大正期最初の軍医総監、退役後の文化活動

――大正2年（1913）52歳～大正11年（1922）61歳

鷗外森林太郎は明治40年11月から大正5年4月まで8年半、陸軍軍医部の最高位、軍医総監、医務局長の座に就いていた。彼の任期は明治時代と大正時代がほぼ半々となった。

軍医界で学問体系を樹立し、軍医の「知」を充足しようと研究関連の改革を断行した。就任直後の明治41年1月に「陸軍軍医団規則」を制定、3月「陸軍軍医学会」を「陸軍軍医団」と改称、団長に就任する。医学研究は現役の「衛生部教育団」と「軍医学校」の2本立てで「軍医団」で予備、後備が一体化し「陸軍軍医団雑誌」を活用した。

また「陸軍軍医学校教育綱領」を定め、伝染病予防訓令を発出し、伝染病及食中毒症、細菌学検査法、腸チフス予防接種に関する通達を出し、「赤十字条約解釈」を発布した。6月には陸軍省に「臨時脚気病調査会」を設置、会長を務めた。軍医部の人事権を陸軍省に戻す「補充条例」に抵抗し、人事権を死守した。

軍医総監としては第一次大戦の青島出兵の他は、平穏な時代だったが、「大逆事件」など体制を揺るがす事件が起こり、舵取りは大変だった。

鷗外は明治精神の体現者で、大正デモクラシーには違和感を覚えていた。それが晩年の史伝小説の背骨を成していった。

「大正政変」と「二個師団増師」、そして「伝研移管騒動」：大正3年（1914）

明治天皇薨去《こうきょ》は、明治の20世紀の桂園《けいえん》時代の終焉《しゅうえん》と重なった。

大正2年、陸軍二個師団増資を拒絶した西園寺《さいおんじ》公は、山県《やまがた》公が陸相辞任カードを切ったため辞任し、後継に桂《かつら》首相が就任するも護憲派の挑発に遭《あ》い自滅し、第三次桂内閣は60日の短命で終わる。世に言う「大正政変」である。

この後、山本権兵衛《やまもとごんべえ》海軍大将の内閣が成立した。原敬《はらたかし》内相、高橋是清《たかはしこれきよ》蔵相、奥田義人《おくだよしと》文相と立憲政友会で固め、海軍大臣に斎藤実《さいとうまこと》を登用した本格内閣で、山本は直ちに政権運営の弊害《へいがい》の軍部大臣現役武官制度を改正した。軍部に気に入らない政策があると軍部大臣を出さないという非協力的対応で組閣を阻む手法で、軍部の政治介入を容認した。

この改正には、陸軍や参謀本部が反対したが、山本首相が押し切った。

それは桂内閣からの陸相・木越安綱《きごしやすつな》中将が手がけた案件だった。

清廉《せいれん》で剛毅《ごうき》な木越中将はドレスデンで、鷗外《おうがい》と田村怡与造《たむらいよぞう》の三人で語り合ったことがあり、鷗外とは旧知の仲だった。鷗外は軍医総監として、木越陸相を後押ししていた。

明けて大正3年1月、海軍を巡る大疑獄事件が山本内閣を直撃した。ドイツのシーメンス社が海軍将校へ贈賄《ぞうわい》した「シーメンス事件」である。緊縮財政を強いる首班のお膝元・海軍の不祥事に、庶民《しょみん》の怒りが燃え上がった。事件発覚直前の1月12日には、山本首相の出身地の鹿児島で桜島が大噴火し、震度7の地震と共に小津波が錦江湾《きんこうわん》沿岸を襲い、流出した溶岩で桜島が九州本土と地続きになった。

大災害に疑獄事件が重なり3月24日、山本内閣は総辞職した。異常事態の収束のため、大隈重信《おおくましげのぶ》首相という驚愕《きょうがく》の人選を井上馨《いのうえかおる》が発議し、山県も同意した。

4月13日、大隈総理兼内相、加藤高明《かとうたかあき》外相、八代六郎《やしろろくろう》海相、一木喜徳郎《いちききとくろう》文相、尾崎行雄《おざきゆきお》法相、大浦兼武《おおうらかねたけ》農商務相という玉石混淆《ぎょくせきこんこう》、つぎはぎ内閣が船出した。第二次大隈内閣が掲げた「師団増設、軍備拡張、財政緊縮」という矛盾する旗印の下、陸軍二個師団増師と緊縮財政の実現という政策を騙し騙《だま》し成立させるべく、さまざまな手を打つ。

おりしも欧州では第一次世界大戦が勃発し、ドイツ皇帝ヴィルヘルム二世は、破滅へ向かって地獄の行軍を始めた。それは全てをうやむやにする神風になった。

そんな中、10月に突如、伝研移管騒動が勃発した。そもそもは軍拡の二個師団増師と抱き合わせで実施された、行政改革の一端だった。

二個師団増師は第三次桂内閣が倒れる大正政変の発火点となったが、大正元年12月、山県の依頼で鷗外は「増師意見書」を起草している。「内務省伝染病研究所」を文部省に移管する動きに対し医学部学長の親友、青山胤通《あおやまたねみち》の依頼を受け鷗外も動いた。

帝大が血清作製をできないとわかると、陸軍から伝研に委託研究生として派遣していた八木沢正雄《やぎさわまさお》と西沢行蔵《にしざわこうぞう》を文部省伝研に出向させ、機能を維持した。さらに内務省伝研の副所長・北島多一《きたじまたいち》を、文部省伝研所長に就任するよう、岳父《がくふ》の小池正直《こいけまさなお》と一緒になって説得したが、これは失敗した。この騒動で内務省伝研は所長の北里柴三郎《きたさとしばさぶろう》以下、全技官が辞任し、「伝研移管騒動」となった。下野した北里は、私立の「北里研究所」を設立し、「文部省伝研」に比肩する日本の感染症対策を担う一柱となる。

この騒動の発端は、内務省と文部省、北里と青山の確執だというのが通説である。青山の親友の鷗外は文部省の肩を持ち、北里と敵対する立場を取った。

だが実は、この「伝研移管騒動」の仕掛け人が誰か、その真意は何だったのかは、今日でも諸説があり、判然としない。

森鷗外と北里柴三郎の確執

この二人の確執に、詳細に触れている成書はほとんどない。北里は雑記や日記がなく公式な行動、演説、論文の他は弟子に語ったことしか残っていない。鷗外は偏執的なほど日記や身の回りのことを書き残したが、都合の悪いことは改竄《かいざん》、削除するので、書かれていないからといって「ない」とは言えない。二人の接点や共通点は実は意外に多い。

大学で北里は2級下で同じ寄宿生だった。就職後、欧州留学を目指し官費留学を目標とするが、卒業時の席次は共に八席で官費留学はできなかった。官僚になり鷗外はプラアゲルの衛生書の翻訳、北里はドイツ語文献の翻訳で頭角を現した。

また鷗外は陸軍の、北里は内務省の官費留学生になり、鷗外はコッホ研究所で先輩の北里に実験の手ほどきを受けている。石黒忠悳《いしぐろただのり》が北里にミュンヘン異動を命じた時、鷗外が取りなして撤回《てっかい》させたとも伝わっている。鷗外はコッホに与えられた研究課題で論文を1本仕上げたが、北里が全面協力したことは間違いないだろう。

だが「独逸《ドイツ》日記」では鷗外はこうしたことに、ひと言も触れていない。

ここに鷗外の北里に対する反感が透けて見える。帰国後に「東京医事新誌」の主筆に抜擢《ばってき》された鷗外は、北里が旧師緒方正規《おがたまさのり》の脚気研究を批判すると、情がないと非難した。それに対して北里は「学問に私情は禁物だ」と、一撃で叩《たた》きのめした。

北里が「第2回日本医学会」会頭になると鷗外は、学者北里は堕落《だらく》したと糾弾《きゅうだん》し、「衛生療病志」の「傍観機関」と社会評論誌「あざみ」で繰り返し北里を攻撃している。

北里のペスト菌発見の誤認問題や、芸者落籍の件でも、鷗外は「読売新聞」に一文を寄稿している。攻撃的で相手を徹底的に論破するクセがある鷗外とはいえ、北里に対する執拗な攻撃は他とは別格の趣がある。なぜ鷗外はこれほどまでに北里を敵視したのか。

それは北里と鷗外の業務が同じ領域だったことが理由だろう。ふたりは日本に衛生学を根付かせる社会制度を構築し、日本の富国強兵、殖産興業を果たすため鷗外は陸軍で、北里は内務省で尽力した。鷗外は帰国時、衛生学の第一人者だったが、細菌学の領域で鷗外は北里に凌駕《りょうが》され、衛生学分野では後塵《こうじん》を拝してしまう。

これが、鷗外が北里を敵視し続けた理由だと思われる。

陸軍の脚気《かっけ》問題で「臨時脚気病調査会」を立ち上げたのも、北里の差配に見える。

「医海時報」の懸賞論文公募、シンパの山根議員の国会質問、「時事新報」で日清戦争の時に陸軍脚気問題で暴露記事を書いた海軍軍医の石神亨《いしがみとおる》は北里の門下生など、背後に北里がいた可能性は高い。鷗外は自分の居城に攻め込まれたと感じたのかもしれない。

もう一点は鷗外が結核だったことだ。北里は帰国後、福沢諭吉《ふくざわゆきち》の援助で結核治療専門病院「土筆《つくし》ヶ岡《おか》養生院」を開院し、師コッホが開発したツベルクリンは治療効果がないと判明していたにもかかわらずツベルクリン主体の治療病院を運営した。そんな北里を嫌悪していたとすると、伝研移管騒動の仕掛け人が鷗外であっても不自然ではない。

今も「伝研移管騒動」の真相は確定していないが、鷗外と北里の、衛生学領域での対決は（もしそんなものがあったとしたなら）、北里の圧勝に終わったと言えるだろう。

明治44年に翻訳した「ファウスト」の大反響：大正2年（1913）

翻訳の大仕事は明治45年正月、大文豪ゲーテ畢生《ひっせい》の大作「ファウスト」を訳了したことだろう。学生時代「不朽《ふきゅう》」を目指し、世の全《すべ》ての書を読もうと決意した鷗外の念頭には常に、ファウスト博士の存在があった。哲学者、井上哲次郎と「ファウスト」の漢訳は面白かろう、とライプチヒの酒場で語らったこともある。文部省が文藝院《ぶんげいいん》を設立するので意見を述べたところ明治44年5月、文芸委員に任じられ、外国の名作を訳す事業が発足し、鷗外が「ファウスト」を、盟友の上田敏《うえだびん》がダンテの「神曲」を委託された。

鷗外は翌月の6月から翻訳にかかり、10月に第一部、翌年1月に第二部を訳了した。わずか半年少々で終えたのは驚くべき速度だが、鷗外にすればドイツ留学時代から何度も読み返し、隅々《すみずみ》まで知り尽くした作品なので、容易《たやす》いことだったのだろう。

出版は1年後の大正2年1月に「ファウスト・一部」、3月に「ファウスト・二部」、11月に関連する「ファウスト考」と「ギヨウテ伝」を、冨山房《ふざんぼう》から刊行した。

因《ちな》みにこの作品は近代劇協会の顧問を務めていた鷗外が上演台本を求められ、翻訳中だった「ファウスト」を勧め、大正2年3月、帝劇で上演された。興行的に稀有《けう》な大成功を収め、協会幹部や俳優、女優たちを有頂天にさせ、堕落《だらく》させてしまった。

まさにメフィストフェレスの呪いの如しである。その大当たりはもちろん、偉大なる文豪ゲーテが作り出した物語が素晴らしいためだが、流麗《りゅうれい》で格調高く華麗な鷗外の訳文が人々の心を捉えたのも大きな要因だったことは、衆目の一致するところだった。

この大当たりに気をよくした近代劇協会から、次はシェークスピアの「マクベス」の脚本を書いて欲しいと依頼された。英語は堪能《たんのう》でない鷗外は躊躇《ちゅうちょ》しつつ引き受けた。英訳は当時、坪内逍遙《つぼうちしょうよう》の独壇場で、鷗外は仁義を切る意味で、逍遙に序文の執筆を依頼した。底本にしたドイツ語の訳本が不正確だと気がつき、途中から英語の原本から直接訳すことにしたが、鷗外は英語は不得手だったので「マクベス」の後半は正確だが、文学的にはぎこちないものになってしまったという。

鷗外晩年の史伝小説、「歴史其儘」と「歴史離れ」：大正4年（1915）

鷗外は晩年、「史伝小説」に全力を傾注した。

大正元年10月「中央公論」発表の「興津弥五右衛門《おきつやごえもん》の遺書」は、明治天皇崩御に際し乃木希典《のぎまれすけ》大将が殉死《じゅんし》したことに想を得たものだった。9月13日、青山練兵場の大葬場で斂葬《れんそう》が行なわれ午前2時、乃木希典大将の自刃の報を聞いた。乃木と親密だった石黒は、陸軍省軍医局長の鷗外を、乃木の自刃の件には一切関わらせなかった。

18日午後、乃木大将の葬儀が青山斎場で執り行なわれたが、鷗外は参列する直前に、乃木の殉死に触発された短編を一気に書き上げたのだった。

大正2年1月の「阿部一族」は原史料に、殉死を許されなかった理由の記載はなく、独自に「組織における人間関係」から「組織における政治力学」劇に形象化した。

12月7日、「大塩平八郎」を翌年1月1日の「中央公論」に発表すると2月「堺事件」、4月「安井夫人」と、歴史小説の短編を立て続けに発表した。

歴史小説の合間に大正2年1月「ながし」、大正4年4月「天龍」、6月「二人の友」と現代小説を発表した。これは実在し理想を掲げて精進する若人が主人公であり、一種の史伝小説としても読むことができる作品である。

変わった所では大正4年9月、詩歌集「沙羅《さら》の木」を北原白秋《きたはらはくしゅう》が主宰する阿蘭陀《おらんだ》書房《しょぼう》から刊行し、「横浜市歌」「浜松市歌」の作詞も手がけた。この間、大正4年1月に発表した評論「歴史其儘《そのまま》と歴史離れ」では、鷗外は史伝小説を次のように認識している。

「私の作品は概してディニシッシュ（dionysisch：衝動的傾向）でなくアポロニッシュ（apollonisch：調和統一、端正な秩序）を目指している。私が多少努力したことがあるとすれば、只《ただ》観照的ならしめようとする努力のみである。」

歴史小説は虚構だが作家が「事実の集積に重点を置くか、事実を踏まえつつ創造力を拡張させるか」で2系統に分かれるのだと言う。事実に束縛される医学者・森林太郎の精神風土が、事実を超える文学者・鷗外の足を引っ張っていた感がある。

それは一連の史伝小説を収録した短編集「意地」の、自筆の広告文からも感じられる。「『意地』は最も新しい意味における歴史小説である。従来の意味の歴史小説の在り方を全部破壊して、別に史実の新しい取り扱い型を創定したる最初の作なり」「意地」には「興津弥五右衛門の遺書」「阿部一族」「佐橋甚五郎」という、歴史小説の初期三作が収録された。「軼事篇《いつじへん》」というのが当初のタイトルだった。

史伝小説について、鷗外はこう語っている。

「歴史の『自然』を変更することを嫌い、知らず識《し》らず歴史に縛られ、縛りに喘《あえ》ぎ苦しみ、これを脱しようと思った」とする。だが「歴史其儘」から「歴史離れ」への転換は困難で、鷗外は人間心理を深く追うことを放棄した。「歴史其儘」と「歴史離れ」の融合は大正5年連載「澁江抽斎《しぶえちゅうさい》」を待たなければならない。澁江抽斎は弘前藩津軽公の侍医で医者で官吏だった。経書や哲学書や詩文集等文芸方面の書も読み、自分に似ていると感じた「澁江抽斎」、そしてその師「伊沢蘭軒《いざわらんけん》」が生まれ、蘭軒執筆中に「北条霞亭《ほうじょうかてい》」が書かれ、抽斎の友人「小嶋宝素《こじまほうそ》」が発掘され、近世考証学者の伝記文学が成立した。「伊沢蘭軒」の行き着いた先は、大正10年の「帝諡考《ていしこう》」であり「元号考」だった。

鷗外は「抽斎伝」で、抽斎の生の軌跡を辿《たど》り自己の生の軌跡を見つめた。一人称の「わたくし」が調べながら報告するルポ形式で、問いに読者の投書があり提供者と記述者の共同作業になった。「編年体」と「紀伝体」を組み合わせ、系譜的記述でひとりの人生を追い、人物の師、先輩、知友らを包括的に捉えた。伝記はその人物の死で終わるが鷗外は子孫、親戚、師友まで書き上げた。父祖の事蹟に子孫の事蹟を織り交ぜ全体を保存し、叙事を継続して同世に及び、「抽斎没後」という伝記の新しいスタイルで没落士族の境遇を描き出したのだ。それは没落士族の不如意な伝記は近代小説の様式に対するアンチテーゼにもなり、そこに鷗外自身も登場させている。

同時代の明治人は西洋文明に追いつけ追い越せの努力をした。このため己が前面に出る批評精神や感性は脆弱《ぜいじゃく》だった。鷗外の文学的な出発点である「舞姫」が、自己の青春の投影であるのと同様に、晩年の史伝小説も自己投影になっている。

後年の短編「ヰタ・セクスアリス」で鷗外は「僕はどんな芸術品でも、自己弁護でないものは無いやうに思ふ。それは人生が自己弁護であるからである」と書いている。それは期せずして、鷗外の真情の吐露《とろ》になっているかのように思われる。

軍医総監辞任：大正5年（1916）

鷗外は11月10日、大正天皇即位式に列した翌日、大嶋健一次官に辞職を申し出た。以前から雑誌や新聞に辞任関連の記事が出ていた。すると年末に再び、陸軍省衛生部の人事権の移管話が出たため、いつもの如《ごと》く山県公の政治力を頼り、事なきを得た。

大正5年、55歳の鷗外は1月「高瀬舟」と「寒山拾得《かんざんじっとく》」を発表した。唐代の閭《りょ》丘胤《きゅういん》を、寒山拾得の二人の僧が嗤《わら》う話で、事大主義、権威主義を笑い飛ばしたものだ。

そして1月から「澀江抽斎」の新聞連載を始めた。

4月13日、大嶋陸相から退任辞令を受け、足かけ35年の陸軍勤務を終えた。鷗外は軍医総監に8年6カ月在職した。4月23日執筆の随筆「空車」（むなぐるま）は、長い官の規制の中で生きてきた人物の、退任の心境を現すものとなった。

「意中の車は大いなる荷車である。（略）大八車は人が挽《ひ》くのに此車《この》は馬が挽く。大きな車、肥えた馬、馬の口を取つてゐる、背の真つ直ぐに伸びた大男が大道狭しと歩んでいく。この男は右顧左眄《うこさべん》せず、急がず、遅れず、歩調は一定してゐる。この車が物を載せてゐる時は目に入らない。此車が空車として行くに逢《あ》ふ毎に、目迎へてこれを送る。」

この文章は「東京日日新聞」、「大阪毎日新聞」に5月6日、7日に掲載された。

大正5年4月、鷗外は予備役に編入したが母・峰子《みねこ》は直前の3月28日に亡くなった。軍医団雑誌には団員および家族の訃報《ふほう》を掲載する欄があるが、6月刊行の号の同じ頁に、鷗外の辞令と母の訃報が上下に並んで記された。

——陸軍軍医総監医学博士文学博士森林太郎依願予。森軍医総監母森峰子死去。

それは森家の女が鷗外を縛り付けようとした、最後の足掻《あが》きだったのかもしれない。

その母は、名利の薄い父・静男《しずお》が眠る東京・向島《むこうじま》の弘福寺でなく、森家隆興の象徴だった彼女の父・白仙《はくせん》が葬られた近江《おうみ》土山《つちやま》の常明寺に埋葬されることを望んだ。

鷗外が軍医総監に在任した8年半は、明治と大正が半々だった。

大正3年の第一次大戦の青島攻略の時以外は、概ね平穏な時代だった。

「日清役で野戦衛生長官を務めた第五代軍医総監石黒忠悳、日露役で野戦衛生長官の大役を果たした第七代軍医総監小池正直と比すと、自分の任期は地味で見劣《みおと》りがする」という総括は、鷗外の自嘲であり、謙遜《けんそん》でもあった。

日清、日露の両戦役には兵站《へいたん》軍医部長として従軍し、台湾総督府初代軍医部長も務めた。小池の9年4カ月よりは短いが、石黒の6年10カ月よりは長かった。

第一次大戦では対独戦の青島攻略に寄与した。衛生学的にも顕著な功績があった。腸チフスの予防接種を全軍に実施し、明治40年には罹患者が1万人中80人、死者12人だったのを、大正3年には5・8人と0・6人に激減させている。

鷗外は、石黒に推薦《すいせん》されたものの貴族院議員になれず、授爵《じゅしゃく》もできなかった。

歴代軍医総監は初代の松本順《まつもとじゅん》、第四代の橋本綱常《はしもとつなつね》、第五代の石黒忠悳、第七代の小池正直は退役前に男爵位を賜《たまわ》っている。第二代の林紀《はやしつな》は若くしてパリで客死し、第六代の石阪惟寛《いしざかいかん》は1年弱と在職が短いので別とすると、在職8年半の鷗外が爵位を賜らなかったのは不自然すぎる。これは大逆事件の弁護を陰でサポートした影響かもしれない。

それは貴族院の議員に推挙できなくなる理由としては充分だろう。鷗外は爵位を持つ華族に囲まれていた。弟篤次郎《とくじろう》が養子入りしようとした河田佐久馬《かわださくま》、離縁した登志子《としこ》の岳父赤松則良《あかまつのりよし》、小倉で親しかった井上光《いのうえひかる》師団長、山根武亮《やまねたけすけ》参謀長も男爵になった。

先任の医務局長石黒忠悳は男爵から子爵に昇り、小池正直も男爵になった。

授爵こそ、森家の興隆を何よりも望んだ母・峰子の究極の願いだったのかもしれない。だが幸か不幸か、この時、その母は逝去《せいきょ》していた。

軍医総監退任後の5月3日、臨時脚気病調査会の会長を辞し、臨時委員に任命された。予備役に入った鷗外は「東京日日新聞」の客員として執筆に専念する。留学から帰国後、文筆業に携わったが、生涯この時期だけ職業作家として筆を執った。自分の書きたいものを書く鷗外に、新聞社の幹部は冷たい視線を浴びせた。鷗外は軍務の傍ら執筆したので、軍を辞めればもっと書けるだろう、と人々は期待したし、彼自身もそう思っていた。だが退役すると鷗外にとって、「片手間」の執筆が本筋だとわかったのだ。

大正6年12月23日、盟友の青山胤通が57歳で胃噴門癌《いふんもんがん》で亡くなった。

12月25日、鷗外は宮内省に入り臨時宮内省御用掛を免官、帝室博物館総長兼図書頭《ずしよのかみ》・高等官一等になり、宮内省帝室博物館総長兼図書頭に就任した。

翌12月26日は青山の通夜だったが、鷗外は終日門を出ずに過ごした。

その日は、北里柴三郎が貴族院議員に勅選《ちょくせん》された祝賀会だった。

北里の盟友の後藤は寺内内閣の内務大臣になっていた。北里は貴族院では政友会系の校友倶楽部《クラブ》に属することになった。

年末、「東京日日新聞」は営業部に不評だった鷗外の連載に対し強硬手段を取った。正月用連載に随筆「礼儀小言」10回を依頼し、連載中の小説「北条霞亭」を中断させ、「礼儀小言」が終わっても「北条霞亭」を再開させなかった。

酷《ひど》い扱いである。だが鷗外は屈辱に耐えた。

「北条霞亭」は「帝国文学」と「アララギ」で連載を継続した。代表作として評価が高い「澁江抽斎」以下の「史伝小説」3作は、生前には出版されなかった。

鷗外の作品には多分に自伝的要素がある。翻訳小説も、その時々の感興によって自在に選択し、登場人物にその時の自分の心持ちを投影している。

この頃の鷗外の居場所は2カ所あり、月・水・金は博物館総長室に「参館」し、火・木・土は宮内省図書館の寮頭《りょうのかみ》室へ「参寮」した。背広は息子の於菟《おと》のお古だった。

博物館の木造洋館の2階の総長室は、12畳の部屋に大きなデスクがあった。麹町《こうじまち》区三年町の宮内省の図書寮では机に青い羅紗《らしや》を張り、硯箱《すずりばこ》と辞書を置き、筆洗皿に水を貯《た》め糊《のり》を盛り、台に和綴《わとじ》の古書や独語の書籍、医学雑誌を積んだ。

実は鷗外が登用されたのは宮内庁のスキャンダルのためだ。鷗外が任命される9カ月前、死去した国学者が正倉院の宝物を私物化していたのが発覚した。国宝である正倉院の宝物の管理がずさんだったのだ。帝室博物館関係者が処分され、問題収拾のため抜擢されたのが鷗外だった。鷗外は、本腰を入れて帝室博物館の改革に取り組んだ。

博物館の役人は「古物倉庫の番人」と言われ、蔑《さげす》まれていた。そんな因習を打破し、年報、講演集を刊行し事業を一般に知らせ、学者が研究に専念できる環境を整えた。

帝国博物館総長の業務は、①時代別陳列方式の採用　②研究紀要としての「学報」刊行　③目録作成の推進　④正倉院拝観資格の拡大　⑤蔵書解題と著者略伝がある。

このうち①、②、④は鷗外の発意である。その結果、帝室博物館の観覧者数が急増し、大正9年には、鷗外が就任する前の2倍の、40万人という観覧者を達成している。

また、宮内省図書頭として、精力的に古い資料にも自ら目を通している。

洋書目録の校正に励み、欧州の皇室王族から寄贈された書籍の解題を書き、同寮所属目録を印刷した。所変われどやっていることは軍医総監時代と変わらなかった。博物館総長として「帝諡考《ていしこう》」を完成させ、博物館所蔵書の解題や著者略伝を3冊執筆した。

帝室博物館は東京、京都、奈良の3カ所あり、総長は3館と正倉院の統括責任者だ。総長の業務には正倉院の開閉封への立ち会いもあった。千年以上災禍《さいか》を逃れた正倉院曝涼《ばくりょう》（虫干し）のため、毎年11月に1カ月、奈良に出張した。

勅封《ちょくふう》が解かれ錠《じょう》が外され扉が開かれる時、冷気が漂い朝日が庫内に射し込み、薄絹《うすぎぬ》に覆われた宝物の器に光が差す。蘭奢待《らんじゃたい》という香の大木を、時の権力者が少しずつ切って採り、切った後に名を書いて貼り付けた。そこには足利義政《あしかがよしまさ》や織田信長《おだのぶなが》や豊臣秀吉《とよとみひでよし》、明治天皇の跡もあった。秋の奈良出張では娘の杏奴《あんぬ》や息子の類《るい》、妻の志げ《し》に頻繁《ひんぱん》に葉書を出している。そこに、家庭人として満ち足りていた鷗外の横顔が見える。

大正10年3月、図書寮で限定100部の非売品「帝諡考」を刊行した。天皇に送る称号の出典の考証で、結果的に皇制の欠陥を暴露してしまう。続いて「元号考」執筆に着手した。元号選定の条件は中国古典に出典があり、他国に同一の元号がないことだ。

これに関し鷗外は、帝室制度審議会に諮問機関を設け「礼や展故」を熟知した人材の育成が必要だと考えたが、政府は故実家の後継者養成を考えなかった。諡号《しごう》は国家の象徴的揮毫《きごう》で天皇制国家の象徴の元号が「不調べ」や「不体裁」であってはならない。だが制度を整備しようとした鷗外は国家に裏切られていく。その挫折感《ざせつかん》、絶望感、孤絶感から言葉を、そして物語を紡ぎ出すのだった。

明治40年、鷗外は文展の美術審査委員となり大正8年9月、帝国美術院初代院長に就任した。この頃の鷗外の日記は、家族と過ごした日々が淡々と書き連ねられている。鷗外自身は平凡な毎日を、大切に味わいながら生きていたように見える。

脚気問題の顚末

脚気は鷗外の人生にまとわり続けた悪縁だ。祖父の白仙が脚気で死去したのがケチのつき始めだ。石黒忠悳は大気毒（一種のピルツ）が飲水に入り体内に入るのが原因と信じた。麦食採用で脚気予防に成果を上げた海軍の高木《たかき》兼寛《かねひろ》が、明治17年5月の陸海軍軍医上長官協議会で麦食を推奨したが、石黒が率いる陸軍は、それを完全に無視した。

そんな中、明治18年4月、緒方正規《おがたまさのり》が脚気菌を発見したと発表した。後から思えば、それが脚気病原菌説の絶頂期だった。

当時、鷗外はドイツ留学中で、脚気を兵食との関係では考えなかったが、栄養的に米食が優れているという研究結果を出し、ライプチヒで「日本兵食論大意」をドイツ語で執筆した。翌年1月、石黒はそれを陸軍軍医会で朗読している。

日清戦争後の軍医総監・小池正直は、脚気発生率と米麦混食の関係を調査し麦食の有効性を認め、平時の米麦混食を定着させようとする素振りを見せた。だがそれはポーズで糧食は転換せず、北清事変と日露戦争では陸軍で大勢の脚気患者を発生させた。

鷗外は留学時代に得た西欧的価値観を「自由と美」とし、日本に移植しようとした。「学問的真理は普遍的妥当性を有する標準で、これを奉じる限り誤ることはない」という楽天的な理想主義は「学問原理主義」、即ち「学理万能の思想」である。

そんな鷗外の行動原理に打撃を与えたのは、学理に対抗する俗世の原理であり、鷗外の学理に対抗する、経験的現実である。その象徴が陸軍の兵食問題だ。

海軍の脚気を激減させた海軍軍医総監・高木兼寛の「炭窒二素不均衡説」は学理的に

は間違っていた。だが結果的に海軍では脚気が減少した。脚気予防という目的達成では高木の英国流の経験主義が、鷗外が信奉するドイツ医学に勝っていたのだ。

結果よければ全てよし、麦食と脚気予防の成功との間の因果関係は不明だが米麦混食の給食実施で脚気予防は可能だと見通しが立ち、めでたしめでたしとなる。

だが鷗外が奉じる「学理万能原理」の立場からすると、科学的に因果関係が実証されない異説には賛同できない。面子《めんつ》もあり研究者生命の否定にもなるので、鷗外は否定するしかない。陸軍の糧食はそのままでよいという判断は、学理以前に組織の生理に基づく要求だった。それを鷗外に突きつけ彼のスタンスを破壊したのは、皮肉にも彼が設置した「臨時脚気病調査会」だった。鷗外は調査会を通じ、脚気の原因を学理的に解明し科学的な対処法を見出すため、コッホの助言に従い専門委員3名をバタビアに派遣した。その中には官立第一高等中学校医学部（現千葉大学医学部）卒後に習志野《ならしの》衛戍《えいじゅ》病院長に就任した陸軍二等軍医生、都築甚之助《つづきじんのすけ》がいた。彼は陸軍軍医学校の校長だった鷗外が、弟子として可愛がっていた秘蔵っ子だった。

ところが、よりによってその愛弟子《まなでし》が、脚気の「伝染病説」に疑義を呈したのだ。

都築はバタビア調査から帰国後、米糠《こめぬか》を与えると脚気がなくなることを動物実験で証明した。そして「伝染病説」を捨て「白米病因説」の栄養欠乏説に転じたのだ。

明治43年に都築が米糠の有効成分を純粋に抽出した「アンチベリベリン」という製剤を一般頒布《はんぷ》すると、脚気調査会の批判的な委員から攻撃の的にされた。このため都築は明治43年12月、調査会委員を辞任し、明治43年11月、私立脚気研究所を開設した。

鷗外は都築を陸軍軍医学校の教官にし、研究に専念できるようにしようとしたが都築はこれを辞退し明治44年4月、「脚気の動物試験第2回報告」を「臨時脚気病調査会委員会」で実施した後、12月に私費でドイツ留学してしまう。

明治44年12月5日、ドイツ留学に出発する都築を、鷗外は新橋駅で見送った。

大正3年3月、鷗外のライフワークの「衛生新篇《えいせいしんぺん》」最終版の第五版が出版され、そこで初めて脚気の項を設けた。だが内容は各国の呼称と語源等の疾病史《しっぺいし》や疫学《えきがく》が2割、陸軍統計が6割で、都築委員の栄養説の論文や麦食の是非には全く触れなかった。

鷗外が「脚気栄養論」を知らなかったはずはない。だが鷗外は完全に無視した。

この書籍が衛生学の総説である以上、異論を無視するという姿勢は、学術的に容認できるものではない。鷗外は医学者の顔を捨て、軍医総監の立場に徹したのだ。

この時、衛生学を志した医師・森林太郎は自刃したと言えるだろう。

その姿勢は日本の栄養学の芽を摘《つ》んだ。北里柴三郎はかつて、脚気菌発見の誤りを科学的に批判した。その相手はバタビアのペーケルハーリングと日本の緒方正規である。

緒方批判に対し、帝大の権威が続々と感情的に反駁《はんばく》した。鷗外もその一人だった。

鷗外は米食に固執し、鈴木《すずき》梅太郎《うめたろう》の「オリザニン」や都築甚之助の「アンチベリベリン」を黙殺した。

ペーケルハーリングは北里の追試実験を見て自らの誤りを認め、北里に感謝した。彼の弟子、クリスチャン・エイクマンは米糠成分に脚気改善の成分を見出し、その報告からカシミール・フンクが糠からヒト、動物の生命に必須のアミン類を見つけ明治45年に「生命アミン」の意味で「ビタミン」と名付け、微量栄養素研究を創設した。だがフンクの発表の2年前に鈴木梅太郎が、1年前に都築甚之助が、同様の発見をしていた。

日本人の学術的偉業を潰したのは、帝大と陸軍に脈々と流れる偏狭なエリート意識で、それを「自由と美」を至上価値に置く鷗外が補強したのは、あまりにも皮肉である。

大正5年4月、陸軍省医務局長を辞任した鷗外は、「臨時脚気病調査会」の委員長も辞したが、「臨時脚気病調査会」臨時職員に任命され生涯、その職に在任し続けた。

米糠無効説の強硬な主導者・青山胤通が大正6年に没した。すると大正7年、帝大の盟友・入沢達吉《いりさわたつきち》教授が「東京医事新誌」に「脚気患者の糠エキス治療について」を発表し、糠エキスの脚気予防効果を実験で証明した。これには「臨時脚気病調査会」も協力したが、鷗外としては背後から戦友に撃たれた気持ちがしただろう。

大正9年、海軍の高木兼寛男爵が没した。翌大正10年、帝大の入沢内科から、北里が創設した慶応《けいおう》義塾大学医学部に移籍した大森憲太《おおもりけんた》が、脚気を「ビタミンB1欠乏症」と断定した。そして各大学で一斉にビタミンB1欠乏症の臨床研究が始まった。

同年10月、「臨時脚気病調査会」第25回総会が開催されたが、会長が欠席したため、鷗外が代理で議長を務めた。そこでビタミンB1欠乏が原因だという発表が相次いだ。

翌大正11年7月9日、鷗外はこの世界と永訣《えいけつ》した。

翌年、調査会は研究範囲を縮小した。そして大正13年11月、勅命第二九〇号を以《もっ》て、「臨時脚気病調査会」は廃されたのだった。

鷗外は終生、「脚気栄養病原説」を認めようとしなかった。

だが「観潮楼」では粗食を貫き、食事は白米ではなく半搗米《はんつきまい》にしていたという。

黄泉の国へ旅立つ：大正11年（1922）7月

大正10年秋頃、鷗外の健康は衰え始めた。下肢浮腫《かしふしゅ》は萎縮腎《いしゅくじん》のせいだとしたが、肺結核の再燃だと自覚していた。この頃の結核は有効な治療法がなく死病とみられ、結核患者を出した家は冷眼視された。そのため鷗外は他聞を憚《はばか》り、医者の診察を拒否したのだ。

大正11年3月、山田珠樹《やまだたまき》がフランスに留学し、妻の茉莉《まり》も同行した。当時、妻の同行は珍しかった。これは鷗外が茉莉の岳父にねじ込んだものだ。後に鷗外は「自分は生まれて初めて悪事を働いた。向こうの家に申し訳ないことをした」と懺悔《ざんげ》したという。愛する娘のためには筋を曲げるあたり、鷗外の家族思いの気持ちの深さが感じられる。

この時、於菟《おと》も解剖学《かいぼうがく》でドイツに留学し、異母兄妹は奇しくも同じ船で日本を離れた。

3月14日、東京駅でふたりの子どもを見送った鷗外は、これが今生の別れになるだろうと確信していた。

そんな気持ちを隠して、鷗外はふたりに手を振った。

4月30日から5月8日まで英国皇太子が正倉院を参観するため、奈良へ出張した。これで体調を崩した鷗外は、5月26日に主治医の賀古鶴所《かこつるど》に「医薬を斥《しりぞ》くる書」を送付した。6月15日、出勤できなくなり以後、自宅での病臥《びょうが》となった。

妻の志げは検査を望んだが、鷗外は検査を頑として拒否し続けた。

しかし愛妻に泣きつかれたため、6月19日にとうとう尿を賀古鶴所に届けさせた。

この時鷗外は、「これはわが尿にあらず、わが妻の涙なり」という一筆を添えた。

6月26日、ベルリンの於菟に書いた手紙は妻の志げに代筆させた。

6月29日、病状が悪化し額田晋《ぬかだすすむ》博士の診察を受けた。額田は於菟と中学の同級で賀古の姪《めい》の夫だ。結核菌が大量に排出されていることを示す、「ガフキー5号」という喀痰《かくたん》検査の結果を告げた額田に、鷗外は他言を禁じた。

日記に「額田晋診予」と記し、これが鷗外本人の絶筆となった。

7月6日に賀古鶴所を自宅に呼び、遺言を口述した。

これは故郷の津和野《つわの》に石碑として残されている。

余は少年の時より老死に至るまで
一切の秘密なく交際したる友は　賀古鶴所君なりここに死に
臨んで賀古君の一筆を煩《わずら》はす　死は一切を打ち切る重大事
件なり奈何《いか》なる官憲威力と　雖此《ただここ》に反抗する事を得ずと信ず
余は石見《いわみ》人森林太郎として　死せんと欲す宮内省陸軍皆
縁故あれども生死の別るる瞬間　あらゆる外形的取扱ひを辞す
森林太郎として死せんとす
墓は森林太郎墓の外一　字もほる可《べか》らす書は中村不折に　依託し宮内省陸軍の栄典
は絶対に取りやめを請ふ手続は　それぞれあるべしこれ唯一の友人に云
ひ残すものにして何人の容喙《ようかい》をも許　さす

大正十一年七月六日　森林太郎言　賀古鶴所書

この遺言を口述した後、鷗外は大声で「バカらしい」と何度も繰り返した。

お手伝いが問いかけると、うつらうつらとして応《こた》えなかった。

死の床で鷗外は、一体何を「バカらしい」と罵《ののし》ったのだろう。

7月7日、天皇皇后より葡萄酒《ぶどうしゅ》を下賜《かし》され、翌8日、従二位に叙せられた。

7月9日朝7時、「観潮楼」の2階で賀古鶴所が耳元で「安らかにいきたまへ」といい、主治医の額田晋博士《ぼくし》が「ご臨終でございます」と宣告した。

戒名は「貞献院文穆思斎大居士」。

初めは「文林院殿鷗外仁賢大居士」としたが仁賢は帝諡にあり避けた方がいいという意見が出て変更された。防腐剤が注入され、新海竹太郎《しんかいたけたろう》がデスマスクを作製した。

午後8時、納棺し、遺族、博物館、図書寮の関係者で通夜が執り行なわれた。

7月12日、谷中斎場で葬送され翌13日、向島弘福寺に埋葬された。

現在、鷗外の墓は2カ所ある。東京・三鷹の禅林寺の墓は太宰治の向かいにある。

故郷・津和野では開基750年の名刹永明寺の森家代々の墓所に安置され、中央には鷗外、右に父・静男、曾祖父・秀菴の石像の背後に、祖父・白仙の墓があるという。

鷗外の人生は軍医、作家、啓蒙家《けいもうか》という3面の顔を持つ阿修羅《あしゅら》のようなものだった。

どの一面も凡人はこなすのが精一杯なのに、鷗外はいとも容易く3面をやり遂げた。

それが結局、鷗外が自分の専門を決めかねた理由だろう。世を拗《す》ねて斜に構えたところのある鷗外の死出の旅立ちは、親友と家族に見送られた、穏やかなものだった。

翌8月、「明星」「新小説」「三田文学」の各文芸誌が「鷗外追悼号」を刊行した。

そこでは「森鷗外は『覚者』として没したり」と評された。

それは鷗外の望み通りの評価であり、彼が積み上げてきた陰徳の賜物《たまもの》であったのかもしれない。

彼は自分が思っていたよりもはるかに、周囲の人々から愛されていたのである。

規格外の大人物、鷗外森林太郎は、明治・大正時代の衛生学と文学界を作り、ひいては当時の日本の骨格を作り上げた不世出の天才であったことは、間違いないだろう。

その偉大な巨像は、死後1世紀を経た今日も、燦然《さんぜん》と輝きを放ち続けている。

森鷗外年譜

（【　】内は年齢、数え年とする）

文久2年（1862）【1歳】1月19日（太陽暦で2月17日）森林太郎誕生、石見国鹿足郡津和野町田村字横堀（現、島根県鹿足郡津和野町町田イ231）。父森静泰（静男）、母峰子の長男。

慶応3年（1867）【6歳】大政奉還。9月5日、弟篤次郎誕生。
津和野の藩校「養老館」で村田久兵衛に「論語」の素読を学ぶ。

慶応4年＝明治元年（1868）【7歳】東京遷都。3月、「養老館」で米原佐（綱善）に「孟子」の素読を学ぶ。

明治2年（1869）【8歳】「養老館」で「四書」復読を学ぶ、首席褒賞「四書正文」。

明治3年（1870）【9歳】11月29日、妹キミ（きみ、喜美子）誕生。
「五経」復読、首席褒賞「四書集註」。父に「和蘭文典」にて蘭学を学ぶ。

明治4年（1871）【10歳】「養老館」へ「左国史漢」復読に通い、夏、室良悦にオランダ文典を学ぶ。
11月、「養老館」廃校。首席褒賞なし。

明治5年（1872）【11歳】6月26日、父と共に出郷。
8月、亀井家の向島小梅村下屋敷に住み、曳舟通り（小梅村86番地）に移る。
10月、神田西小川町の西周邸に寄寓、本郷壱岐殿坂の「進文学社」に通いドイツ語を学ぶ。

明治6年（1873）【12歳】6月、祖母清子、母峰子、弟篤次郎、妹キミ上京。小梅村2丁目37番地を借家。

明治7年（1874）【13歳】1月「第一大学区医学校」入学。下谷和泉橋の藤堂邸跡地の寄宿舎に入る。本科5年、予科2年。学齢不足で万延元年（1860）生まれの15歳とした。
「後光明天皇論」を漢文で執筆（明治24年・国民之友113号に掲載）。

明治8年（1875）【14歳】9月「東京医学校」本科1年生。4月、父静男、小梅村2丁目27番地の家を購入。

11月、北里柴三郎「東京医学校」入学。


明治9年（1876）【15歳】3月28日、廃刀令。

初夏、寄宿舎で賀古鶴所と同室に。12月6日「東京医学校」、本郷元富士町の加賀邸跡に移転、本郷の寄宿舎に入る。この頃、依田学海や佐藤元萇を知り、漢文添削を受ける。


明治10年（1877）【16歳】2月「東京医事新誌」創刊。北里「同盟社」結成。

2月15日、「西南戦争」西郷隆盛出陣。9月24日、西郷、城山で自刃。

4月「東京医学校」と「東京開成学校」合併、「東京大学医学部」と改称。


明治11年（1978）【17歳】11月、大学医学部、神田和泉町に付属病院を建設。


明治12年（1979）【18歳】4月15日、弟潤三郎誕生。

7月、父静男、南足立郡郡医となり千住（千住北組14番地）に橘井堂病院を開院。

弟の篤次郎の養子話に鷗外が反対し破談となる。


明治13年（1980）【19歳】9月、本郷龍岡町の下宿、「上条」に移る。


明治14年（1981）【20歳】2月14日～3月29日、卒業試験。

3月20日、本郷龍岡町の下宿、火災で全焼、ノート類を焼失。千住の父の家に移居。

4月7日、小池正直、鷗外を陸軍軍医本部次長の石黒忠悳に推薦書簡を送る。

卒業前「盗俠行」ハウフの童話を漢文に意訳（17年3月「東洋学芸雑誌」掲載）。

7月9日、医学士号授与。28人中八席。

10月11日「明治14年の政変」。10月12日、明治23年に国会開設する詔勅。

12月16日、陸軍軍医副。東京陸軍病院課僚を命ぜられる。月給32円。軍服支給。

明治15年（1982）【21歳】1月4日、「軍人勅諭」下賜。西周の作。

2月7日、第一軍管区徴兵副医官を命じられる。2月13日〜3月、徴兵検査で上信越へ。

5月、陸軍軍医本部課僚。プロイセン国陸軍衛生制度取調。私立東亜医学校で生理学講義。

8月、欧州視察中の林紀軍医総監、パリで客死。林太郎は軍医部の後ろ盾を失う。

9月〜11月、東部検閲監軍部長属員として東北、北海道を巡視。


明治16年（1983）【22歳】軍医2年目。12月、鹿鳴館開館。

3月20日、プラアゲル「陸軍衛生制度書」を元に「医政全書稿本」12巻編述を提出。

5月4日、陸軍二等軍医に（軍医の名称変更）。

11月29日、海軍軍医総監・高木兼寛「食料改良之義上申」上奏。高木上奏①。


明治17年（1884）【23歳】軍医3年目・留学1年目。〔ライプチヒ〕2月16日、大山巌欧州視察団、横浜港出発。

2月3日〜11月16日、「筑波」288日航海。乗員333名脚気患者14名、死者0。

6月7日、陸軍省官費留学の命を受く。「衛生制度調査及び軍隊衛生学研究」。

8月24日、横浜出帆。「航西日記」。10月11日20時半ベルリン着。

10月23日、夕方5時にライプチヒ着。ライプチヒ大学のホフマン教授に師事。

12月15日、ホフマンが帰国中のベルツ教授、ショイベ医師を招き鷗外も呼ばれる。


明治18年（1885）【24歳】軍医4年目・留学2年目。〔ライプチヒ→ドレスデン〕

1月、日本茶の成分分析。2月、人体栄養学の調査研究。レエマン助手が指導。

3月19日、高木上奏②。兵食改善で脚気激減を報告、海軍脚気絶滅の希望。

4月14日、学士会館（東大理学部講堂）で緒方正規、「脚気病毒発見大講演会」。

5月12日〜14日、2日間のザクセン軍団の負傷者運搬演習に招待される。

5月、橋本綱常軍医監、第四代軍医総監に就任。

5月26日、ザクセン留学の許可を得るためベルリン出張。陸軍一等軍医に昇格。

8月27日、2週間ザクセン国軍第十二軍団秋期演習参加。

10月10日、「日本兵食論大意」を石黒忠悳に送付す。

10月11日、翌年3月までドレスデンの冬期軍医学講習会に参加。

11月19日、軍医学講習の衛生将校会第159集会で客員演説「日本陸軍衛生部の編成」。


明治19年（1886）【25歳】軍医5年目・留学3年目。〔ドレスデン→ミュンヘン〕

元旦、ドレスデン王宮の賀に出席。2月、王宮の舞踏会に招かれイイダ嬢と再会。

1月29日、地学協会にて「日本家屋論」講演。

2月19日、ベルリン「プロイセン陸軍軍医大会」、ロオトに同道。「アテネ酒房」大和会。

3月6日、ドレスデン地学協会の年会にて式辞演説したナウマンと議論。

3月、ミュンヘン大、ペッテンコーフェル教授に師事。洋画家の原田直次郎と知り合う。

3月、軍医本部長は医務局長と改称。石黒忠悳次長、内務省に転出、内務省衛生局次長兼任。

6月5日、日本、ジュネーブ条約締結、国際赤十字加盟が決まる。

6月13日、バイエルン国王ルートヴィヒ二世、侍医グッテンとウルム湖で溺死。

6月25日、ミュンヘン大講師ナウマンが「日本列島の地と民と」日本侮蔑論。

8月上旬、軍医部の購入器械点検のためベルリンへ。井上哲次郎、北里と会う。

9月中旬、ウルム湖畔宿で「日本家屋論」第2稿と「ナウマン反駁論」執筆。

年末「日本の実状」として掲載、ナウマン反駁に対し「日本の実状・再論」執筆。

明治20年（1887）【26歳】軍医6年目・留学4年目。〔ミュンヘン→ベルリン〕
4月、北里柴三郎の助力でベルリンのコッホ研究所に入る。
9月18日〜28日、「第4回赤十字国際会議」（カルルスルーエ）に出席。

9月28日〜10月2日「第6回万国衛生会議」。北里講演「日本のコレラと対策」。


明治21年（1888）【27歳】軍医7年目・留学5年目。ベルリンから帰国。

3月9日、在位16年90歳大帝ヴィルヘルム一世死去。フリードリヒ三世皇位継承。

3月10日〜7月2日、プロシア軍近衛歩兵第二連隊第一大隊・第二大隊の隊付医務官。

4月、妹喜美子、小金井良精と結婚。

5月21日、小池正直来独。22日、石黒宅で歓迎会。森、中浜、隈川、河本、北里。

5月23日〜29日、石黒とザクセン・バイエルンの2王国の首都訪問。

5月26日、「ベルリン人類学会」例会で「日本家屋論」発表、ウィルヒョウ会長代読。

「日本陸軍一等軍医医学士森林太郎氏」と紹介。鷗外は在ドレスデン。

6月3日、フリードリヒ写真館で滞独中の日本人留学生が集まり記念撮影。

6月15日、フリードリヒ三世、喉頭癌で死去、在位3カ月。6月17日から全軍6週間服喪。

6月、鷗外の論文「暗渠水中の病原菌有機小体説」完成。

7月5日夕、ベルリンを離れる。7月8日〜18日、ロンドン。19日〜27日、パリ。

7月29日〜9月8日、40日の航海後、横浜に帰港。森家は2月に千住へ移居していた。

9月12日、陸軍軍医学会会員主催の帰朝歓迎会。「偕行社」報告会。

9月12日〜10月17日、エリーゼ滞日。築地精養軒に宿泊。来日時と同船で帰国。

10月22日、上野精養軒で帰国祝賀会。西周夫妻主賓、赤松登志子と婚約。

11月24日、大日本私立衛生会で帰朝講演「非日本食論将失其根拠」。

12月、「隊務日記」刊（陸軍軍医学会雑誌24号付録）

12月27日、陸軍軍医学校教官兼陸軍大学校教官及び陸軍衛生会議事務官に任命。


明治22年（1889）【28歳】「戦闘的啓蒙運動」1月〜6月「脚気論争」

1月、下谷根岸金杉122番地の借家に二人の弟と移住。

1月、週刊医学雑誌「東京医事新誌」（明治10年2月25日創刊）主筆。
1月3日、医学士・森林太郎「小説論」ゴッツシャル著（読売新聞）
1月3日～2月14日、鷗外漁史「音調高洋箏一曲」カルデロン（読売新聞）
1月、「市区改正は果たして衛生上の問題に非ざるか」（東京医事新誌562号）
1月、北里柴三郎、「緒方氏の『脚気バチルレン』説を読む」発表。
2月、「千載一遇」（主筆就任挨拶・東京医事新誌567号）
2月、「医学統計論の題言」（東京医事新誌569号）以後、11月まで論争。
2月21日、大日本帝国憲法発布。皇室典範制定。議院法公布、貴族院令公布。
2月24日、鷗外、西周夫妻媒酌で海軍中将赤松則良男爵の長女赤松登志子と結婚。
3月、「陸軍衛生教程」刊行。石黒忠悳序文、陸軍軍医学校の非売品単行本。
3月25日、雑誌「衛生新誌」創刊。5銭5厘。巻頭言「衛生新誌の真面目」。
4月、「独逸文学の隆運」（国民之友46号・後に改題「再び平仄について」）
5月末、上野花園町11番地の赤松家の持家に移居。
7月、兵食検査を任ず。8月12～19日米食。10月15～22日麦食。12月13～20日洋食。
8月、翻訳詩集「於母影」（国民之友・第5巻第58号夏期文芸付録）
8月、「麺包料中ノ毒実ヲ論ジテ其毒を減スル法ニ及ブ」（東京医事新誌595号）
（森林太郎とレーマンの共著論文翻訳。以下4号にわたり連載）。
8月26日、日本演芸協会文芸委員に就任。
9月、「日本医学会論」（東京医事新誌600号、後半は10月の602号）
10月9日、山県有朋に随行欧行していた賀古鶴所、帰国。
10月21日、東京市区改正委員会より、東京建築条例取調を委嘱される。
10月25日、「文学評論 しがらみ草紙」創刊（新声社・明治27年8月まで）

11月5日、「女歌舞伎　操一舞」（読売新聞）（三木竹二共著、未完）
11月9日、鷗外編集長解任（東京医事新誌606号）。10カ月の短命編集長。
11月25日、「衛生新誌」9号刊行。付録に中浜、森共著「衛生新論」。
12月13日、「医事新論」創刊。1号巻頭に発刊の辞「敢えて天下の医士に告ぐ」。

明治23年（1890）【29歳】 1月、「舞姫」（国民之友69号）、1月18日「舞姫批評について」（読売新聞）
1月1日〜2月26日、「ふた夜」ハックレンデル著（読売新聞、21回断続連載）
2月、「市区改正論略」（国民之友73号）
3月、「労症の予防について」（衛生新誌17号）
4月1日〜7日、「第1回日本医学会」開会。4日講演依頼、3日に断る。
4月、「第一回日本医学会と東京医事新誌と」（医事新論5号）
4月、「舞姫に就きて気取半之丞に与ふる書」「言文論」（しがらみ草紙7号）
4月29日〜5月6日、「再、気取半之丞に与ふる書」（国民新聞）
5月、「第一回日本医学会余波の論」（医事新論6号）、「外山正一氏の緒論を駁す」（しがらみ草紙8号）
6月、二等軍医正。陸軍軍医学校教官。「公衆医事会」創設。賀古、青山胤通、中浜東一郎参加。長崎にコレラ蔓延。患者4万6千、死者3万5千。7月、衛生新誌25号にて「独逸北派の防疫意見」「独逸南派の防疫意見」「国際衛生会と国際防疫法と」「公衆衛生略説」
8月、「防虎列拉法」（衛生新誌26号）
8月17日〜27日、休暇。信州山田温泉・藤井屋に滞在。
8月、「みちの記」（東京新報）（22日、24日、27日〜30日、9月2日の7回）
8月、小説「うたかたの記」「答忍月論幽玄書」（しがらみ草紙11号）
9月、弟篤次郎、医科大学卒業。大学の脚気病室、伊勢錠五郎の助手。

9月、「衛生新誌」と「医事新論」統合、「衛生療病志」10号に改称。

9月13日、長男於菟誕生。10月4日、鷗外、弟二人と本郷区駒込千駄木57番地（千朶山房）に引越す。

9月、「原田直次郎に与ふる書」（しがらみ草紙12号）

10月、石黒忠悳、第五代陸軍軍医総監に就任。

10月、「第十回国際医学会」（衛生療病志11号）

10月16日、高木兼寛「兵食改善で海軍脚気は消滅」と天皇に奏上。高木上奏③。

10月23日、食検査報告をまとめ、医務局長石黒忠悳が大山巖陸相に提出。

11月27日、登志子と離婚、除籍。

12月、「結核療法の急報」（衛生療病志号外）、30日「コッホ氏肺癆新療法の急報」（読売新聞・無署名）、翌年1月2日「肺結核治療法に付き弁駁」（読売新聞）

明治24年（1891）【30歳】2月、東京美術学校より解剖学講義依頼。
1月、「兵食検査の成績中蛋白及温量多寡の事」（東京医事新誌669号）（以後6回）、「文づかひ」（吉岡書店・新著百種12号）。ドイツ三部作了。
2月14日～22日、石橋忍月（国民新聞）と鷗外（国民新聞）間で「文づかひ」論争。
6月、「創傷ニ基ケル操業及興産ノ能不能ヲ決断スル法」（陸軍軍医学校雑誌44号付録）
7月・8月、「ロオベルト、コツホが伝」（衛生療病志・前半19号・後半20号）
7月、「衛生学大意」（女学講義録・以後8回）
8月24日、医学博士の学位。同期21名。
9月、「森林太郎氏が履歴の概略」（口述）（東京医事新誌701号）、「しがらみ草紙」24号で坪内逍遙批判。翌年6月まで「没理想論争」。
10月、東京家屋建築条例起草委員会に出席。毎週金曜に会議開催。

「第十回国際医学会の衛生部」（衛生療病志20号）（以後4回）。「壁湿検定報告」小池正直連名（東京医事新誌708号・以後6回）
12月、「結核素に就きての続報」「ヰルヒヨオが七十誕辰」（衛生療病志24号）「早稲田文学の没理想」（しがらみ草紙27号）

明治25年（1892）【31歳】9月、慶応義塾大学で審美学講師。

1月、本郷区駒込千駄木21番地に転居（観潮楼）。森一家揃う。父、医業を廃す。

5月28日、北里柴三郎、ドイツ留学より帰国。6月12日、ロオト、腎疾で死去。

7月、「水沫集」（春陽堂）刊。ドイツ三部作を含む全作品収録。

10月24日、軍医学校で講義後、喀血。11月4日、結核菌確認。

11月25日、「即興詩人」翻訳連載開始（しがらみ草紙38号）（明治34年1月まで）

明治26年（1893）【32歳】この年、数度「亀清会」開催。
1月、「ペッテンコオフエル痧《コレラ》菌を食ふ」（衛生療病志・号外）
4月4日〜10日、北里会頭で「第2回日本医学会」。京橋木挽町厚生館。
5月、「傍観機関」小題「反動者及傍観者」（衛生療病志41号巻頭）、「日本公衆医事会・第十一回集同の決議」（衛生療病志42号付録）
11月、一等軍医正。陸軍軍医学校長。12月、中央衛生会委員。

明治27年（1894）【33歳】日清戦争1年目　8月1日、日清戦争勃発。中路兵站軍医部長として韓国釜山へ。

8月、「しがらみ草紙」59号刊発行、休刊告知、廃刊。「徂征日記」開始。

「中路兵站軍医部別報」9月5日第1信〜10月2日18信、石黒忠悳宛、釜山発信。

10月1日、第二軍兵站軍医部長に転補、中国へ転戦。

10月3日、一旦帰国、10月16日宇品で「衛生療病志」57号にて自然廃刊。

「第二軍兵站軍医部別報」10月27日第1信〜28年4月28日第39信。石黒宛。

明治28年（1895）【34歳】日清戦争2年目

5月4日、正岡子規来訪。以後毎日訪れ俳諧の話をする。10日、子規帰国。

5月10日、日清講和。5月18日、第二軍兵站軍医部、任を終える。

5月19日、「第二軍兵站軍医部別報第四十」大本営野営衛生長官・石黒忠悳宛。

〔日清戦争時における鷗外の所在地〕

明治27年9月2日宇品出港、9月4日釜山着。9月4日〜10月3日釜山に在。

10月5日〜16日宇品。10月21日〜23日大同洞に在。10月24日〜11月12日花園口に在。

11月12日〜12月17日緑樹屯に在。12月18日〜20日旅順口に在。

12月20日〜明治28年1月17日緑樹屯に在。1月17日〜2月19日龍鬚島大西荘に在。

2月20日〜27日威海衛に在。2月22日劉公島。丁提督の故宅を訪問。

2月28日〜3月17日柳樹屯に在。3月18日〜5月13日金州に在。5月13日〜15日旅順。

5月18日金州在。5月22日宇品着。5月24日台湾、淡水へ。5月30日三紹角に上陸。

6月16日、「台湾総督府医報第一」を衛生長官・石黒宛。衛生員の辞令受領。

8月8日、第二軍兵站軍医部長を免じ、台湾総督陸軍局軍医部長。19日辞令受領。

9月2日、台湾総督府陸軍局軍医部長を解任。12日「台湾総督府医報第八」。

10月4日、東京着。14日、大本営で台湾の衛生現況を奏上、功四級金鵄勲章及び単行旭日章。

10月31日、陸軍軍医学校長に復職。

明治29年（1896）【35歳】1月、陸軍大学教官兼任（翌年9月まで）。

1月31日、「めさまし草」創刊（明治35年2月まで）。初号売れ切れ。

4月5日、父静男死去。62歳。9月、弟篤次郎、大学を辞し、内科医院開業。

10月19日、鷗外依頼にて青山胤通、樋口一葉往診。11月23日、樋口一葉死去。22歳。

12月、「衛生学教科書　上」（陸軍軍医学校）小池正直共著。「下」は翌年5月刊。「衛生新篇第一冊」刊（小池正直共著）（松崎蒼虬堂）、「第二冊・完」は翌年6月刊。評論集「月草」刊行（弟篤次郎と合作）（春陽堂）

明治30年（1897）【36歳】3月、陸軍一等軍医正（陸軍武官官等表改正）。
1月15日、雑誌「公衆医事」創刊。青山胤通、中浜東一郎等と「公衆医事会」設立。
1月30日、西周、死去。享年69。3月、西紳六郎の依頼で「西周伝」執筆開始。
2月、「医士法案評」（医事新誌1巻2号）。4月、「医士法案後日談」（医事新誌1巻4号）
5月、「かげ草」（春陽堂）刊。（妹喜美子との合著）
7月、陸軍医務局第一課長・小池正直、洋行。留守中、同課長事務取扱に。
8月、「そめちがへ」（新小説2年9号）
9月28日、第五代陸軍軍医総監・石黒忠悳辞職。第六代に石阪惟寛就任。

明治31年（1898）【37歳】2月、小池正直、インドより帰国、代任を解かれる。

8月4日、第六代陸軍軍医総監・石阪惟寛辞職。第七代に小池正直、就任。

8月9日〜10月5日、抄訳「智恵袋」（時事新報）

10月3日、近衛師団軍医部長・陸軍軍医学校長の辞令を受く。

11月21日、「西周伝」西家蔵版、非売品。

12月、「医師会法案」衆議院提出。29日、「医師会法案反対同盟会」結成。

明治32年（1899）【38歳】2月4日、「医師会法案」貴族院否決。
4月、「明治医会を興さんが為に全国医師諸君に檄す」（公衆医事）
6月8日、軍医監（少将相当）、九州小倉第十二師団軍医部長に任ぜられる。
6月19日、小倉着。小倉町大字鍛治町87、宇佐美邸に寄寓。

6月、「審美綱領」刊（ハルトマン「美の哲学」抄訳・春陽堂）
12月2日、「中浜と北里と」（読売新聞・茶ばなし）
12月12日、偕行社にてクラウゼヴィッツの「戦論」を師団に講義開始。
12月26日、原田直次郎死去。享年37。

明治33年（1900）【39歳】1月28日、旧妻赤松登志子死去。
1月1日、「鷗外漁史とは誰ぞ」（福岡日日新聞）
1月11日〜14日「原田直次郎」（東京日日新聞・4回）
1月31日、弟篤次郎、雑誌「歌舞伎」創刊。
2月1日、「心頭語」千八名義。（二六新聞）（34年2月18日まで）
3月2日、上京途上で、祖父白仙が埋葬された甲賀郡土山村・常明寺を訪問。

明治34年（1901）【40歳】北里柴三郎、「東京医会」会頭。青山胤通、東京帝国大学医科大学長。
2月10日、ペッテンコーフェル、拳銃自殺。享年84。
6月、クラウゼヴィッツ「戦論」刊（第十二師団軍司令部）
8月22日〜12月12日「続心頭語」（二六新聞）
8月、「脚気減少は果して麦飯を以て米に代へたる因する乎」（公衆医事5巻8号）

明治35年（1902）【41歳】1月4日、荒木博臣の長女志げと再婚。
3月14日、東京第一師団軍医部長に任命される。28日、新橋着。
6月、上田敏の「芸苑」と「めさまし草」の合同雑誌「芸文」創刊。
7月、「陸軍衛生部士官学術研究会の実施方式における所見」（公衆医事6巻6号）
9月、「即興詩人」（上・下）刊（春陽堂）。「人結核と牛結核と」（公衆医事6巻8号）
10月、「芸文」に代わり「万年艸（まんねんぐさ）」創刊（明治37年2月まで）。

12月29日、「玉篋両浦嶼（またくしげふたりうらしま）」（歌舞伎・号外）

明治36年（1903）【42歳】1月7日、長女茉莉誕生。
1月2日、市村座で「玉篋両浦嶼」上演、11日、観劇会開催に友人百名近くを招き観劇。
9月、「長曾我部信親」刊（国光社）
10月、「人種哲学梗概」刊。ゴビヌウ著（春陽堂）
11月、「大戦学理　巻の壱、巻の弐」刊。クラウゼヴィッツ著（軍事教育会・非売品）

明治37年（1904）【43歳】日露戦争1年目　2月10日、対露宣戦布告。

2月、「防寒略説」「露国人の防寒法」（公衆医事7巻9号）

3月6日、第二軍軍医部長に任じられる。3月15日「万年艸」第12巻にて廃刊。

3月31日、戯曲「日蓮聖人辻説法」（歌舞伎47号）臨時刊行。

（4月1日、「日蓮聖人辻説法」歌舞伎座上演）

4月21日、宇品発。4月25日～5月1日　鎮南浦（第一軍上陸地）に停泊。

5月3日、「黄禍論梗槩」刊。ヒンメルストイエルナ著（春陽堂）

8月26日、遼陽戦の前哨戦、鞍山站付近の戦闘に参加。9月4日、遼陽占領。

10月10日、一、二、四軍、沙河で戦闘。13日、紅宝山に移動「たまくるところ」作成。

明治38年（1905）【44歳】日露戦争2年目
2月2日、「低気温ノ戦闘及衛生勤務ニ於ケル関係」児玉総参謀長に報告。
3月17日～26日、ロシア非戦闘員（衛生医員、傷病者）の送還に尽力。
5月27～28日、日本海海戦。日本連合艦隊、露バルチック艦隊を撃破。
6月1日、「戦地より」（短歌・漢詩）（心の花9巻5号）（9月まで）
9月5日、日露講和条約締結。10月16日、公布。

〔日露戦争時における鷗外の所在地〕

明治37年5月9日〜15日菫家屯に在。5月15日〜21日楊家屯に在。

5月21日〜6月4日劉家店に在。6月5日〜12日帳家屯に在。

6月16日〜21日尖山子（復州街道）に在。6月22日〜7月5日北大崗寨に在。

7月6日〜7月9日蓋平攻撃、近くへ移動。7月10日〜25日古家子に在。

7月26日〜8月1日橋台鋪に在8月2日〜3日関屯に在。4日鄧家台、
8月5日〜26日張家元子（遼陽まで60km）に在。8月26日〜9月5日鞍山站。

9月5日〜10月8日遼陽停車場に宿営。10月8日奉天を目指し遼陽発。

10月15日〜翌明治38年1月26日十里河に在。1月27日〜30日揚家湾に在。

1月31日〜2月26日大東山堡に在。2月27日〜3月10日奉天戦。

3月7日〜9日四方堡に在。奉天まで8km。3月10日張子屯に在。

3月11日〜5月4日奉天西関外の寺に在。5日間移動。5月9日〜6月9日慶雲堡に在。

6月10日〜18日古城堡に在。6月19日〜24日奉天に在。総軍会議出席。

6月25日〜12月29日古城堡に在。12月30日〜31日鉄嶺に在。


明治39年（1906）【45歳】1月、東京凱旋。

1月1日、鉄嶺を発し2日車中泊、3日大連。4日船中泊。1月12日新橋着。

4月1日、功三級、金鵄勲章。勲二等、旭日重光章。

7月13日、祖母清子、88歳で死去。

7月23日、陸軍大将児玉源太郎、死去。享年55。弔問。

8月10日、第一師団軍医部長に復し、陸軍軍医学校長事務取扱兼勤務。

9月23日、第1回常盤会（賀古邸）。

11月1日、「日蓮聖人辻説法」歌舞伎座で上演（5日まで）。

明治40年（1907）【46歳】8月4日、次男不律誕生。

3月、月1回「観潮楼歌会」開催。5月、雑誌「芸苑」廃刊。

6月18日、「雨声会」（西園寺公望招待）出席。

7月、「衛生学大意」（家庭衛生学講話第二篇）刊（博文館）。

千葉県夷隅郡東海村字日在（現・いすみ市）に別荘を建て「鷗荘」と命名。

7月18日、「自紀材料」に「胸膜炎再発の徴あり。増悪するに至らざりき」。

9月13日、美術審査委員会（第二部・洋書）委員。大正7年まで委員。

9月、「うた日記」刊（春陽堂）。詩67篇、短歌337首、俳句172句、訳詩10篇収録。

11月13日、陸軍軍医総監（中将官相当）、第八代陸軍省医務局長に就任。

11月25日、上野精養軒で上田敏留学壮行会。与謝野寛主宰、藤村、漱石等50余名。

12月29日～30日、陸軍衛生施設視察で名古屋へ。31日、加賀山城温泉の旅館「蔵屋」滞在。


明治41年（1908）【47歳】1月、「臨時仮名遣調査委員会」委員。

1月10日、弟篤次郎、喉頭癌にて賀古医院にて死去。享年42。11日、新橋帰着。篤次郎の解剖に立ち会う。2月3日、篤次郎の家を弟潤三郎が継ぐ。未亡人久子、不満で絶縁す。

2月5日、次男不律が百日咳で死去。行年2歳。

6月1日、「臨時脚気病調査委員会」創設。委員長に就任。

6月22日、帝国ホテルにコッホを訪ね、北里、青山等と脚気調査の方針を尋ねる。

6月26日、文部省の臨時仮名遣調査委員会で「仮名遣意見」演説。

6月、「能久親王事蹟」刊（春陽堂）。9月、「救急法及衛生法大意」刊（川流堂本店）

11月、「小説家に対する政府の処置」を文部次官に提出。芸術院、文芸院設立建議。


明治42年（1909）【48歳】5月27日、次女杏奴誕生。

1月、「昴」創刊。（大正2年12月まで）木下杢太郎、吉井勇、石川啄木が参集。
1月、「阿育王事蹟」刊（大村西崖と共著）（春陽堂）
2月2日、「北斗会」で朝日新聞の某記者に暴行さる。5月に小説「懇親会」で発表。
3月、「半日」（初の口語小説）、「椋鳥通信」（大正2年12月まで）（昴1年3号）
4月、「常磐会詠草初篇」（鷗外の歌257篇収録）
6月、「魔睡」（昴1年6号）、「鷗外博士の『仮面』談」（歌舞伎107号）（新富座上演）
6月、翻訳戯曲集「一幕物」（易風社）刊。「短剣を持ちたる女」「花束」「奥底」「僧房夢」「猛者」「我君」「出発前半時間」「痴人と死と」8篇収録。
7月1日、「ヰタ・セクスアリス」「鶏」（昴1年7号）、28日、発禁処分。
7月27日、文学博士の学位、授受。8月6日、石本新六次官から戒飭。
9月、「金貨」（昴1年9号）、「森鷗外論」現代人物評論其の20（中央公論24巻9号）
11月、翻訳戯曲「ジョン・ガブリエル・ボルクマン」刊。イプセン著（画報社）（11月27・28日、有楽町自由劇場旗揚げ興行「ジョン・ガブリエル・ボルクマン」）
11月29日、石本次官、鷗外に新聞に署名すべからずと警告。
11月5日、「古稀庵記」脱稿。12月22日、清書した稿本を山県の椿山荘に届ける。
12月、談話「予が立場」（新潮11巻6号）

明治43年（1910）【49歳】12月、弟潤三郎、上田敏の紹介で京都府立図書館に就職。

1月、翻訳戯曲集「黄金杯」（春陽堂）刊、「黄金杯」「いつの日か君帰ります」「父」「顔」「山彦」「ソクラテエスの死」「わかれ」「耶蘇降誕祭の買入」「犬」「牧師」10篇収録。

翻訳戯曲集「続一幕物」（易風社）刊、「サロメ」「家常茶館」「秋夕夢」「奇蹟」「債鬼」「ねんねえ旅籠」「付録・現代思想（対話）」7篇収録。

2月、慶応義塾文学科顧問となり、永井荷風を教授に推挙。
3月、「青年」（昴2章3号）連載（44年8月まで。18回）
5月1日、「三田文学」創刊、荷風主宰、以後寄稿。非自然主義。
6月1日、幸徳秋水、管野スガ等、社会主義者、無政府主義者26名逮捕。「大逆事件」。
10月、「早稲田派論」（新潮13巻4号）
翻訳集「現代小品」（大倉書店）刊、「鶏」「白」「アンドレアス・タアマイエルが遺書」「鉤」「午後十一時」「聖ジユリアン」「罪人」「負けたる人」「歯痛」9篇収録。
創作集「涓滴」（新潮社）刊、「追儺」「懇親会」「独身」「杯」「電車の窓」「牛鍋」「大発見」「木霊」「里芋の芽と不動の目」「ル・パルナス・アンビユラン」「あそび」「普請中」「花子」「桟橋」14篇収録。
10月、「常磐会詠草二篇」（鷗外の歌21篇収録）
10月27日、「大逆事件」予審終了、被告全員の起訴決定。10月29日、椿山荘で「永錫会」。
11月、「沈黙の塔」（三田文学1巻7号、11月号）、「身上話」（新潮13巻5号）
11月23日、有楽座で新時代劇協会、第1回公演「馬盗坊」上演。15日間。
12月、「食堂」（三田文学1巻8号、12月号）
12月10日、大審院第1回公判廷、政府高官席に鷗外。12月24日まで12回公判。

明治44年（1911）【50歳】2月11日、三男類誕生。

2月、創作集「烟塵」刊（春陽堂）、「そめちがへ」「鶏」「金毘羅」「金貨」「フアスチエス」「沈黙の塔」「身の上話」7篇収録。

9月、小説「雁」（昴3巻9号）（大正2年5月まで）

9月8日、済生会に関する意見書、寺内正毅伯に送る。保利真直を桂公太郎へ派遣。

10月、小説「灰燼」（三田文学2巻10号）（大正元年12月まで・未完）連載。

10月21日、補充条例改正、医務局に交渉せず決裁。次官に辞表。慰留され留任。

明治45年＝大正元年（1912）【51歳】

1月、前年7月に文芸委員会に翻訳委嘱されたゲエテ「ファウスト」訳了。

7月、翻訳「みれん」刊。シュニッツレル作（籾山書店）

8月、戯曲集「我一幕物」（籾山書店）刊、「プルムウラ」「生田川」「なのりそ」「さへづり」「玉篋両浦嶼（たまくしげふたりうらしま）」「日蓮聖人辻説法」「仮面」「静」「団子坂」「影」「建築師」「長宗我部元親」「脚本プルムウラの由来」「玉篋両浦嶼自註」「玉篋両浦嶼の衣装と道具」「日蓮聖人辻説法故実」16篇収録。

7月30日、明治天皇崩御。9月13日、明治天皇大喪、乃木希典大将、殉死。

10月、「興津弥五右衛門の遺書」（中央公論27年10号）。史伝小説時代の始まり。

12月、山県の依頼で陸軍二個師団増設の「増師意見書」起草。

12月5日、二個師団増師を拒否、上原陸相辞任。西園寺内閣総辞職。

12月、「常磐会詠草三篇」（鷗外の歌3篇収録）。


大正2年（1913）【52歳】6月、行政整理、文芸委員会廃止。

1月、「ファウスト　第一部」刊（冨山房）、「第二部」3月刊（3月27日～31日「ファウスト第一部」近代劇協会、帝国劇場上演）、11月「ファウスト考」「ギョエテ伝」（冨山房）刊。
2月、「青年」（籾山書店）刊、翻訳「恋愛三昧」シュニッツレル作（現代社）刊。臨時宮内省御用掛、拝命。（大正6年12月まで）
3月、翻訳集「新一幕物」（籾山書店）刊。「一人舞台」「人力以上」「夜の二場」「パリアス」「ヂオゲネスの誘惑」「馬盗坊」6篇収録。
5月、翻訳集「十人十話」（実業之日本社）刊、「世界漫遊」「冬の王」「父と妹」「二髑髏」「請願」「一人者の死」「塔上の鶏」「汽車火事」「労働」「老曹長」10篇収録。

6月3日、渋谷の福沢桃介の別荘の舞台開きで「飛行機」を上演。
6月、小説集「意地」（籾山書店）刊、「興津弥五右衛門の遺書」「阿部一族」「佐橋甚五郎」。
7月、創作集「走馬灯」と「分身」（籾山書店）刊。同日、2冊をひとつの外箱に収める。「走馬灯」「蛇」「心中」「百物語」「かのやうに」「鼠坂」「鎚一下」「藤鞆絵」「ながし」「羽鳥千尋」「吃逆」11篇収録（「走馬灯」は実験的風俗小説。「分身」は自画像的作品）。「分身」「食堂」「カズイスチカ」「妄想」「流行」「不思議な鏡」「田楽豆腐」6篇収録。
7月23日、「マクベス」（警醒社）刊。坪内逍遙・序文（9月26日〜30日、近代劇協会、「マクベス」を帝国劇場で上演）
10月、「女がた」（三越3巻10号）（1日〜20日、「女がた」帝国劇場で上演）
11月13日、戯曲「ノラ（人形の家）」イプセン作（警醒社）刊。近代劇協会委嘱。11日間で訳了。（11月、大阪・近松座、大正3年4月、東京・有楽座にて近代劇協会が公演）

大正3年（1914）【53歳】

1月、「昴」の後継誌「我等」創刊。11月廃刊。

1月、「我等」創刊号にて「椋鳥通信」を「水のあなたより」と改題、連載を始める。

2月26日、「曾我兄弟」帝国劇場で上演。3月1日「曾我兄弟 四幕」（新小説19年3号）

3月、「衛生新篇」第五版刊行。

4月、創作集「かのやうに」（籾山書店）、「かのやうに」「吃逆」「藤棚」「鎚一下」4篇収録。

5月5日、翻訳戯曲「謎」（現代社）刊。

5月24日、歴史小説集「天保物語」（鳳鳴社）刊、「護持院ヶ原の敵討」「大塩平八郎」収録。

10月23日、「堺事件」刊（「安井夫人」併収・現代名作集第二篇・鈴木三重吉発行）

大正4年（1915）【54歳】

この年、澁江抽斎の探究を始める。
1月、「山椒大夫」（中央公論30年1号）「歴史其儘と歴史離れ」（心の花19巻1号）
翻訳集「諸国物語」（国民文庫刊行会）刊、「尼」「薔薇」「不可説」「クサンチス」「刺絡」

「橋の下」「復讐」「一疋の犬が二疋になる話」「聖ニコラウスの夜」「正体」「田舎」「祭日」「猿」「アンドレアス・タアマイエルが遺書」「老人」「防火栓」「俺の葬い」「破落戸の昇天」「辻馬車」「最終の午後」「うずしお」「病院横町の殺人犯」「十三時」「襟」「駆落」25篇収録。

2月、「妄人妄語」大正名著文庫第14篇（至誠堂）刊。5月、小説「雁」（籾山書店）刊。

5月15日、大正天皇に詩作を求められ、「大正乙卯春日恭賦」を献上。

8月、小説「本家分家」執筆。未発表。篤次郎死後の諍い。昭和12年公表。

9月、「沙羅の木」（阿蘭陀書房）刊。訳詩22篇、詩15篇、短歌「我百首」収録。

10月、翻訳集「稲妻」（通一舎）刊。「稲妻」ストリンドベルグ「僧院」フェラーレン収録。

11月8日〜18日、天皇即位の大礼に参列のため京都に行く。「盛儀私記」執筆。

11月12日〜22日、「盛儀私記」（東京日日新聞・大阪毎日新聞）

11月22日、大島健一次官に退官の意志を伝える。

12月23日、創作集「塵泥（ちりひじ）」（千葉館）刊。「盛儀私記」（自費出版）

大正5年（1916）【55歳】3月28日、母峰子、死去。享年71歳。

1月13日〜5月20日、史伝「澁江抽斎」（東京日日新聞・大阪毎日新聞）

4月13日、軍医総監退官、予備役編入。足かけ35年の陸軍勤務を終える。

5月、随筆「空車（むなぐるま）」（6日「東京日日新聞」・7日「大阪毎日新聞」）掲載。

7月9日、上田敏死去。葬儀、遺稿出版を周旋。

大正6年（1917）【56歳】漢詩制作多く「大正詩文」に発表。
1月1日〜7日、史伝「都甲太兵衛」（東京日日新聞・大阪毎日新聞）
6月12日、妻と椿山荘に行き、山県公80歳の生日を祝う詩を謹呈。
8月30日、「還魂録」（名家傑作集12編）（春陽堂）刊。明治43年「涓滴」の再版。

9月6日〜18日、史伝「鈴木藤吉郎」（東京日日新聞・大阪毎日新聞）
9月19日〜10月13日、史伝「細木香以」（東京日日新聞・大阪毎日新聞）
10月14日〜28日、史伝「小島宝素」（東京日日新聞・大阪毎日新聞）
10月14日、「鈴木伝考異」（東京日日新聞・大阪毎日新聞）
10月15日、「鈴木藤吉郎の墓」（東京日日新聞・大阪毎日新聞）
10月30日、史伝「北条霞亭」（東京日日新聞・大阪毎日新聞）（12月26日中断）
12月25日、臨時宮内省御用掛を解任、宮内省帝室博物館総長兼図書頭《ずしょのかみ》に就任。

大正7年（1918）【57歳】1月、帝室制度審議会御用掛。
1月1日〜10日、「礼儀小言」（東京日日新聞・大阪日日新聞）
2月、「北条霞亭」続稿（帝国文学24巻2号）連載再開（9年1月まで24回）。
2月、創作集「高瀬舟」（春陽堂）刊、「高瀬舟」「ぢいさんばあさん」「山椒大夫」「余興」「天寵」「魚玄機」「最後の一句」「寒山拾得」「同縁起」「二人の友」10篇、脚本「曾我兄弟」「女がた」2篇収録。
3月「故青山男爵に関する話の聞書」口述（伝染病研究所学友会雑誌2巻1号）
9月、美術審査委員会第3部（彫塑）主任。
11月3日〜30日、奈良に出張し、正倉院曝涼立ち会い①。

大正8年（1919）【58歳】11月27日、長女茉莉、山田珠樹と結婚。

5月、翻訳集「蛙」（玄文社）刊。9月、帝国美術院創設し、初代院長就任。

11月1日〜21日、奈良に出張し、正倉院曝涼立ち会い②。

12月、史伝「山房札記」（春陽堂）刊。「栗山大膳」「相原品」「都甲太兵衛」「寿阿弥の手紙」「鈴木藤吉郎」「細木香以」「津下四郎左衛門」7篇収録。

大正9年（1920）【59歳】この頃の日記は「委蛇録」。
9月23日、元岳父赤松則良死去。享年80。臨終に於菟が立ち会う。
11月1日～21日、奈良に出張し、正倉院曝涼立ち会い③。

大正10年（1921）【60歳】6月、臨時国語調査会会長。
1月、緒方正規伝記「赤い骨」。3月、緒方の胸像の銘文作製。
3月「帝諡《ていし》考」（図書寮）刊。（歴代天皇の諡の出典考証・8年10月起稿）
6月「津和野町町歌」の作詩依頼。同郷の佐伯常麿を紹介、添削する。
7月、浜松市政10周年にあたり市歌、行進曲の作詩をする。（2月依頼）
「ペリカン」（善文社）刊。ストリンベルヒ著。脚本名著選集第一編。
10月「独逸新劇篇」森林太郎訳文集巻一（春陽堂）刊。
11月1日～20日、奈良に出張し、正倉院曝涼立ち会い④。
11月「古い手帳から」（明星・再刊1巻1号）（11年7月まで、絶筆）

大正11年（1922）【61歳】3月14日、欧州行の於菟、茉莉を東京駅に送る。
2月1日、山県有朋、死去。享年80。2月19日、常盤会廃会、185回。
5月1日～7日、英国皇太子の正倉院御物参観のため奈良出張、病臥多し。
6月15日から欠勤、6月29日、額田晋の診察。7月6日、賀古鶴所に遺言口述。
7月9日、午前7時「観潮楼」にて死去。7月12日、谷中斎場で葬儀。
13日、向島弘福寺に埋葬。「森は覚者として没したり」と評された。
8月「明星」「新小説」「三田文学」の各文芸誌が鷗外追悼号を刊行。
昭和2年10月、遺骨を三鷹の禅林寺に移す。法号「貞献院殿文穆思斎大居士」。
墓表は遺言にしたがい「森林太郎墓」と中村不折の書にて彫られる。

陸軍軍医総監一覧（初代～九代）

		就任
初代	松本順	明治6年（1873）5月
二代	林紀	明治12年（1879）10月15日
三代	松本順	明治15年（1882）9月15日（再任）
四代	橋本綱常	明治18年（1885）5月22日
五代	石黒忠悳	明治23年（1890）10月7日
六代	石阪惟寛	明治30年（1897）9月28日
七代	小池正直	明治31年（1898）8月4日
八代	森林太郎	明治40年（1907）11月13日
九代	鶴田禎次郎	大正5年（1916）4月13日

付録地図　1　鷗外のドイツ関連地図

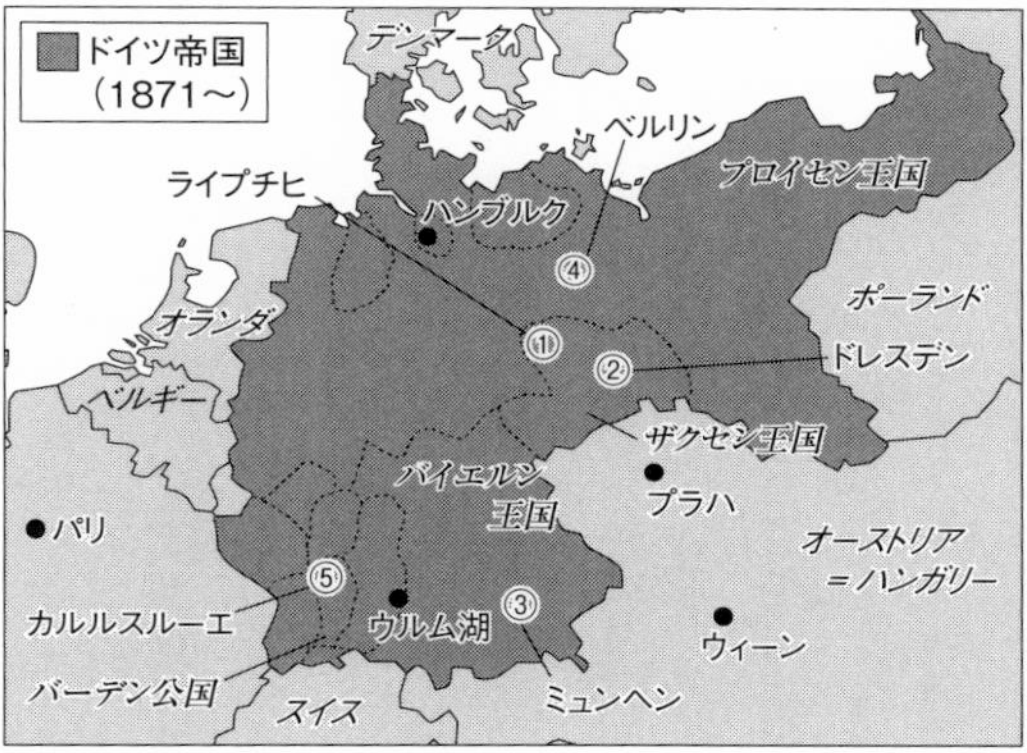

1884年6月7日、陸軍省官費留学命。

8月24日、横浜出帆。10月11日、ベルリン着。

84年10月23日〜85年10月10日、ライプチヒ大学ホフマン教授に師事。

85年5月12日〜14日、ザクセン軍団の負傷者運搬演習に参加。

8月27日〜9月12日、ザクセン国軍第12軍団秋期演習参加。

85年10月11日〜86年3月、ドレスデン冬期軍医学講習会に参加。

86年3月〜87年4月、ミュンヘン大学、ペッテンコーフェル教授に師事。

87年4月〜88年3月9日、ベルリンのコッホ研究所。

87年9月18日〜28日、「第4回赤十字国際会議」（カルルスルーエ）出席。

87年9月28日〜10月2日、「第6回万国衛生会議」出席。

88年3月10日〜7月2日、プロシア軍近衛歩兵第2連隊第1大隊・第2大隊隊付。7月5日、ベルリン退去。7月8日〜18日、ロンドン。19日〜27日、パリ。7月29日〜9月8日、航海40日、横浜に帰港。

付録地図　2　東京の居住地

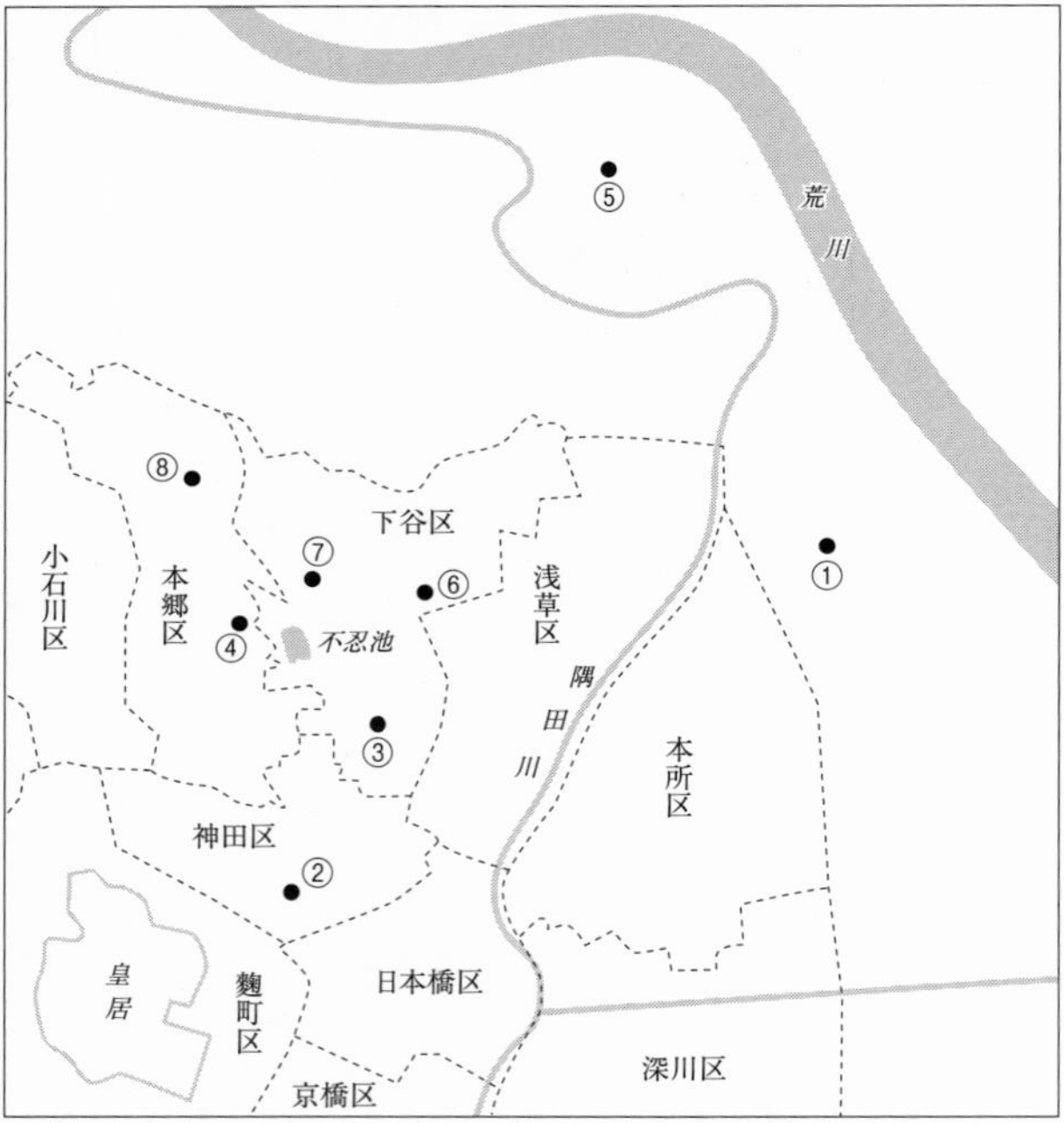

文久２年（1862）１月19日、森林太郎誕生。石見国鹿足郡津和野町田村字横堀（現、島根県鹿足郡津和野町町田イ231）

明治５年（1872）６月26日、出郷。８月、亀井家の向島小梅村下屋敷に住み、曳舟通り（南葛飾郡向島小梅村86番地）に移る。

…図中①

10月、神田西小川町一丁目一番地の西周邸に寄寓。

…図中②

明治６年　６月、父・静男、小梅村２丁目37番地の家を借りる。

…図中①

明治7年　1月、「第一大学区医学校」入学。下谷和泉橋の藤堂邸跡地の寄宿舎。…**図中③**

明治8年　4月、父・静男、小梅村2丁目27番地の家を購入。…**図中①**

明治9年　12月、東大、本郷元富士町の加賀邸跡に移転、本郷の寄宿舎に入る。…**図中④**

明治13年　7月、父・静男、南足立郡千住北組14番地に転居、「橘井《きつせい》堂医院」開院。…**図中⑤**

この夏、鷗外は借り手のついていない向島の家で勉強をした。…**図中①**

9月、本郷龍岡町の下宿、上条（大学鉄門前）に移る。…**図中④**

明治14年　3月20日　龍岡町の下宿、出火で全焼。千住の父の家に移る。…**図中⑤**

明治17年　8月〜21年9月　ドイツ留学。

明治21年　9月　帰国。千住の森家に居住。…**図中⑤**

明治22年　1月　下谷根岸金杉122番地の借家に二人の弟と移住。…**図中⑥**

5月末　上野花園町11番地（赤松家の持家）に転居。…**図中⑦**

明治23年　10月4日　二人の弟と本郷区駒込千駄木57番地に引越す（千朶山房）。＊1　…**図中⑧**

明治25年　1月　本郷区駒込千駄木21番地に転居。「観潮楼」を建てる。一家揃う。＊2　…**図中⑧**

＊注1：千駄木町57番（千朶山房）は借家で、鷗外が1年余り借用し、ここで「文づかひ」を執筆したと考えられている。その後、鷗外が「観潮楼」に引っ越し空き家になると英国帰りの夏目漱石が3年ほど借り、ここで「吾輩は猫である」を書いた。そのため通称「猫の家」とも呼ばれる。現在は愛知県犬山市の明治村に移設されている。

＊注2：「観潮楼」は於菟の時代に火災、昭和20年1月に戦災にて全焼。その跡地に「文京区立森鷗外記念館」が建設された。

（地図図版作成　朝日メディアインターナショナル株式会社）

参考図書・文献

「森鷗外の断層撮影像」長谷川泉　１９８４至文堂
「森鷗外　近代作家研究アルバム」野田宇太郎・吉田精一編　１９６４筑摩書房
「明治文学全集37　森鷗外」吉田精一他編　１９６５筑摩書房
「森鷗外　人と作品」河合靖峯著　福田清人編　１９６６清水書院
「鷗外　闘う家長」山崎正和　１９７２河出書房新社
「鷗外　その側面」中野重治　１９７２筑摩書房
「森鷗外私論」吉野俊彦　１９７２毎日新聞社
「森鷗外　その冒険と挫折」蒲生芳郎　１９７４春秋社
「うた日記　特選　名著復刻全集　近代文学館」森鷗外　１９７４ほるぷ出版
「森鷗外の医学思想」宮本忍　１９７９勁草書房
「森鷗外――その若き時代」伊藤敬一　１９８１古川書房
「鷗外文学の側溝」長谷川泉　１９８１明治書院
「森鷗外――文業解題　創作篇」小堀桂一郎　１９８２岩波書店
「森鷗外――文業解題　翻訳篇」小堀桂一郎　１９８２岩波書店
「鷗外、屈辱に死す」大谷晃一　１９８３人文書院
「森鷗外と衛生学」丸山博　１９８４勁草書房

「森鷗外　新潮日本文学アルバム」竹盛天雄・吉村昭　1985新潮社
「軍医鷗外森林太郎の生涯」浅井卓夫　1986教育出版センター
「『森鷗外』論――知られざる側面」桐原光明　1986暁印書館
「軍医森鷗外――統帥権と文学」松井利彦　1989桜楓社
「鷗外、初期小説と土地意識」明石利代　1991近代文芸社
「森鷗外　群像　日本の作家2」池澤夏樹他　1992小学館
「独逸日記／小倉日記　森鷗外全集13」森鷗外　1996ちくま文庫
「鷗外の坂」森まゆみ　1997新潮社
「森鷗外　明治の文学　第14巻」坪内祐三編　2000筑摩書房
「森鷗外　明治人の生き方」山崎一穎　2000ちくま新書
「鷗外研究年表」苦木虎雄　2006鷗出版
「鷗外森林太郎と脚気紛争」山下政三　2008日本評論社
「鷗外留学始末」中井義幸　2010岩波書店
「鷗外の恋人　百二十年後の真実」今野勉　2010NHK出版
「明治二十一年六月三日―鷗外『ベルリン写真』の謎を解く」山崎光夫　2012講談社
「森鷗外　国家と作家の狭間で」山崎一穎　2012新日本出版社
「小説　森鷗外　ヴェネチアの白い鳩」中尾實信　2012新人物往来社
「森鷗外　日本はまだ普請中だ」小堀桂一郎　2013ミネルヴァ書房
「鷗外と脚気　曾祖父の足あとを訪ねて」森千里　2013NTT出版
「森鷗外　明治知識人の歩んだ道」山崎一穎編　2014森鷗外記念館
「鷗外の恋　舞姫エリスの真実」六草いちか　2020河出文庫

「森林太郎の小倉左遷の背景――台湾軍への麦飯給与をめぐる土岐頼徳と石黒忠悳との大喧嘩」
山下政三「「鷗外」七〇号　2000森鷗外記念会編輯
「森林太郎の小倉左遷（前編）」山下政三「鷗外」七〇号　2000森鷗外記念会編輯
「森林太郎の小倉左遷（中編）」山下政三「鷗外」七三号　2001森鷗外記念会編輯
「森林太郎の小倉左遷（後編）」山下政三「鷗外」七五号　2002森鷗外記念会編輯
「『常磐会』関連資料」森鷗外記念館報　ミュージアムデータ2　1998
「森鷗外『歌日記』挿画集」森鷗外記念館報　ミュージアムデータ18　2014
「150年目の鷗外――観潮楼から始まる」2012森鷗外記念館・特別展図録
「鷗外夫人・赤松登志子」森鷗外記念館報　ミュージアムデータ19　2015
「ドクトル・リンタロウ　医学者としての鷗外」2015森鷗外記念館・特別展
「今よみがえる森鷗外」毎日新聞連載　2019年4月～2022年1月
「北里柴三郎と緒方正規　日本近代医学の黎明期」野村茂　2003熊日出版
「北里柴三郎の生涯」砂川幸雄　2003NTT出版
「熱と誠があれば　北里柴三郎」福田眞人　2008ミネルヴァ書房
「近代日本医学の先覚者――北里柴三郎」2020学校法人北里研究所北里柴三郎記念室
「松本順自伝・長与専斎自伝」小川鼎三・酒井シヅ校注　1980平凡社
「陸軍衛生部の草創時代」石黒忠悳　五十年史付録。
「懐旧九十年」石黒忠悳　1983岩波文庫
「祖父・小金井良精の記」星新一　1974河出書房新社
「高木兼寛伝　脚気をなくした男」松田誠　1990講談社

「大いなる航海　軍医　高木兼寛の280日」2003ライフサイエンス出版
「済生学舎廃校の歴史」唐沢信安　1994日本医史学雑誌40巻3号　p.293-304
「明治初期の陸軍軍医学校」黒澤嘉幸　2001日本医史学雑誌47巻1号　p.105-118
「明治期における脚気の歴史」山下政三　1988東京大学出版会
「傳染病研究所　近代医学開拓の道のり」小高健　1992学会出版センター
「医学の歴史」梶田昭　2003講談社学術文庫
「感染症学　改訂第四版」谷田憲俊　2009診断と治療社
「医学思想史Ⅱ」宮本忍　1972勁草書房
「医学思想史Ⅲ」宮本忍　1975勁草書房
「東京大学医学部百年史」小川鼎三編著　1967東京大学出版会
「日本文壇史」1巻～18巻　伊藤整　1948講談社
「史料体系　日本の歴史　第7巻　近代」林屋辰三郎他編集　1979大阪書籍
「錦絵　幕末明治の歴史　全12巻」小西四郎編著　1977講談社
「図説　明治の宰相」伊藤雅人・前坂俊之編著　2013河出書房新社
「鹿鳴館の系譜　近代日本文芸史誌」磯田光一　1983文藝春秋
「ドイツ参謀本部興亡史」ヴァルター・ゲルリッツ　守屋純訳　1998学習研究社
「ヴィルヘルム二世と第一次世界大戦」新・人と歴史　拡大版　義井博　2018清水書院
「クラウゼヴィッツ戦争論」カール・フォン・クラウゼヴィッツ　淡徳三郎訳1965徳間書店

謝辞

文京区立鷗外記念館館長の高橋唐子さま、副館長兼学芸グループ長の塚田瑞穂さま、広報担当の上岡恵子さまをはじめスタッフの皆さまに貴重な資料の閲覧とご説明をいただきました。感謝申し上げます。

また参考文献のうち苦木虎雄著「鷗外研究年表」、中井義幸著「鷗外留学始末」、小堀桂一郎著「森鷗外　日本はまだ普請中だ」、山崎一穎著「森鷗外　国家と作家の狭間で」、山下政三著「鷗外森林太郎と脚気紛争」の5冊は特に参考になりました。諸先生方の御尽力に敬意を表します。

図版出典（各章扉裏写真）

「文京区立森鷗外記念館」所蔵・提供

ご案内

森鷗外について詳しく知りたい方は、下記の施設を訪れることをお勧めします。

◆文京区立森鷗外記念館　東京都文京区千駄木1—23—4　https://moriogai-kinenkan.jp/

◆森鷗外旧宅・森鷗外記念館　島根県鹿角郡津和野町町田イ238

https://www.town.tsuwano.lg.jp/shisetsu/ougai.html

著者紹介

海堂 尊（かいどう・たける）

１９６１年千葉県生まれ。医師、作家。外科医・病理医としての経験を活《い》かした医療現場のリアリティあふれる描写で現実社会に起こっている問題を衝《つ》くアクチュアルなフィクション作品を発表し続けている。作家としてのデビュー作『チーム・バチスタの栄光』（宝島社）をはじめ同シリーズは累計１千万部を超え、映像化作品多数。Ａｉ（オートプシー・イメージング＝死亡時画像診断）の概念提唱者で関連著作に『死因不明社会２０１８』（講談社）がある。近刊著に『コロナ黙示録』『コロナ狂騒録』（宝島社）、『奏鳴曲　北里と鷗外』（文藝春秋）、『北里柴三郎　よみがえる天才７』（ちくまプリマー新書）。

chikuma primer shinsho

ちくまプリマー新書399

森鷗外《もりおうがい》　よみがえる天才《てんさい》8

二〇二二年四月十日　初版第一刷発行

著者　海堂　尊（かいどう・たける）

装幀　クラフト・エヴィング商會

発行者　喜入冬子

発行所　株式会社筑摩書房

東京都台東区蔵前二-五-三　〒一一一-八七五五

電話番号　〇三-五六八七-二六〇一（代表）

印刷・製本　株式会社精興社

ISBN978-4-480-68425-7 C0295　Printed in Japan